Brigitte Glaser
Sozial- und Medienpädagogin, hat sich viele Jahre lang
in der Jugendarbeit engagiert. Seit 1995 schreibt sie erfolgreich
Kriminalromane und Kurzgeschichten. Sie ist Jurymitglied des
Glauser-Preises, dem wichtigsten deutschen Krimipreis.
»Schreckschüsse« ist ihr erstes Buch für junge Leser,
ein Folgeband ist in Vorbereitung.

Brigitte Glaser

Schreckschüsse

Ein Fall für Anja Kraft

Sauerländer

Für Lynn und Nora

Jetzt musst du springen

Jetzt endlich weißt du, dass deine Eltern nur
dich zeugten, damit du hier wie ein Vollidiot,
fröstelnd und ohne Not über allem stehst,
und nicht vorwärtsgehst, und nicht vorwärtsgehst.
Und du weißt, dass dein Vater sich fragt: Wird er's bringen?
Und deine Mutter sagt: Nein!
Und aus endloser Menge erklingen ermunternde Rufe:
Jetzt musst du springen.

Jetzt endlich wird dir klar, was es wirklich heißt
zu bereuen und dennoch den ganzen harten Preis
zahlen zu müssen, weil's kein Zurück mehr gibt,
was daran liegt, was daran liegt.
Und du weißt, dass dein Vater sich fragt: Wird er's bringen?
Und deine Mutter sagt: Nein!
Und aus endloser Menge erklingen ermunternde Rufe:
Jetzt musst du springen.

Jetzt endlich weißt du, was es heißt, jung zu sein,
betrogen vom Augenschein an den Abgrund gehen,
halb nackt allein auf schwankenden Brettern stehen
und runtersehen und runtersehen.
Und du weißt, dass dein Vater jetzt sagt: Das sind nur drei Meter.
Und deine Mutter sagt: Nein!
Und aus endloser Menge erklingen die Rufe der Väter:
Jetzt musst du springen.

Sven Regner, Element of Crime

Inhalt

Kaum hatte Maureen die Tür des Bauwagens geöffnet, stürmten die Hunde auf sie zu. Vier an der Zahl, Udo, die kleine Promenadenmischung, kläffte am lautesten. Sie drängelten sich an Maureens Beine, leckten ihr die Hände. Lachend schubste das Mädchen sie zur Seite, warf sich ein Handtuch um den Hals und zeigte den Hunden ihre leeren Jackentaschen.

»Nix da«, sagte sie, »kein Hundekuchen vor dem Frühstück.«

Die Hunde begleiteten sie bis zum Waschwagen in der Mitte des Platzes. Während Maureen sich die Zähne putzte und wegen des kalten Wassers nur Katzenwäsche machte, zerstreuten sich die vier auf der Suche nach etwas Essbarem, schnüffelnd in den schmalen Gassen zwischen den Bauwagen. Wieder im Freien reckte Maureen ihre Glieder. Es war frisch, keine zehn Grad, auf den zartgrünen Spitzen des Gestrüpps am Bahnhang klebten noch Tautröpfchen. Die kühle Morgenluft vermengte sich mit dem scharfen Geruch verbrannter Holzkohle und frischem Kaffeeduft. Maureen drehte an ihrem Nasenring und sog sich die Mischung in die Lungen. Der Geruch der Freiheit, dachte sie, ein guter Platz, gute Leute.

Ihr Rucksack stand noch bei Miki. Sie hörte ihn hämmern, bevor sie die Tür zu seinem Bauwagen öffnete. Diese bekloppte Idee mit dem Hochbett. »Für zwei ist mein Bett zu klein, Wildkatze«, hatte er gesagt, »ich bau uns ein ganz großes, und drunter 'nen Plätzchen, da kannste dich dann rumlümmeln.« Sie hätte nicht mit ihm in die Kiste steigen sollen. Gut, das war ihre Art, Danke zu sagen, aber Miki hatte das irgendwie in den falschen Hals gekriegt. Verliebt hatte er sich, der alte Ziegenbart. Gestern hatte er Holz gekauft und zugesägt. Sie hatte es ihm nicht ausreden können.

»So, Miki«, begrüßte sie ihn, »wollt nur schnell meinen Rucksack holen.«

»Musst wieder auf die Piste, was?« Sein trauriger Hundeblick war zum Davonrennen.

»Reisende soll man nicht aufhalten, dein Spruch!« Maureen drängte sich durch den Holzstaub zu der Ecke durch, in der ihr Rucksack stand.

»Das da!«, Miki deutete auf die Vordertasche des Rucksacks, »find ich gar nicht gut.«

»Wühlst in meinen Sachen rum oder was?«

»Weißt ganz genau, dass ich das nie tun würde«, schniefte Miki beleidigt. »Der Rucksack ist umgekippt, als ich die Bretter reingeschafft hab. Wo haste das Teil denn her?«

»Von meinem Alten.«

»Und was willste damit?«

Maureen zuckte mit den Schultern, während sie den Rucksack schulterte. »Damit kann mir keiner was«, murmelte sie. »Der Alte nicht und auch sonst niemand.«

»Kommste denn heute Nachmittag auf die Rennbahn? Weißt schon, der Gaul, von dem ich dir erzählt hab ...«

Mikis Blick bettelte um ein Ja. Damit schnürte er Maureen die Luft ab. Mensch, Miki, dachte sie, ich bin keine, die ein Hochbett braucht, ich bin keine, die bleibt. Häng dich nicht an mich dran, sonst bin ich sofort weg. Sie sagte nichts von alldem, seufzte nur und murmelte: »Mal schauen.«

12. April Kitty sah das Mädchen mit dem Nasenring nur ein einziges Mal. Sie saß in der Bahn ganz hinten, dort wo Kitty immer saß, wenn sie von der Schule nach Hause fuhr. Breitbeinig hockte sie in ihrem rot karierten Schottenrock auf dem Sitz, die schweren Stiefel über den schwarzen Strümpfen klackten im Rhythmus ihrer iPod-Musik. Den Sitz neben sich hatte sie mit einem Rucksack belegt.

»Hey, mach mal Platz«, sagte Kitty, und als das Mädchen nicht reagierte, tippte sie auf die mit Buttons übersäte Lederjacke. Ohne Kitty anzusehen schob das Mädchen seinen Rucksack unter den Sitz. Ihre Stiefel stanken nach Hundescheiße. Kitty setzte sich trotzdem. Sie beobachtete das Mädchen von der Seite, sah, wie sie geschwind ein giftgrünes, viereckiges Papier aus ihrer Jackentasche kramte und es geschickt hin und her faltete. Sie unterbrach diese Arbeit nur ungern, wenn eine der widerspenstigen schwarzen Haarsträhnen ihr die Sicht nahmen.

Als die Bahn in die nächste Station einfuhr, griff das Mädchen eilig nach seinem Rucksack. Sie bemerkte nicht, dass sie damit gegen Kittys Beine stieß.

»Pass doch auf!«

Ganz kurz sah das Mädchen sie an. Neugierig, mit einem kleinen Grinsen in den Mundwinkeln. »Kannste haben«, sagte sie und schnippte ihr das gefaltete Papierchen auf den Schoß. Schnell hastete sie dann zur Tür.

Kitty beobachtete, wie sie den Rucksack schulterte und eine Coladose vor sich her kickend in Richtung Rennbahn davonging. Dann erst griff Kitty nach dem gefalteten Papierchen. Es war ein kleiner Frosch. Ein Frosch! Und wenn ich ihn an die Wand knalle, erscheint mein Märchenprinz! Kitty kicherte leise. Immer noch hatte sie den Gestank der Hundescheiße in der Nase. Der verlor sich erst, als sie selbst die Bahn verließ und ihr an der Straßenecke der vertraute Duft der Bäckerei Schulz in die Nase stieg.

Auf der Kastanie vor ihrem Haus lärmte eine Schar Spatzen. Irgendwie sind die in den letzten Tagen lauter geworden, dachte Kitty, als sie die Haustür aufsperrte und langsam in den zweiten Stock stapfte. Merkwürdige Essensgerüche strömten ihr entgegen, und Kitty fasste sich ärgerlich an den Kopf. Sie hatte den Deutschkurs ihrer Mutter vergessen! Wenn sie daran gedacht hätte, wäre sie mit Karla nach Hause gegangen und erst heute Abend hier aufgetaucht. Aber dafür war es jetzt zu spät. Schnell schleuderte sie die Allstars ins Schuhregal, dann ging sie in die Küche und nickte den Chinesinnen, Indern und Russen zu, die bei ihrer Mutter einen Deutschkurs belegt hatten.

»Das ist meine Tochter«, sagte Anna langsam, laut und jedes Wort betonend, so als würde sie mit Schwerhörigen reden. »Sie heißt Kitty, ist fünfzehn Jahre alt und kommt gerade aus der Schule.«

Für Erwachsene ist es viel schwerer, eine fremde Sprache zu lernen, als für junge Leute, hatte ihr Anna mal erklärt, und meine Schüler kommen zudem aus sehr fremden Kulturen. Deshalb ist es so wichtig, jedes Wort deutlich zu betonen und ihnen unser Leben zu erklären. Kitty fragte sich jedes Mal, warum Anna nicht auch noch eine Zeichensprache dazu benutzte.

»Heute hatte sie sieben Stunden Unterricht«, fuhr ihre Mutter in gleichem Tempo und gleicher Lautstärke fort. »Jetzt ist sie hungrig und möchte etwas essen!«

Die Peinlichkeit ihrer Mutter war nicht zu überbieten. Kitty kam sich vor wie ein Affe im Zoo. Anna bemerkte nichts davon, und die Kursteilnehmer betrachteten Kitty neugierig. Teller mit verschiedenem Gebäck wurden ihr entgegengestreckt.

»Das sind Wan-Tans, Samosas und Piroggen«, erklärte ihr Anna unvermindert laut und langsam. »Alles ist selbst gemacht und sehr lecker!«

So schnell sie es vermochte, packte Kitty sich welche von den Dingern in eine Schale, holte sich zusätzlich die Cornflakes-Packung vom Regal und die Milch aus dem Kühlschrank. Mit einem hastigen »Danke« sah sie zu, dass sie aus der Küche verschwand.

»Sie ist müde«, hörte sie vom Flur aus Anna den Gästen erklären. »Sie wird jetzt etwas fernsehen oder am Computer spielen. Danach muss sie Hausaufgaben machen.«

Mit einem Stoßseufzer schloss Kitty die Tür zu ihrem Zimmer und schaltete das Radio ein. Gierig biss sie in das fremde Gebäck. Nur eines davon schmeckte ihr, den Rest legte sie auf die Fensterbank, schüttete stattdessen Cornflakes in die Schale und löffelte diese bei voller Lautstärke von Eins live.

Zum Glück lud ihre Mutter nur die Abschlusskurse nach Hause ein. Früher hatte Kitty sich gern zu den fremden Menschen in die

Küche gesetzt, schwarze, braune, gelbe Haut befühlt, die blau-schwarzen Zöpfe von Inderinnen und die krausen Locken von Schwarzafrikanerinnen angefasst. »Wir haben nicht genügend Geld, um um die Welt zu reisen, stattdessen hole ich dir die Welt an den Küchentisch«, hatte Anna oft zu ihr gesagt, wenn die Gäste gegangen waren und der Geruch von fremden Ländern und kräftigen Gewürzen noch in der Küche hing. Sie hatte es toll gefunden. Heute fand sie fast nichts mehr toll, was ihre Mutter tat. Verdammt, dachte Kitty, als sie merkte, dass sie noch Hunger hatte.

Zurück in der Küche holte sie so unauffällig wie möglich ein paar Scheiben Toast aus dem Brotkasten.

»Kitty, ist das ein typisch deutscher Name?«, fragte eine der Chinesinnen.

Die Antwort ihrer Mutter, die sie sowieso in- und auswendig kannte, hörte Kitty nicht mehr. Sie hatte sich schnell das Telefon aus dem Flur geschnappt und sich wieder in ihrem Zimmer verschanzt.

»Mathe ist gar nicht so schwer«, meinte Karla, die schon über den Hausaufgaben saß. »Zur Berechnung der Schnittmenge musst du im Mathebuch nur noch mal die Seite 21 nachlesen.«

An Mathe wollte Kitty jetzt gar nicht denken und auch nicht an die Englischarbeit, die sie heute zurückbekommen hatten. »In der Küche sitzt ein Deutschkurs, und meine Mutter hat mich mal wieder vorgeführt.«

Karla kicherte.

»Und in der Bahn hat mir eine, die Hundescheiße an den Schuhen hatte, einen Papierfrosch geschenkt!«

»Frosch, Hundescheiße, Inder, Russen und Chinesinnen. Was für Schnittmengen haben wir da?«

»Ha, ha, ha. Machst du noch was heute?«

»Ich muss noch Haarspray und Wimperntusche kaufen und wollte mal nach Stiefeln gucken. Kommst du mit?«

»Klar! Willst du dann bei mir übernachten? Wir könnten Popcorn machen und noch zwei Folgen Gilmore-Girls gucken.«

Kitty strich zum dritten Mal das Ergebnis der Schnittmenge durch, deren Berechnung ihr trotz der Seite 21 schwerfiel, als ihre Mutter den Kopf durch die Tür steckte.

»Sie sind weg«, erklärte sie. »Und wir haben noch Samosas und Wan-Tans, um damit eine zehnköpfige Familie sattzukriegen. Willst du morgen welche davon mit in die Schule nehmen?«

»Auf gar keinen Fall. Nimm du sie doch mit in deinen Unterricht.«

Anna schmunzelte.

»Kann Karla heute hier übernachten? Popcorn, DVDs und so.«

»Kein Problem«, meinte Anna. »Aber um zehn macht ihr das Licht aus, morgen ist Schule. Triffst du dich morgen mit Papa?«

»Nur wenn er alleine kommt«, brummte Kitty. Sie hatte keine Lust auf die Frau, mit der er jetzt zusammen war. »Ich brauch Geld für eine Antipickelcreme«, sagte sie dann etwas lauter. »Karla und ich gehen noch kurz in die Stadt.«

»Nimm dir fünf Euro aus der Haushaltskasse!« Anna war schon im Gehen, als sie sich umdrehte und fragte: »Wie war übrigens die Englischarbeit? Die solltet ihr doch heute zurückbekommen.«

Scheiße, verdammte Scheiße, dachte Kitty, die so gehofft hatte, dass Anna das bei all dem Besuch vergessen würde.

»Sag ich dir gleich«, grummelte sie und vertiefte sich in die Schnittmenge. »Lass mich erst Mathe zu Ende machen.«

»Was ist es?« Die Stimme ihrer Mutter schaltete auf Alarm. »Eine Vier oder eine Fünf?«

»Die Arbeit ist insgesamt sehr schlecht ausgefallen. Es gab zehn Vierer, acht Fünfer und zwei Sechser, nur Jan, das Superhirn, hat eine Eins. Selbst Karla hat nur eine Drei geschrieben …«

»Vier oder Fünf?«, wiederholte ihre Mutter ohne Gnade. »Oder noch schlechter?«

Kitty gab sich einen Ruck. »Es ist eine Fünf plus, was ja nicht viel schlechter ist als eine Vier minus, womit ich noch guter Klassendurchschnitt bin. Zudem hat die blöde Krüger versprochen, die nächste Arbeit nicht so schwer zu machen, ich habe also noch alle Chancen, die schlechte Note auszugleichen …«

Anna seufzte schwer, und Kitty stellte ihre Ohren auf Durchzug. Was jetzt kam, hatte sie sich schon oft anhören müssen: mehr für die Schule tun, ein gutes Abschlusszeug in der Zehn, Englisch mindestens eine Drei, sonst Nachhilfe und so weiter. Und zum Schluss betonte Anna immer noch einmal die Bedeutung der Schule für ihr weiteres Leben. Schule! Als ob es nichts Wichtigeres gäbe. Nur, wie sollte man das ausgerechnet einer Lehrerin klarmachen?

Jan griff nach seinem Herzen. Es schlug so schnell, dass es wehtat. Dann rannte er los, den anderen hinterher. Er bemerkte nicht, dass ein Fahrradfahrer seinetwegen strauchelte, ein Autofahrer seinetwegen bremste. Auch nicht, wie sich der Boden unter seinen Füßen veränderte. Erst war es Beton, dann Kies, dann Sand, dann festgetretene Erde und zum Schluss Gras und Gestrüpp. Selbst den Regen, der unangemeldet auf ihn niederprasselte, nahm er nicht wahr. Riechen tat er auch nichts. Nicht den nassen Beton, nicht die feuchte Erde, nicht das frische Gras, nicht die Pferde. Erst das Wiehern von Hektor brachte ihn zur Besinnung. Der alte Fuchs stand wie immer in der zweiten Box und begrüßte ihn mit einem eifrigen Kopfnicken. Jan kramte mit zittrigen Fingern in seiner Hosentasche nach einem Zuckerwürfel. Er fand nur das Papiervögelchen. Ein Schluchzer zerriss ihn fast, und warme Tränen mischten sich mit den Regentropfen, die ihm übers Gesicht liefen.

»Ich hab nichts, Hektor, gar nichts«, krächzte er und strich dem Pferd über die schmale Blesse.

»Jan?«, hörte er die Stimme von Florian fragen.«

Jan wischte sich mit dem Ärmel den Rotz von der Nase und stolperte weiter zu dem kleinen Holzschuppen, wo Florian und Enno atemlos an der Wand lehnten.

»Wir müssen zurück«, schnaufte Enno. »Es war blöd abzuhauen.«

»Ich ruf die 110«, keuchte Jan.

»Jetzt wart erst mal ab«, bremste Florian. »Vielleicht ist es gar nicht so schlimm.«

Keiner machte Anstalten, sich in Bewegung zu setzen. Jan lehnte sich neben die beiden an die Wand, sog den Geruch des feuchten Holzes in seine strapazierten Lungen. Keiner sagte was. Der Regen wurde heftiger, er übertönte das Schnauben der Pferde und das ferne Tuten eines Notarztwagens. Jan spürte die schwere, regennasse Jacke, das feuchte T-Shirt, die kalte Haut und die Angst. Er zitterte am ganzen Körper.

»Los jetzt«, befahl Enno.

Schweigsam gingen sie den Weg zurück. Am Spielplatz war niemand mehr.

»Ich hab doch gesagt, alles gar nicht so schlimm«, wiederholte Florian. Jan fand die Waffe in dem Sandhaufen neben dem Klettergerüst.»Sieht wie eine alte Wehrmachtspistole aus«, vermutete Florian.»Mein Urgroßvater hatte so eine.« »Wir legen sie in unser altes Versteck, sicher ist sicher«, schlug Enno vor. Erneut machten sie sich auf den Weg zur Rennbahn. Immer noch regnete es. Durch die Feuchtigkeit ließ sich die lose Latte am Holzschuppen schwerer lösen als sonst. Florians Hand zitterte, als er mit dem Feuerzeug ins Innere leuchtete. Die kleine Flamme beschien eine Plastiktüte und das rote Glas ihrer dort versteckten Shisha. Die bewahrten sie hier auf, seit Enno damit bei sich zu Hause einen Zimmerbrand entfacht hatte. Blutrot, dachte Jan, dem die Farbe zum ersten Mal auffiel, das Glas ist blutrot. Enno schob die Pistole in die Plastiktüte und legte diese hinter die Shisha. Dann nickte er den anderen zu. Ohne noch ein Wort miteinander zu wechseln, machten sich die drei auf den Heimweg.

Anja spürte ihr Handy vibrieren, als Farin Urlaub »Männer sind Schweine« sang. Das Konzert der Ärzte lief noch nicht mal dreißig Minuten. Sie hätte es wissen müssen. Immer hatte sie Pech bei Rufbereitschaft.
»Ich muss los«, flüsterte sie ihrer Freundin Sylvie zu. Die schickte ihr nur ein bedauerndes Nicken und drehte sich schnell wieder der Band auf der Bühne zu. Anja schlängelte sich durch die Stuhlreihe, stieg die steilen Treppen hoch, ging an den Türstehern vorbei nach draußen. In dem leeren Flur bereiteten sich die Bier- und Brezelverkäufer auf den Ansturm in der Pause vor, und Regen prasselte gegen die gläserne Außenwand der Konzerthalle. Anja wählte Daniels Nummer.
»Wo?«, fragte sie.
»Ecke Neusser Straße, Militärring. Kannst uns nicht verfehlen.«
Anja knöpfte die Lederjacke zu und trat in den Regen. Ihre schwarzen Stiefel waren schon nass, als sie sich in der Tiefgarage hinters Steuer setzte. Sie fuhr über den Rhein auf die andere Seite der Stadt und erreichte nach zwanzig Minuten die Kreuzung. Ein trostloser Ort im Niemandsland zwischen zwei Vororten. Sie sah

zwei Streifenwagen und den Notarzt und registrierte, dass der Tatort gesichert und die Spurensicherung bei der Arbeit war. Sie zeigte dem Beamten an der Absperrung ihren Polizeiausweis und ging zu dem Mann im grünen Parka.

»Hallo, Daniel.«

»Das Domina-Outfit«, sein Blick glitt an ihrer engen Lederhose entlang, »hattest du ein Date? Hab ich dich beim Peitschen gestört?«

Männer sind Schweine, schoss ihr durch den Kopf. Die Anzüglichkeiten ihres Chefs konnte sie nicht ausstehen. Nie fiel ihr dann eine schlagfertige Antwort ein.

»Sieht nach einem Verkehrsunfall aus«, sagte sie stattdessen. »Warum sind wir da?«

»Hast recht. Ist ein Unfall mit Todesfolge und anschließender Fahrerflucht. Das Opfer ist ein junges Mädchen.« Daniel deutete mit dem Kopf zu den in ihren weißen Overalls am Boden knienden Männern der Spurensicherung. Von dem toten Mädchen konnte Anja nur zwei merkwürdig verdrehte Beine erkennen. Der Unfallarzt nickte ihr zu. Sie wandte sich wieder an Daniel.

»Aber?«

»Die Kleine hat eine Schussverletzung an der Schulter. Ist den Kollegen von der Streife sofort aufgefallen.«

»Ist hier auf sie geschossen worden?«

Daniel zuckte mit den Schultern.

Der dichte Regen drang in das Leder ein, in Anjas Stiefeln quietschte das Wasser. Sie blickte sich um. Auf der einen Seite Lagerhallen, ein alter Bunker und die Geestemünder Straße, auf der anderen ein dunkler Waldparkplatz, hinter dem sich ein Waldstück erstreckte. Bei Nacht eine sehr einsame Gegend. Kein Ort für junge Mädchen.

»Gehört sie zur Geestemünder Straße?«

Um den Straßenstrich aus der Innenstadt zu vertreiben, hatte die Stadt dort vor ein paar Jahren sogenannte »Verrichtungsboxen« aufstellen lassen, wo vor allem junge, drogenabhängige Prostituierte in relativer Sicherheit ihre Freier bedienen konnten.

»Sieht nicht aus, als ob sie auf Droge war. Keine Einstiche, keine Mangelerscheinungen. Wir müssen hören, was der Gerichtsmediziner sagt.«

»Was ist mit der Kantine?« Anja deutete auf die Diskothek, das einzige beleuchtete Gebäude zwischen den Lagerhallen. »Kann sie dort gefeiert haben?«

»Da gibt's heute eine Ü-Dreißig-Party. Das Mädchen ist höchstens sechzehn!«

»Ich hab's«, hörte Anja einen der Männer der Spurensicherung vom Straßenrand her rufen.

Daniel und sie setzten sich sofort in Bewegung. Der Mann zeigte ihnen ein demoliertes Handy. »Muss gegen den Stromkasten geprallt sein. Mal sehen, ob wir noch irgendetwas rekonstruieren können.«

Anja schritt zurück auf die Straße, stellte sich in die Mitte, dorthin, wo das Mädchen von dem Wagen erfasst wurde. War sie vom Parkplatz oder von den Lagerhallen aus hierhergelaufen?

»Was sagen die Bremsspuren?«

»Die Jungs von der Spurensicherung schätzen, dass der Wagen zwischen achtzig und hundert draufhatte. Wollte wahrscheinlich noch die Grünphase an der Ampel mitnehmen. Genaueres wie immer nach der Auswertung.«

»Wann hat es angefangen zu regnen?«

»So gegen 20 Uhr 30.«

»Ich will los!«, rief der Arzt, der immer noch neben der Toten kniete.

Anja näherte sich der Leiche. Daniel blieb hinter ihr. Der hasste die Konfrontation mit dem Tod noch mehr als sie. Eine große Wunde am Hinterkopf, darunter hatte sich eine Lache aus Blut und Wasser gebildet. Davon und von ein paar Schürfwunden abgesehen war das Mädchen unverletzt. Sehr helle Haut, einen kleinen Ring in der Nase, schmale Lippen, ein paar verblasste Sommersprossen auf den Wangen. Die Ohren klein wie die eines Kindes. Wie jung sie war! Anja atmete tief durch, zwang sich, nur ihren Verstand zu benutzen. Langsam ließ sie den Blick am Körper des Mädchens entlanggleiten.

Der Arzt schob die Lederjacke des Mädchens zur Seite und deutete auf eine blutverschmierte Stelle an der rechten Schulter, die Schussverletzung. »Eine kleinkalibrige Waffe, mehr kann ich noch nicht sagen.«

»Möglicherweise ist sie auf der Flucht vor dem Schützen auf die

Straße gerannt«, vermutete Daniel,»und dabei von dem Wagen erfasst worden.«

»Ob dann jemand den Schuss gehört hat?«Anja blickte auf die im Dunklen liegenden Industriehallen auf der einen und das noch dunklere Waldstück auf der anderen Seite. Wäre ein Wunder, dachte sie.

»Das müsst ihr euch noch ansehen.« Der Arzt deutete auf das mit blauen Flecken übersäte rechte Handgelenk.»Sie wurde festgehalten.«

»Hatte sie außer dem Handy noch irgendwas bei sich?«, fragte Anja.

»Kein Perso, kein Schülerticket, kein gar nichts. Wir müssen morgen bei Tageslicht das Gelände noch mal genauer absuchen. Nur das haben wir gefunden. Einen Packen kleiner bunter Papierblätter.« Daniel zeigte ihr die entsprechende Plastikhülle.

»Origami-Papier.« Anja bewegte die dünnen Papierblätter durch das Plastik hin und her.»Damit hab ich früher auch mal gebastelt.«

»Seid ihr fertig?«, fragte der Arzt. Als Anja und Daniel nickten, zog er den Reißverschluss des Leichensacks zu.

Anja und Daniel schlenderten zum Straßenrand. Daniel zündete sich eine Zigarette an.

»Wer hat die Streife benachrichtigt?«, fragte Anja.

»Das Sankt-Vinzenz-Krankenhaus. Ein anonymer Anruf gegen 20 Uhr 45.«

»Der Autofahrer?«

»Möglich.«

Wieder sah Anja sich um. Die Spurensicherung packte die letzten Gerätschaften in den Kombi, der Arzt stieg in sein Auto, der Leichenwagen fuhr davon. Der Regen hatte die Kreidezeichnungen auf dem Boden schon fast weggewischt. Auf dem Weg zu den Betonburgen in den nördlichen Vororten spritzten Autofahrer achtlos Wasser auf die Seitenstreifen des Militärrings. Sie wussten nichts von dem toten Mädchen, konnten sich gleich in Ruhe in ihre Betten legen. Ihre Rücklichter verschwanden hinter der nächsten Kurve. Zurück blieben der Regen und die Dunkelheit.

»Du die Kantine, ich die Nutten«, schlug Daniel vor und schnippte den Zigarettenstummel auf den Boden.

Anja war einverstanden. Sie überquerte die Straße, ihre Stiefel klickten auf dem nassen Beton.

»High heels, echt scharf, Anja«, rief Daniel ihr nach, »wusste gar nicht, dass du so was trägst.«

Wieder fiel ihr nicht ein, was sie erwidern sollte. Wortlos marschierte sie durch die Fabrikhallen auf die Diskothek zu. Ihre Armbanduhr zeigte 23 Uhr 33 an.

13. April Es war zwei Uhr morgens, als Anja mit dem Aufzug
in den vierundzwanzigsten Stock fuhr und dort ihre Wohnungstür
aufsperrte. Im Dunkeln trat sie auf den schmalen Wohnzimmer-
balkon, sah hinaus auf die vom Regen verwischten Lichter der
Stadt, zog die bleischwere Jacke aus und schälte die Stiefel von
ihren Füßen. Durch die Strümpfe hindurch hatte das Leder ihre
Füße schwarz gefärbt. Durchfroren stieg sie unter die warme Brau-
se. Immer wieder rutschte sie gegen die Wand der Duschkabine,
so müde waren ihre Beine. Während das warme Wasser ihren Körper noch schläfriger machte, spulte ihr aufgedrehtes Gehirn die
Ereignisse der Nacht ab.

Die Befragung war mager ausgefallen. Die Türsteher der Diskothek
waren sehr sicher, das Mädchen nicht gesehen zu haben. An so
eine auffällig Gekleidete hätten sie sich erinnert, so ein junges
Gemüse hätten sie auch nicht hineingelassen. Auch Daniel hatte
nichts über das Mädchen erfahren. Es gab keine, die an diesem
Abend mit Schottenrock und Stiefeln in den Verrichtungsboxen
gearbeitet hatte. Wenn das Mädchen also weder tanzen war noch
zu den Prostituierten zählte, was hatte sie dann in der Gegend zu
suchen gehabt?

Trocken gerubbelt schlurfte Anja ins Schlafzimmer. Als sie den
Wecker auf sechs Uhr stellte, blieb ihr Blick an dem Foto von Moritz
hängen. Braun gebrannt strahlte er sie vor einem blauen Himmel
und einem noch blaueren Meer an. Mauritius. Long, long ago.

Auch was die Identität des Mädchens anging, waren sie nicht weitergekommen. Über den Polizeicomputer hatten sie alle aktuellen
Vermisstenmeldungen gecheckt. Während Daniel den Tagesbe-
richt schrieb, war sie die weiter zurückliegenden Vermisstenmeldungen durchgegangen, zu denen Fotos von den Verschwundenen
im Rechner standen. Das Mädchen mit dem Nasenring hatte sie
nicht unter ihnen gefunden. Sie brauchten also dringend ein Foto
der Toten.

Während sie sich in ihr Plumeau rollte, gab Anjas Kopf immer
noch keine Ruhe. In Gedanken ging sie die nächsten Arbeitsschrit-
te durch. Die Mitarbeiterinnen des SKM kontaktieren, die die jungen Prostituierten betreuten, die Notschlafstelle anrufen, mit den
Streetworkern am Hauptbahnhof reden, Presse und Internet mit
einem Foto des Mädchens versorgen. Es würde ein langer Arbeits-

tag werden. Die ersten achtundvierzig Stunden waren für die Aufklärung eines Verbrechens entscheidend. Deshalb brauchte sie jetzt wenigstens ein paar Stunden Schlaf.

Sie schloss die Augen und hörte den Schuss, der auf das Mädchen abgefeuert worden war. Wer schoss auf ein junges Mädchen? Anja zwang sich, an Meereswellen zu denken, an graue Nordsee- oder gischtige Atlantikwellen, die sich an felsigen Steilküsten brachen, oder an die sanften Wellen vor Mauritius. Manchmal funktionierte das. Doch heute schoben sich immer wieder die verklebten schwarzen Haare, die aufgerissene Haut, die toten Augen, die kindlichen Ohren dazwischen. Das Letzte, was sie sah, bevor sie in einen unruhigen Schlaf sank, waren die Stiefel. Schwarzes, billiges Leder mit einem roten und einem grünen Schnürbändel. So ähnliche Stiefel hatte sie selbst besessen, als sie in etwa so alt wie das tote Mädchen gewesen war.

Es gibt Tage, an denen die Zeit ereignislos zerrinnt, Tage, an die man sich niemals erinnern wird, Tage, bei denen man sich fragt, wofür sie nutzen im Leben. Für Kitty war dies so ein Tag. Schule langweilig, Spaghetti und Tomatensoße wie immer, Hausaufgaben überschaubar, eigene Stimmung mittelmäßig, Anna friedlich. Die saß seit dem Mittagessen stumm an ihrem Schreibtisch und dachte sich Aufgaben zu Akkusativ und Dativ aus, um damit ihre Schüler zu quälen.

Kitty hatte ihre Hausaufgaben fast erledigt, musste nur noch für Gesellschaftslehre etwas in der Tageszeitung nachsehen. Sie fuhr den Rechner hoch und loggte sich bei der entsprechenden Internetseite ein. Dabei stolperte sie über ein Foto des Mädchens mit dem Nasenring.

»Mama«, rief sie. »Mama, komm mal!«

»Wer kennt dieses Mädchen?«, las Anna unter dem Foto, das Kitty ihr zeigte. »Sachdienliche Hinweise bitte an ...« Anna schüttelte den Kopf. »Wie furchtbar«, seufzte sie.

»Ich habe sie gestern in der Bahn gesehen«, erzählte Kitty. »Sie hat nach Hundescheiße gestunken.«

»Wirklich? Du musst diese Nummer anrufen!« Anna tippte auf den Bildschirm. »Es kann wichtig sein, dass du sie gesehen hast.«

»Jetzt übertreib mal nicht! Ich kenn die doch gar nicht! Das waren

keine fünf Minuten, dann war sie wieder aus der Bahn raus.« Kitty
bedauerte bereits, dass sie ihre Mutter gerufen hatte. Sie hatte
keine Lust, mit der Polizei zu reden.

»Stell dir vor, es ist deine Freundin, stell dir vor, es hilft der Polizei
festzustellen, wer das Mädchen war«, fuhr Anna fort und ließ
andere Stell-dir-vor-Situationen folgen. »Wenn du nicht anrufst,
dann mach ich es«, endete sie und holte das Telefon.
Genervt tippte Kitty die Nummer ein. Sie wurde mit einer Frau
verbunden. Schnell wollte sie von der Begegnung mit dem Mädchen erzählen, aber die Frau unterbrach sie:
»Ich würde gerne persönlich mit dir reden«, sagte sie. »Wo wohnst
du? Ich komme bei dir vorbei.«
»Besser nicht«, meinte Kitty mit einem Blick auf ihre Mutter. Als
Treffpunkt schlug sie das Starbucks am Heinzelmännchen-Brun-
nen vor. In zwanzig Minuten könnte sie dort sein.
»Gut. Ich warte vor dem Eingang auf dich.«

Die Polizistin hieß Anja Kraft und war kaum größer als Kitty. Ihr
Alter konnte Kitty schwer schätzen, aber sie war deutlich jünger
als ihre Mutter. Sie trug Jeans und eine langweilige Jacke.
»Was für einen Kaffee willst du?«
Kitty bestellte einen Iced Café Mokka.
»Such uns einen Tisch aus, während ich anstehe«, schlug Anja
Kraft vor.
Ihr Lieblingstisch am Fenster in der ersten Etage war frei. Hier saß
Kitty gerne mit Karla und schaute dem Treiben auf der Straße zu,
während sie über Liebe, Jungen und das Leben quatschten. Die
Polizistin brachte zu dem Kaffee zwei Schokoladenmuffins und
ein Sandwich mit, das sie sofort aus der Plastikhülle befreite.
»Hab heute noch nichts gegessen«, sagte sie entschuldigend und
verschlang das Brot schnell. »In der Bahn hast du sie gesehen?«,
fragte sie. »Wann und wo?«
»Wir haben keinerlei Papiere bei ihr gefunden«, erklärte die Polizistin, als Kitty mit ihrer Schilderung zu Ende war. »Weißt du, ob
sie eine Tasche oder etwas Ähnliches bei sich hatte?«
»Einen Rucksack«, fiel Kitty ein. »Darin muss etwas Schweres
gewesen sein. Sie hat mich damit am Bein gestoßen, als sie ausgestiegen ist.«

»Erinnerst du dich an die Farbe oder die Marke des Rucksacks?«, fragte Anja Kraft. »Und das Schwere? Was könnte das gewesen sein? Ein Stein? Ein Laptop? Eine Kamera?« Laptop konnte Kitty ausschließen, der hätte nicht in die vordere kleine Tasche des Rucksacks gepasst. Stein, Kamera, schweres Buch, Farbe, Marke keine Ahnung. Es war eine flüchtige Begegnung. Was merkte man sich da schon?

»Mehr als du denkst!« Die Polizistin sah sie aufmunternd an. »Sie hat mit einem iPod Musik gehört. Ziemlich laut. Klang nach hartem Rock.«

»Wirkte sie nervös oder ängstlich?«

»Überhaupt nicht!« Da war Kitty sich sehr sicher. Eher einschüchternd hatte sie gewirkt, ein Mädchen, mit dem man sich sicher besser nicht anlegte. »Das hat sie mir beim Aussteigen zugeworfen.« Kitty zog den Papierfrosch aus der Jackentasche und legte ihn auf den Tisch.

Vorsichtig wendete ihn die Polizistin mit dem Kugelschreiber hin und her. »Nicht ganz einfach zu machen, bestimmt sechs Faltschritte. Mir ist er nie besonders gut gelungen, der Springfrosch. Ein Frosch, in welchem Märchen kam noch mal ein Frosch vor? Dornröschen?«

»Froschkönig.«

»Stimmt!«

»Seh ich etwa aus, als suche ich einen Märchenprinz?« Kitty bekam glühende Backen, so überrascht war sie, dass sie dies tatsächlich laut gefragt hatte.

»Märchenprinz?« Es dauerte einen Augenblick, bis die Polizistin Kittys Gedankensprung nachvollzog. »Es wäre doch klasse, man könnte Männer wie den Frosch an die Wand klatschten und hätte dann einen Märchenprinz. Findest du nicht?«

»Es gibt keine Märchenprinzen!« Kitty war es peinlich, dass sie die Frage gestellt hatte.

»Da hast du völlig recht«, beeilte sich die Polizistin zu sagen, »und Männer, die anfangs wie ein Märchenprinz wirken, erweisen sich oft als Mogelpackung.« Jetzt lächelte sie ein trauriges Lächeln, und Kitty fiel auf, dass sie eine kleine Zahnlücke zwischen den oberen Schneidezähnen hatte. »Aber vielleicht hat das fremde Mädchen einen Märchenprinz gesucht?«

»Bei dem Wort Märchenprinz hätte die wahrscheinlich ausge-
spuckt. Die wirkte nicht, als sei sie auf der Suche nach irgendwas.«
Kitty staunte, wie viel ihr zu dem Mädchen einfiel. In der kurzen
Zeit hatte ihr Gedächtnis eine Menge Eindrücke gespeichert. »Sie
wirkte so, als ob sie sich nimmt, was sie braucht.«
Die Polizistin machte eifrig Notizen, schob dabei mit der anderen
Hand Kitty den einen Schokoladenmuffin hin und biss selbst in
den anderen.
»Wie ist sie eigentlich gestorben?«, erkundigte sich Kitty vor-
sichtig.
Die Polizistin hörte auf zu schreiben. »Sie wurde mitten auf der
Straße von einem Auto erfasst und gegen den Bordstein geschleu-
dert, draußen am Militärring.«
»War sie ...?«
Ein schrilles Rattern ließ Kitty die Frage nicht zu Ende stellen. Das
Handy von Anja Kraft hatte einen grauenvollen Klingelton. Der
Anruf schien wichtig zu sein, denn die Polizistin schlüpfte sofort
in ihre Jacke und verabschiedete sich.
»Ich muss leider los«, entschuldigte sie sich, »wenn dir noch was
einfällt, hier ist meine Handynummer.« Eilig kritzelte sie diese auf
ein Stück Papier.
Kitty sah, wie sie wenig später hastig am Heinzelmännchenbrun-
nen vorbei in Richtung Rhein stapfte, und fragte sich, ob Polizistin
wohl ein interessanter Beruf war. Seit sie mit dem Gedanken spiel-
te, nach der zehnten Klasse von der Schule zu gehen, fragte sie
sich das immer, wenn sie Erwachsene bei der Arbeit sah. Natürlich
nicht so spannend wie im Fernsehen, das war ihr sonnenklar. Sie
stellte es sich grauenvoll vor, übel zugerichtete Leichen oder per-
verse Videos von Kinderschändern ansehen zu müssen. Aber
bestimmt war es ein gutes Gefühl, einen Verbrecher hinter Gitter
zu bringen. Und man konnte während der Arbeitszeit bei Starbucks Kaffee trinken gehen, das war doch auch nicht schlecht! Wo
wohl der Rucksack geblieben war? Was das Mädchen wohl gemacht
hatte, nachdem sie die Bahn verlassen hatte?
All diese Gedanken und Fragen wurden mit einem Schlag weggewischt, als Kitty Florian auf der Straße entdeckte. Er stand direkt
vor dem Starbucks, strich sich mit der linken Hand gedankenver-
loren durch die dunklen Locken. Guck hoch zu mir, los, guck hoch,

befahl Kitty ihm im Stillen, und tatsächlich, Florian sah hoch. Er lächelte, als er sie erkannte, und winkte ihr zu. Kittys Herz schlug wild, und jetzt wusste sie, dass dieser Tag überhaupt nicht so null-achtfünfzehn zu Ende gehen würde, wie er begonnen hatte.

Wieder stand er auf dem Zehn-Meter-Brett im Agrippa-Bad. Hinter ihm drängelten die anderen Kinder seines Schwimmkurses, unter ihm schimmerte azurblau und glatt das Wasser.

»Los, Jan, jetzt spring schon«, schrie sein Vater vom Beckenrand zu ihm hoch.

Der Schwimmlehrer daneben sah schon zum zweiten Mal auf seine Uhr. Jan starrte nach unten und bemerkte, wie sich unter dem Wasser etwas bewegte, ganz deutlich konnte er die schmalen, dunklen Schwarmfische erkennen, die sich direkt unter dem Sprungbrett sammelten. Piranhas, die darauf warteten, ihn zu zerfleischen.

»Na los, Jan!« Wieder die Stimme des Vaters.

»Piranhas«, wollte er schreien, aber er brachte keinen Ton heraus. Er schaute erneut nach unten. Das Wasser war wieder glatt und durchsichtig bis zum Boden. Aber Jan wusste genau, dass die mörderischen Fische nicht verschwunden waren, sie hatten sich unsichtbar gemacht, waren irgendwo versteckt. Es würde seinen sicheren Tod bedeuten, wenn er jetzt sprang. Wie konnte sein Vater so etwas von ihm verlangen?

»Lass Kitty springen«, bellte der Schwimmlehrer von unten. Mit gesenktem Kopf zog Jan sich bis zur Leiter zurück. Dennoch entging ihm der mitleidige Blick nicht, den Kitty ihm zuwarf, als sie an ihm vorbei nach vorne trat und sofort sprang. Er hörte sie im Wasser aufkommen, als aus seiner Badehose ein warmes Rinnsal an seinen Schenkeln und Beinen entlang auf die löchrigen Metallstufen des Springturms tropfte. Aber heulen würde er nicht, auf gar keinen Fall.

»Jan«, hörte er Kim vom Flur her rufen. »Da ist Enno für dich am Telefon.«

Jan rieb sich die Augen und reckte die Arme. Er war tatsächlich an seinem Schreibtisch eingeschlafen. Wann würde er endlich aufhören, diese bescheuerte Geschichte immer wieder zu träumen?

Er hatte noch nie auf dem Zehn-Meter-Turm des Agrippa-Bades
gestanden.

Seine Schwester brachte ihm das Telefon.

»Bad News, Alter«, begrüßte ihn Enno. »Schau mal auf deinem Rechner bei ksta.de auf der Seite Lokales nach. Wir treffen uns in einer halben Stunde mit Florian auf der Rennbahn.«

Jan fand das Foto sofort. Sie war tot. Das war zigmal schlimmer als der Zehn-Meter-Turm und die Piranhas. Aber wieso war sie tot? Wieso war sie tot, verdammt?

Er hätte auf seinen Bauch hören sollen. Der hatte sich zusammengezogen, genau so schlimm wie jetzt, als er sie auf der Rennbahntribüne getroffen hatte. Breitbeinig hatte sie allein inmitten einer der Sitzreihen gesessen, die Arme lässig über die Rücklehne gelehnt, den Kopf in die Sonne gereckt. Er hatte dem Training von Adrian Koch, seinem Lieblingsjockey, zugesehen und sie zunächst gar nicht bemerkt.

»Hey, du!«, hatte sie ihm zugerufen. »Hast du mal 'ne Zigarette?«

Hatte er nicht, aber er wusste, wie das Pferd hieß, nach dem sie fragte, und dass Adrian Koch in der Woche nicht nur Honeycookie sondern viele Pferde ritt. Und für ein Rennpferd, erzählte er, war es wichtig, auf weichem, hartem, schlammigem und trockenem Boden bewegt zu werden, weil niemand die Bodenverhältnisse an einem Renntag vorausahnen konnte.

»Honeycookie ist gut in Form«, hatte er ergänzt. »Ich wette, er kommt beim Cagliostro-Rennen am nächsten Sonntag unter die ersten drei. Ich setze zwanzig Euro auf Platz.«

»Mit Pferdewetten kannst du richtig Knete machen!« Sie sagte das, als hätte sie Ahnung davon.

»Wenn du Glück hast.«

»Ich kenne einen Typ, der hat schon mal fünfzigtausend gewonnen.«

»Wie schon gesagt: Glück, Zufall.«

»Ein ordentlicher Batzen Geld! Das wäre die große Freiheit«, schwärmte sie.

»Geld macht dich vielleicht unabhängig, aber nicht frei«, korrigierte er sie. »Freiheit ist was anderes.«

»Bist ein Klugscheißer, was? Dabei hab ich grad noch gedacht, du würdest am liebsten selbst so ein Rennen reiten.«

Da erzählte er ihr, dass ein Jockey klein und leichtgewichtig sein muss, so wie sein Freund Enno, er selbst aber schon mit zwölf den Traum, einmal ein Rennpferd zu reiten, aufgeben musste, weil er damals schon größer war, als ein Jockey je sein durfte. »Sei froh«, hatte sie gesagt, »bei manchen Träumen ist es gut, wenn sie so früh ausgeträumt sind.«

»Ach ja«, hatte er gekontert, »und welche hast du schon begraben müssen?«

Statt zu antworten, fragte sie ihn, ob sie bei ihm zu Hause duschen könnte. »Ging heute Morgen nicht. Haare waschen, Maniküre, Pediküre, das ganze Programm. Wär jetzt nett.«

Er hatte sie sich vorgestellt, ohne die dicke Lederjacke, ohne die schweren Stiefel, nackt hinter dem blaugelb gestreiften Vorhang der Dusche bei sich zu Hause, und sein Bauch hatte sich weiter zusammengezogen. Aber sie fixierte ihn mit so einem Blick, der keinen Widerstand duldete, mit so einem Lächeln, das signalisierte: »Jetzt mach dir mal nicht ins Hemd, Junge!« Dann sah er wieder, wie sie unter der Dusche nach der Waschcreme griff, sich von oben bis unten einseifte, die Augen schloss, den Kopf genüsslich in den Wasserstrahl reckte. Diese Bilder regten ihn auf, machten ihn ganz wirr im Kopf und zwischen den Beinen, und so hörte er nicht auf seinen Bauch, erfand keine Geschichte, warum sie auf gar keinen Fall bei ihm duschen könnte, sondern sagte:

»Klar. Kein Problem. Bei uns ist sowieso keiner zu Hause.«

Florian und Enno waren schon bei der Hütte, als er wenig später dort eintraf.

»Das ist eine verdammte, verwichste Scheiße«, motzte Florian ihn an. »Und das einen Tag vor meiner Verhandlung!«

»Sie ist tot, Mann! Das ist scheiße!«, gab Jan zurück.

»Dir haben wir den ganzen Driss zu verdanken, du hast sie angeschleppt«, schimpfte Florian weiter und trat dabei mit den Füßen gegen die Holzhütte.

»Was willst du damit sagen?«, wehrte sich Jan. »Hab ich mich etwa mit ihr im Sand gewälzt?«

»Ohne dich wäre es gar nicht dazu gekommen, du Idiot!« Florian schoss auf Jan zu und stieß ihn wütend an den Schultern. »Ich sage dir, wenn mir das morgen die Verhandlung ...«

»Könnt ihr mal aufhören, euch anzumachen, und stattdessen euer Gehirn gebrauchen?«, unterbrach ihn Enno. »Es ist Scheiße, dass sie tot ist, es ist Scheiße, dass du morgen deine Verhandlung hast, aber wenn ihr euch deswegen die Birne einhaut, ist keinem geholfen, oder?«

Florian ließ Jan los und schnaubte. Er reckte seine Schultern nach hinten und konnte nicht stillstehen. Unruhig tigerte er zwischen den beiden Jungen und der Hütte hin und her, kickte kraftvoll den einen oder anderen morschen Ast zur Seite. Jan wäre am liebsten unsichtbar geworden. Er hasste es, wenn Florian so drauf war. Er hasste diese Kämpfe und Raufereien unter Jungen. Dann kam er sich, trotz seiner einsfünfundachtzig immer so mickrig vor.

Der kleine Enno sah von einem zum anderen, und als er den Eindruck hatte, dass die zwei sich beruhigt hatten, machte er weiter: »Wir wissen nicht, wie sie gestorben ist. Wir kennen nur die Vorgeschichte, und na ja, das war eine ziemlich uncoole Nummer von uns.«

»Wir hätten sie nicht zurücklassen dürfen«, murmelte Jan.

»Hätten, hätten, hätten«, maulte Florian.

»Vorwürfe können wir uns später machen«, Enno hängte sich geschwind zwischen den schon wieder aufkeimenden Streit, »jetzt müssen wir überlegen, wie wir am besten aus der Sache rauskommen.«

»Ich schwöre, wenn morgen bei der Verhandlung ...«

»Wichtig ist, dass wir den Ball jetzt flach halten«, unterbrach Enno Florian und schlug vor, dass sie bis nach der Verhandlung gar nichts tun sollten. Kein Wort zu niemandem! Keiner konnte nachprüfen, ob sie die Suchmeldung gelesen hatten! Und überhaupt, wer würde sie mit dem Mädchen in Verbindung bringen? Und wenn Florian nach seiner Verhandlung wieder halbwegs klar denken konnte, dann würden sie weiter überlegen.

Jan schickte Enno ein dankbares Nicken zu. Meist hasste er die praktischen, kurz gedachten Vorschläge des Freundes, aber diesmal hätte er ihn dafür knutschen können. Man musste das Problem nicht als Ganzes lösen, auf solch eine Idee wäre er gar nicht gekommen.

Auch Florian wirkte erleichtert. »Ihr kommt doch morgen zu der Verhandlung, oder?«, fragte er dann.

»Klar doch, Mann«, brummte Jan, noch etwas zögerlich nach Florians Anmache.

»Ehrensache, Kumpel«, Enno puffte Florian in die Seite, »hab schon mit dem Trainer geredet. Ich kann die zwei Stunden am Sonntag nacharbeiten.« Dann verabschiedete er sich. Er musste zurück zu den Ställen, zum Ausmisten. Seit Sommer machte Enno im Gestüt Morgentau eine Ausbildung zum Pferdewirt und träumte davon, ein erfolgreicher Jockey zu werden.

Beim Ausmisten konnte der wenigstens Dampf ablassen, dachte Jan. Er wusste nicht, wohin damit. In ihm kochte eine derart explosive Suppe aus Angst, Trauer und Verzweiflung, dass er Schiss hatte, bei der kleinsten Erschütterung zu zerplatzen.

Es war Daniel gewesen, der anrief, als Anja mit Kitty Delaste bei Starbucks saß.

»Die Eltern haben sich gemeldet«, sagte er. »Sie kommen direkt zum Melatengürtel. Wir könnten davor noch mit Paffrath reden. Schaffst du es, in einer Viertelstunde da zu sein?«

Als sie durch den Stadtverkehr in Richtung Melatenfriedhof fuhr, ließ Anja das Gespräch mit Kitty Revue passieren. Als stark, selbstbewusst und eigenwillig hatte sie das tote Mädchen beschrieben. Wieso verirrte sich so ein Mädchen in so einer einsamen Gegend? Wieso lief sie mitten auf die Straße? Wieso hatte sie auf dieser geraden Strecke den Wagen nicht kommen sehen und war zur Seite gesprungen?

Daniel lehnte auf dem tristen Parkplatz der Gerichtsmedizin an der Fahrerseite seines Dienstwagens. Von den Bäumen des nahen Friedhofs drang das Lärmen der Spatzen an ihre Ohren, an den Ästen der Platanen schimmerte frisches Grün. Frühlingserwachen. Anja drehte den Kopf zu dem grauen Betonblock, in dem das Gerichtsmedizinische Institut untergebracht war. Dort wartete der Tod.

»Wir müssen uns beeilen«, drängelte Daniel. »Paffrath steht schon parat. Hast du was rausgefunden?«

»Sechs Stunden vor ihrem Tod ist sie an der Ecke Neusser Straße/Gürtel aus der Bahn gestiegen und hatte noch einen Rucksack und einen iPod bei sich. In dem Rucksack soll etwas Schweres gewesen sein«, berichtete Anja, als sie die Stufen zu dem grauen Betonblock emporstiegen.

»Mühsam ernährt sich das Eichhörnchen«, murmelte Daniel.
Mehr hättest du auch nicht rausgefunden, ärgerte sich Anja und fragte:»Und bei dir?«

»An ihrem Rock fanden sich Spuren eines rostroten Autolacks. Und in ihren Haaren und Klamotten klebte überall Sand.« Daniel hielt ihr die Tür auf.»Wir werden erwartet«, sagte er zu dem Mann am Empfang.

»Sand? Auf der Straße und auf dem Bürgersteig war nirgendwo Sand.«

»Genau. Sie hatte den Sand schon in ihren Kleidern, als sie auf die Straße lief.«

Wenig später hatten sie sich sterile Kittel übergezogen und standen vor der Leiche des Mädchens. Paffrath schüttelte ihnen die Hand.

»Kurz und knapp«, befahl Daniel, der Paffraths Hang zu Ausführlichkeit hasste.

»Alter: zwischen fünfzehn und sechzehn, eine Blinddarmnarbe, vielleicht zwei Jahre alt, eine Narbe am Knie, noch älter. Reste von einem Schinkenbrot im Magen, hat sie so drei, vier Stunden vor ihrem Tod gegessen. Alkoholreste im Blut, nicht viel, unter einem Promille. Ansonsten keine Hinweise auf Drogenkonsum.«

Paffrath sprach langsam, dehnte die Worte, ließ sich zwischen den Sätzen Zeit. Anja kannte das Spiel der beiden Männer. Daniel drängte es, so schnell wie möglich aus dem Totenreich zu verschwinden, und Paffrath wollte seine Arbeit gewürdigt sehen.

»Wenn sie keine Drogen genommen hat, dann können wir fast ausschließen, dass sie zu den Nutten auf der Geestemünder Straße gehörte«, meinte Daniel.

»Wir müssen trotzdem noch mit der zuständigen Sozialarbeiterin vom SKM reden«, widersprach Anja.»Drogen sind nicht der einzige Grund, weshalb junge Mädchen auf den Strich gehen.«

Daniel nickte unwillig.»Haben Sie noch was?«, fragte er Paffrath.

»Sie hatte kurz vor ihrem Tod Geschlechtsverkehr, aber es gibt keine Anzeichen für eine Vergewaltigung. Nicht schwanger. In Haar und Kleidung jede Menge Sandkörner.«

»Was ist mit dem Hämatom am Handgelenk?«, wollte Anja wissen.

»Da hat sie jemand mit voller Kraft festgehalten. Wenn wir Glück haben und derjenige Schweißreste auf dem Ärmelbündchen der Lederjacke hinterlassen hat, können wir seine DNA bestimmen. Und hier«, er deutete auf die Fingernägel des Mädchens, »sind Haut- und Blutreste, typische Abwehrverletzungen. Sie muss jemanden gekratzt haben. Die Spuren reichen auf alle Fälle für eine DNA.«

»Die Todesursache?«, drängelte Daniel.

Paffrath schickte ihm einen beleidigten Blick und ließ sich Zeit, bis er sagte: »Genickbruch. Ihr Körper wurde mit großer Geschwindigkeit auf die Betondecke der Straße geschleudert.«

»Das Auto hat sie also getötet?«, hakte Anja nach.

»Ja«, bestätigte Paffrath. »Die Wunde an der Schulter war nicht tödlich, und sie hat nichts mit dem Zusammenprall mit dem Auto zu tun. Die ist ihr vor dem Unfall zugefügt worden. Eine Schussverletzung. Ihr habt Glück, ich habe das Projektil gefunden. Könnt ihr gleich für die Ballistiker mitnehmen.«

»Noch was?« Daniel trat von einem Bein aufs andere und sah auf die Uhr.

Anja wusste, dass sich Paffrath die wirklich interessanten Ergebnisse immer bis zum Schluss aufhob, und war gespannt.

»Der Schuss ist aus nächster Nähe abgegeben worden. Der Täter muss direkt vor ihr gestanden haben ...«

»Sie hat ihn gekannt«, murmelte Anja. »Das Mädchen hat den Schützen gekannt.«

»Entschuldigung«, einer seiner Assistenten unterbrach Paffrath. »Die Eltern sind da!«

Paffrath nickte, und Daniel sagte schnell zu Anja:

»Machst du das? Dann kann ich hier noch den Formalkram erledigen.«

Wie hatte Daniel bei einer solchen Angst vor dem Tod nur Polizist werden können? Das hatte Anja sich schon öfter gefragt. Er hielt jede Leichenschau so kurz wie möglich, wendete am Tatort immer zuletzt den Toten sein Augenmerk zu, vermied Gespräche mit Angehörigen. Nicht dass Anja diese Jobs gerne erledigte, aber sie drückte sich nicht davor. Auch nicht seit sie wusste, dass sie bestimmte furchtbare Bilder von zerfetzten oder gefolterten Körpern nie mehr würde vergessen können.

Sie betrachtete jetzt das tote Mädchen mit einem anderen Blick.

Die Wunde an der Schulter sah übel aus, aber Körper und Gesicht waren nicht entstellt, die Eltern würden in der Toten ihre Tochter erkennen können.

Dann ging sie nach draußen. Ein Paar, beide um die vierzig, starrte sie voller Furcht an.

»Anja Kraft, Kripo Köln«, stellte sie sich vor und drückte eine kalte und eine feuchte Hand. »Bitte kommen Sie.«

Anfangs hatte sie in solchen Situationen wie ein Wasserfall geredet, um diese unsäglichen Sekunden zu überbrücken, bis die Furcht zur Gewissheit wurde. Als sie gemerkt hatte, dass das Reden weder ihr noch den Betroffenen half, hatte sie damit aufgehört. Schweigen entsprach der Unerträglichkeit mehr.

Paffrath schlug das grüne Leichentuch zurück. Die Frau zuckte zusammen, der Mann tastete zittrig nach dem blassen Gesicht. Anja wusste, dass sie nur der Form genügte, als sie fragte, ob die Tote ihre Tochter sei. Genau wie Paffrath trat sie dann zurück, ließ die Eltern mit ihrem toten Kind allein. Hier hatte sie nichts verloren. Sie stellte sich an das schmale Fenster, sah hinaus auf die breite Straße, wo Bäume grün wurden, Autos hupten und Fahrradfahrer klingelten, wo das Leben alltäglich und selbstverständlich dahinfloss. Hier drin, das wusste sie, stand die Zeit still, und für dieses Paar würde nichts mehr wie vorher sein. Kaum eine Ehe überlebt den Tod eines Kindes, fiel ihr ein, und sie hoffte, dass diese Eltern sich wenigstens jetzt beistehen konnten. Der Rücken des Vaters bewegte sich ruckartig, und seine rauen Schluchzer füllten den Raum. Die Mutter stand steif, wirkte wie vereist. Sie war es, die sich als Erste zu ihr umdrehte und fragte:

»Wann können wir sie beerdigen?«

Paffrath meinte, dass er ihr schnellstmöglich Bescheid geben würde, und Anja erkundigte sich nach dem Namen des Mädchens.

»Maureen«, sagte die Mutter. »Maureen. Letzte Woche ist sie sechzehn geworden.«

»Sie war doch unser Stern, unsere Freude, alles war sie für uns«, schrie der Vater, der sich nicht von der Toten wegreißen konnte.

»Wie lange war sie weg von zu Hause?«

»Zwei Nächte«, flüsterte die Mutter und begann die Handtasche zu kneten, die sie bisher an den Bauch gepresst hatte.

»Wieso haben Sie Maureen nicht als vermisst gemeldet?«

Keiner der beiden Eltern antwortete.

»Ich muss gehen!« Die Mutter griff nach dem Ellenbogen ihres Mannes. »Lass uns gehen, sonst ersticke ich.« Behutsam zog sie ihn von der Leiche weg in Richtung Ausgang.

»Soll ich jemanden anrufen für Sie?«, fragte Anja hinterher. »Einen Freund, einen Seelsorger, einen Psychologen?«

Die beiden reagierten nicht. Langsam, als klebten feuchte Erdklumpen unter ihren Schuhen, und gebeugt wie ganz alte Menschen schoben sie sich Schritt für Schritt aus dem Totenreich. Anja wartete, bis sie aus ihrem Blickfeld verschwunden waren. Dann suchte sie die Toilette auf, schloss sich ein, hämmerte mit den Fäusten gegen die alte Metalltür. Daniel! Was war er nur für ein liederlicher, feiger Hund! Immer ließ er sie in dieser schwierigen Situation alleine. Wenn er so was wie das mit den Eltern nicht aushielt, sollte er doch wieder Streife fahren. Unter Teamarbeit verstand sie etwas anderes. Als sie sich etwas beruhigt hatte, ging sie zurück. Daniel wartete rauchend vor der Tür auf sie.

»Du bist ja blasser als die Kleine da drinnen«, meinte er. »Lauf einmal um den Block, damit du wieder runterkommst. Dann können wir weiterarbeiten.«

15. April Die Hände in den Taschen verdrehen, breite Schweiß-
flecken unter den Achseln, merkwürdig albern lachen, all das
kannte Jan nicht an Florian. Florian war nervös, verdammt nervös.
Schon wieder griff seine Hand nach den kinnlangen Locken und
schob sie aus dem Gesicht. Kaum war die Hand in der Hosentasche gelandet, fuhr sie zurück zu den Haaren, wiederholte die
Geste. Jan, der vor einem Fenster stand, wandte sich von seinem
Florian ab. Florians Gehampel machte ihn selbst fahrig. Tief unter
sich sah er eine Straßenbahn in die Haltestelle einfahren, und
links von ihm stach ihm das rote Logo der Agentur für Arbeit ins
Auge, gegenüber schob sich ein wuchtiges Hochhaus in den Himmel. Nichts Schönes, alles Grau in Grau. Jan drehte sich wieder
um. Enno hatte sich jetzt zu Florian gestellt, Florians Vater hielt
sich abseits, die Arme verschränkt und die Blicke, die er seinem
Sohn zuwarf, verhießen keine Unterstützung. Auch Henrik, Tim
und Jenny hielten sich von Florian fern. Sie hatten bei der Auto-
fahrt mit im Wagen gesessen.
Endlich öffnete sich die Tür, Erwachsene und Jugendliche strömten in den Flur. Aus dem tief hängenden Kopf von einem der
Jungen schloss Jan, dass das Urteil für diesen nicht vorteilhaft
ausgefallen war. Enno zog Jan in den Raum, sie setzten sich in die
hinterste Stuhlreihe, während Florian und sein Vater vor dem
Richtertisch Platz nahmen. Jan war zum ersten Mal bei einer
Gerichtsverhandlung. Das nüchterne Hochhaus ähnelte weder
äußerlich noch innerlich den prächtigen Gerichtsgebäuden aus
amerikanischen Filmen. Mit schlichten Tischen und Stühlen aus-
gestattet, sah der Verhandlungsraum eher wie ein besser einge-
richtetes Klassenzimmer aus. Vor dem Richter lag ein Stapel
Schnellhefter, darin blätterte der glatzköpfige Mann, bis das Stühlerücken verstummte. Dann sah er auf.
»Scheiße«, murmelte Enno neben ihm leise, und Jan wusste, dass
er recht hatte.
Der Richter ähnelte nicht nur äußerlich, sondern auch durch Blick
und Gesten dem alten Kaminski. So hieß der meist gehasste
Mathe-Lehrer an ihrer Schule. Und die Kaminskis dieser Welt dul-
deten keine patzigen Antworten, kein Herumlümmeln, kein wie
auch immer geartetes Rebellentum. Für die Kaminskis gab es nur
Feinde und Untergebene, und gegen Feinde gingen sie schonungs-

los vor. So ein Kaminski war schon als Lehrer der pure Horror, wie musste der dann als Richter sein?

Die Fragen nach Alter, Name und so weiter arbeitete Kaminski nüchtern, fast gelangweilt ab. »Haben Sie schon einen Führerschein?«, fragte er dann

Klar, die Kaminskis waren korrekt, ab siebzehn wurde gesiezt. Dabei wäre es Florian bestimmt lieber, hier als kleiner Junge behandelt zu werden. Führerschein hatte er natürlich nicht, und das wusste Kaminski ganz genau.

»Und die Spritztour mit dem Wagen Ihres Vaters? Hat bestimmt Spaß gemacht mit hundertzwanzig Kilometer durch den Universitätstunnel zu rasen, nicht wahr?«

Er lächelte ein Ratten-Lächeln, und Florian grinste. Falsch, falsch, stöhnte Jan innerlich, er will dich aufs Glatteis führen, und du merkst es nicht.

»Freiheit und Abenteuer, klar. Schade nur, dass die Straßen der Stadt auch morgens um drei nicht ganz frei sind. Der Taxifahrer an der Kreuzung zur Aachener Straße hätte doch wirklich einen anderen Weg nehmen können, nicht wahr?«

Kaminski sagte dies nicht mal spöttisch, er tat mitfühlend. Florian grinste nicht mehr, zuckte dafür leicht mit den Schultern und blickte den Richter mit seinen trotzigen Augen an. Senk den Kopf, Florian, flehte Jan innerlich, die Kaminskis wollen Reue und Demut sehen, sonst kennen sie keine Gnade.

»Der hätte doch, obwohl er Grün hatte, wirklich warten können, damit Sie, rote Ampel hin oder her, auf der Inneren Kanalstraße weiterhin freie Fahrt gehabt hätten, nicht wahr?«

Florian trat jetzt von einem Bein auf das andere, senkte aber immer noch nicht den Blick.

»Der Mann hätte tot sein können«, brüllte der Richter.

Er hatte seine Stimme so schnell von null auf hundert gefahren, dass nicht nur Florian, sondern auch Jan und Enno zusammenzuckten.

»Dass er mit einem Blechschaden und einem gewaltigen Schrecken davongekommen ist, hat er nur seinem Schutzengel und auf keinen Fall Ihnen zu verdanken.« Nach einer kurzen Pause, wieder in ruhigem Ton, fragte Kaminski: »Haben Sie sich eigentlich jemals bei dem Mann entschuldigt?«

Florian schüttelte kaum merklich den Kopf.
Dann rief der Richter über das Flurmikrofon die Zeugen einzeln herein. Jenny behauptete, dass sie zu besoffen war, um irgendetwas mitzubekommen, Tim, dass er nur wegen Jenny mitgefahren sei, und Henrik, der verlogene Hund, tat ganz schuldbewusst und machte sich Vorwürfe, dass er Florian nicht davon hatte abhalten können, den Wagen seines Vaters zu starten.
Kaminski hörte zu, stellte nur wenige Fragen, notierte sich alles. Nach der Beweisaufnahme ging der Richter kurz aus dem Raum. »Dann fassen wir mal zusammen«, sagte er, wieder zurück, erneut mit diesem rattigen Lächeln auf den Lippen. »Fahren ohne Führerschein bei eins Komma fünf Promille, überhöhte Geschwindigkeit, das Überfahren mehrerer roter Ampeln, Kollision mit einem anderen Wagen. Und das alles ohne das geringste Anzeichen von Reue. Ich verurteile Sie zu einem halben Jahr Jugendstrafe auf Bewährung. Bewährungsauflagen: fünfzig Sozialstunden und die Absolvierung eines Verkehrssicherheits-Seminars. Die Sitzung ist geschlossen.«
Der Richter klappte den Schnellhefter zu und griff nach dem nächsten. Florians Vater erhob sich schwerfällig. »Ich hoffe, es ist dir eine Lehre«, murmelte er, bevor er nach draußen schlurfte. Florian rührte sich nicht von der Stelle. Erst als Enno ihm auf die Schulter klopfte und Jan sagte, dass alles vorbei sei, setzten sich seine Beine in Bewegung. Zu dritt fuhren sie mit dem Aufzug nach unten, traten auf den betonierten Vorplatz. Ein leichter Wind wehte Informationsblätter der Agentur für Arbeit über die grauen Platten. Bisher hatte keiner der drei ein Wort gesagt. Enno jagte einem der Blätter nach, kickte es in die Luft.
»Scheiße gelaufen!«, sagte er dann.
Florian blieb stumm, wiegte seinen Oberkörper hin und her.
»Du warst doch völlig fertig nach der Sache«, erinnerte sich Jan.
»Hast für deinen Vater wochenlang das Auto geschrubbt, den Keller aufgeräumt, Werkzeug sortiert, Geschirr gespült, den Hausflur geputzt. Und uns immer wieder in den Ohren gelegen, niemals besoffen zu fahren. Wieso hast du das nicht gesagt?«
Florian zuckte mit den Schultern.
»Und Henrik, der Schleimer, der war doch der Schlimmste von allen. Ich weiß nicht mehr, wie oft er an dem Abend getönt hat,

dass du dich nie trauen würdest, den Wagen deines Alten zu fahren«, fiel Enno ein. »Der hat dich total provoziert.«

Jan dachte daran, wie Enno und er an dem Abend versucht hatten, Florian von dieser Spritztour abzubringen, Florian aber mal wieder mit dem Kopf durch die Wand gemusst hatte.

Florian hörte nicht zu und murmelte: »Das war meine erste Gerichtsverhandlung. Keiner bekommt so eine harte Strafe beim ersten Mal«, und dann, plötzlich wie wach gerüttelt, wurde er laut: »Ein halbes Jahr Bewährung, wisst ihr, was das heißt? In der Zeit muss ich nicht nur die blöden Sozialstunden und das Verkehrstraining machen, da darf ich auch keinen anderen Mist bauen. Wenn also die Sache mit dem Mädchen rauskommt, dann lande ich im Knast!« Er trat mit solcher Wucht gegen einen Papierkorb, dass sich der Boden löste und der ganze Müll auf die Erde kullerte.

»Jetzt mal keine Panik, Mann«, versuchte Enno ihn zu beruhigen. »Niemand hat uns mit dem Mädchen gesehen. Das heißt, die Wahrscheinlichkeit, dass die Polizei rausfindet, dass wir sie kannten, tendiert gegen null. Es darf nur keiner von uns das Maul aufmachen. Also ich bin dabei! Jan?«

Jan nickte. Auch er wollte Florian nicht im Gefängnis sehen. Es stimmte, dass niemand Enno und Florian mit Maureen gesehen hatte. Doch er war mit ihr gesehen worden, auf der Rennbahn, von Adrian Koch. Im Gegensatz zu Enno glaubte er nicht daran, dass sich die Sache mit Maureen durch Schweigen lösen ließ.

Anja zog noch schnell einen Cappuccino aus dem Automaten, dann hetzte sie ins Konferenzzimmer im zweiten Stock. Dort hatte Daniel die Soko »Militärring« zusammengerufen. Der Kollege Eddie Tannert futterte gierig einen Müsliriegel, und Meier von der Spurensicherung hockte rittlings auf einem Stuhl, Gerd Baltus, der Ballistiker, lächelte, als sie eintrat. Mit ihm hatte sie letztes Jahr Karneval wild geknutscht, aber sofort die Finger von ihm gelassen, als sie erfahren hatte, dass er verheiratet war. Sie schickte ein kurzes Nicken in seine Richtung, konzentrierte sich dann auf die Magnetwand, wo ein vergrößerter Stadtplan die Umgebung des Tatorts zeigte und wo Fotos der toten Maureen, vom Tatort, des Projektils und des zerstörten Handys angeheftet waren.

Daniel kam wie immer als Letzter. Wichtige Miene, ernster Blick,

ganz Alphamännchen. Der zuständige Staatsanwalt begleitete
ihn. Anja kannte ihn von früheren Fällen. Sie schätzte ihn. Ein
ruhiger, gewissenhafter Mann, einer, der die Polizei ihre Arbeit
machen ließ, ohne dazwischenzupfuschen. Daniel fasste zusammen, was sie bis jetzt wussten: die Identität des Mädchens, die
Bahnfahrt bis Neusser Straße/Gürtel, der fehlende Rucksack, der
nicht gefundene iPod, die Ergebnisse der Obduktion.
»Kannst du schon was zur Waffe sagen, Gerd?«, fragte er dann.
Eine uralte Walther PPK, erzählte Gerd, 1931 von der Firma Walther entwickelt und als Standardwaffe der Polizei in vielen Ländern im Einsatz. »Was für uns die Sache nicht einfach macht, ist
Folgendes«, führte er aus. »Die Walther PPK war bei den Offizieren
der Wehrmacht sehr beliebt, die haben sich diese Pistole gerne
privat angeschafft. Ihr könnt euch vorstellen, wie viele davon in
den Kriegs- und Nachkriegswirren in privaten Händen geblieben
und nie offiziell angemeldet worden sind.«
»Na prima«, murmelte Tannert. »Die berühmte Stecknadel im
Heuhaufen.«
»Nicht ganz«, schränkte Baltus ein. »Die Waffe ist fachmännisch
gepflegt worden. Die Kugel weist keinerlei Roststellen auf.«
»Ein Waffennarr? Ein Jäger? Oder wer kommt sonst dafür in
Frage?«, erkundigte sich Anja.
»Alte Militärs, Kollegen von der Polizei«, ergänzte Baltus. »Ich habe
euch ein Foto der Waffe und vom Projektil kopiert.«
»So weit, so gut, danke, Gerd«, fuhr Daniel fort und wandte sich an
Meier. »Was ist mit dem Autolack? Seid ihr da weitergekommen?«
»Dieser Rostton wurde in den Jahren 1992 und 1993 von der Firma
Renault verwendet«, referierte Meier. »Fotos der Automodelle reichen wir nach. Wir gehen jetzt in der üblichen Weise vor. Wir checken erst alle Besitzer eines entsprechenden Renaults im Umkreis
von zwei Kilometern vom Tatort und erweitern den Radius Schritt
für Schritt, wenn wir da nicht fündig werden.«
»Gut, dass es kein Modell aus den letzten Jahren ist«, meinte Daniel. »Da hätten wir weitaus mehr zu tun.«
»Und das Handy?«, fragte Anja. »Habt ihr da Daten sichern
können?«
Noch nicht, es sei sehr ungewiss, ob sie überhaupt etwas rekonstruieren könnten. Meier schüttelte bedauernd den Kopf.

»Der Sand in den Haaren des Mädchens? Wisst ihr was darüber?«, hakte Anja weitere Fragen ab.

»Zunächst nur, dass es ein Sand ist, mit dem die Sandkästen auf jedem Spielplatz der Stadt Köln gefüllt werden«, antwortete Meier.

»So weit die einfachen Dinge!« Daniel räusperte sich. »Wie machen wir weiter? Also, wenn wir davon ausgehen, dass der Schütze und der Autofahrer nicht identisch sind, dann suchen wir nach zwei Personen. Zum einen nach dem Fahrer eines rostroten Renaults, der Fahrerflucht begangen und höchstwahrscheinlich das Sankt-Vinzenz-Krankenhaus von dem Unfall verständigt hat. Meier, das ist dein Bier! Und zum anderen nach dem Schützen, der die Walter PPK abgefeuert hat. Meier, natürlich überprüfst du, wer in Köln legal eine Walther PPK besitzt! Von dem Schützen wissen wir nur, dass er eine gut geölte Pistole aus großer Nähe auf das Mädchen abgeschossen hat. Wir wissen nicht, wann und wo. Was wir wissen, ist Folgendes: Das Mädchen ist gegen 16 Uhr 30 an der Ecke Neusser Straße/Gürtel aus der Bahn gestiegen, in Richtung Rennbahn gelaufen und wurde viereinhalb Stunden später am Militärring von einem Auto getötet. Bahnhaltestelle und Todesort sind etwa drei Kilometer voneinander entfernt. Wir können annehmen, dass der Militärring nicht ihr eigentliches Ziel war, denn sonst wäre sie zwei weitere Stationen mit der Bahn gefahren. Also müssen wir herausfinden, wo das Mädchen hinwollte, wen sie getroffen, was sie gemacht hat ...«

»Sie heißt Maureen«, unterbrach ihn Anja, die sich wie jedes Mal ärgerte, dass Daniel den Toten kein Gesicht, keinen Namen gab. »Das Mädchen heißt Maureen Schmitz.«

»Wollte sie auf die Rennbahn?« Wie immer überging Daniel ihren Einwurf. »Hatte sie ein besonderes Verhältnis zu Pferden? Das hört man doch oft von Mädchen! Warum ist sie von zu Hause ausgebüxt? Wie sieht ihre familiäre Situation aus? Was ist mit Mitschülern und Freunden? Anja, das ist dein Job! Meier, kümmere dich darum, welche Internetkontakte sie gepflegt hat! Ich seh zu, dass wir Verstärkung kriegen, um die Befragung rund um die Rennbahn durchzuführen und um die Spielplätze in dieser Gegend abzuklappern. Ein Glück, dass sie so auffällige Kleidung getragen hat. Das hilft den Leuten beim Erinnern. Noch Fragen?«

Es gab keine.

»Also dann, an die Arbeit, und wenn keiner einen Volltreffer landet, sehen wir uns morgen um die gleiche Zeit wieder hier.«

Immer wenn Anja mit Daniel in einem Team arbeitete, setzte er sie bei der Befragung der nächsten Angehörigen des Opfers ein. Anja war klar, dass er dies nicht nur tat, weil er selbst »diesen Psychoscheiß« hasste, sondern weil er wusste, dass sie darin verdammt gut war.

Wenn das Eiscafé Engeln öffnete, dann war Frühling. Seit sie denken konnten, stellten sich Kitty und Karla an diesem Tag in die Schlange vor das kleine Café und orderten einmal Schokolade/ Kirschjoghurt und einmal Nuss/Pistazie, schlenderten mit ihren Eiswaffeln auf die andere Straßenseite, setzten sich dort auf die Rückenlehne der stählernen Sitzbank und schleckten das erste Eis der Saison im Freien.

»Und sie trug wirklich dreckige Laufschuhe?«, fragte Karla, die Zunge rosa vom Kirschjoghurt. »Zu Röhrenjeans sieht das doch bescheuert aus.«

»Das sind Berufsschuhe«, erklärte Kitty mit grünem Pistazien-Bärtchen. »So wie sie in den Krankenhäusern diese weißen Gesundheitslatschen oder auf dem Bau diese klobigen Schnürschuhe tragen. Polizistinnen müssen doch manchmal Verdächtige verfolgen. Das können sie schlecht in hochhackigen Schuhen oder zu engen Ballerinas.«

Haarklein hatte sie der Freundin das Gespräch mit der Polizistin erzählt. Beide waren sich sicher, dass das tote Mädchen nicht aus ihrer Gegend stammte. Ein Mädchen in solchen Klamotten wäre ihnen irgendwann aufgefallen. Karla vermutete, dass die Unbekannte entweder einen Dealer beim Aldi-Hochhaus treffen wollte oder eine merkwürdige Liebesgeschichte mit einem Rennbahnjockey hatte. Kitty hielt dagegen, dass weder das eine noch das andere eine Erklärung dafür hergab, warum das Mädchen, Stunden nachdem sie sie in der Bahn getroffen hatte, am Militärring auf die Straße gelaufen und von einem Auto erfasst worden war. »Dann hat sie nur ein paar Stunden auf der Rennbahn abgehangen, hat sich allein und mies gefühlt und dabei ein paar Bier gekippt und dann ...«, meinte Karla. »Ein Unfall, der jedem passieren kann.«

42   Kitty sah das Mädchen wieder vor sich. Die flinken Faltfinger, die stinkenden Stiefel, der kesse Blick, als sie ihr den Papierfrosch auf den Schoß warf. Sie hatte ihr imponiert. Kitty mochte Leute, die aus der Reihe tanzten. Keine Chance mehr, Genaueres über sie zu erfahren, keine Chance mehr, sie näher kennenzulernen. Das Mädchen mit dem Nasenring war tot. Natürlich wusste sie, dass das Leben nicht ewig dauerte. Aber in diesem Augenblick spürte sie diese Endlichkeit körperlich, hatte den Eindruck, dass sie der kalte Hauch des Todes streifte. Auch sie könnte ... Quatsch, wischte sie den Gedanken schnell weg. Sie war erst sechzehn, noch nicht mal erwachsen. Und sie würde achtundachtzig Jahre alt werden und dreizehn Urenkel haben.

»Weißt du übrigens, wen ich gesehen habe, nachdem die Polizistin so Hals über Kopf durch die Tür war?«, wechselte sie das Thema. »Florian Haller.«

»Ach ja. Und?«

»Ach nichts.« Kitty zuckte mit den Schultern. »Er stand vor dem Starbucks und hat zu unserem Tisch hochgesehen.« Warum erzählte sie Karla nichts von ihrem Herzklopfen? Warum erzählte sie nichts von Florians Lächeln?

Sie leckten beide weiter Eis, bevor Karla mit großer Bestimmtheit sagte: »Er ist ein Jess-Typ!«

»Weiß ich.«

Als eingefleischte Gilmore-Girl-Fans teilten sie alle Männer in Dean- und Jess-Typen ein. Gut, es gab welche, die durch dieses Raster fielen, aber meist half es ihnen, einen Jungen einzuschätzen:

Dean, das ist der nette Junge von nebenan, der im Supermarkt Leergut annimmt, alten Omas über die Straße hilft, bei jeder Verabredung pünktlich an der Haustür klingelt, erst mit dir ins Bett geht, wenn du das auch wirklich willst, der nett mit deiner Mutter plaudert, der dir dein Zimmer streicht, kurz gesagt, Dean ist einer, mit dem du Pferde stehlen kannst, der aber unterm Strich auch ein bisschen langweilig ist.

Jess dagegen ist unberechenbar und unzuverlässig und hat einen Hang zu wilden und verbotenen Sachen. Jess kann dich dreimal versetzen, dich dann aber zu einem Konzert einladen, für das du keine Karten mehr bekommen hast. Jess kann so tun, als wärst du

ihm gleichgültig, und dir dann ein Gedicht schenken. Jess lächelt
selten, aber wenn, dann geht die Sonne auf. Jess verspricht nie,
treu zu sein, dafür holt er dir den Mond vom Himmel. Jess ist einer,
der sich nicht binden kann, dafür aber jeden Kuss so küsst, als
ginge danach die Welt unter. Jess ist einer, der das Maul nicht auf-
kriegt, wenn er über sich selbst reden soll, aber mit dir über Dinge
reden kann, über die du nicht mal mit deiner besten Freundin
sprichst. Kurz gesagt, die Jess-Typen sind gefährlich. Sie können
dich in Sekundenschnelle vom Himmel in die Hölle katapultieren.
Deshalb sollte man die Finger von ihnen lassen. Eigentlich ...
»Der hatte heute seine Gerichtsverhandlung«, fiel Karla ein. »Die
müssten schon zurück sein. Ich ruf mal Enno an.«
Enno war Karlas älterer Bruder und so ein Typ, der durch das Jess-
Dean-Raster fiel. Enno und Mädchen, das ging gar nicht zusam-
men. Enno war eigentlich nur Pferdenarr. Er kannte die Namen
von allen Pferden und Jockeys, die in den letzten fünf Jahren in
Köln den Preis von Europa gewonnen hatten, hatte aber noch nie
etwas von Bridget Jones gehört. Immer nur Pferde, Pferde, Pferde.
Wahrscheinlich träumte der eher von Stuten als von Mädchen.
»Ist blöd gelaufen für Florian«, erzählte Karla, nachdem sie die
Off-Taste ihres Handys gedrückt hatte. »Die hängen an der Rennbahn ab. Was meinst du? Sollen wir kurz vorbeigehen?«
Kitty zögerte. Es war doch nur ein flüchtiger Blick, ein einziges
Lächeln gewesen. Das konnte alles oder nichts heißen. Vielleicht
würde bei einem Wiedersehen alles zerstört werden? Wieso wollte
eigentlich Karla da hin? Ging es der etwa ähnlich wie ihr? Sie hatten in so vielem den gleichen Geschmack, warum sollten sie nicht
den gleichen Jungen gut finden? Erzählte sie Karla deshalb nichts
von ihren Gefühlen? Jess-Typen! Davon sollte man die Finger lassen, wirklich!
Aber schon folgte sie Karla bis zur nächsten U-Bahn-Station, stieg
mit ihr in die Bahn, nach zwei Stationen wieder aus, überquerte
mit ihr die von Baumreihen gesäumte Straße, spürte den Kies
unter ihren Füßen, als sie das Rennbahnareal betraten. Karla
erzählte währenddessen von Florians Fete und der illegalen Auto-
fahrt und davon, dass auch sie zu dieser Fete eingeladen war, aber
Enno sich geweigert hatte, sie mitzunehmen, und ihre Eltern Nein
gesagt hatten. Kitty roch jetzt die Nähe der Pferde und hörte bald

darauf das Wiehern des alten Hektor, der in einem der Ställe seine letzten Pferdejahre verbrachte. Den Rest Eiswaffel auf der Handfläche verteilt, näherte sie sich dem Fuchs. Karlas und Ennos Onkel, Konrad Morgentau, gehörte einer der Rennställe. In der vierten, fünften Klasse war sie zusammen mit Enno, Jan und Karla fast jeden Tag hier gewesen, hatte jedes der hier untergestellten Tiere mit Namen gekannt, hatte mit Jan in der obersten Reihe der Tribüne gesessen und den Pferden beim Training zugesehen. Irgendwann in den letzten paar Jahren hatte sie die Lust daran verloren. Die Pferdezeit war vorbei. Hektor leckte mit seiner rauen Zunge die Krümel von ihrer Haut und ließ sich dann von ihr die Mähne streicheln. Bei der alten Hütte, ein paar Meter weiter, sah sie Enno unruhig auf und ab gehen und Florian, den Kopf in den Armen versenkt, auf einem gefällten Baumstamm kauern.

»Wo ist Jan?«, rief Karla den beiden zu.

»Nach Hause«, erklärte Enno. »Ihr schreibt doch morgen den Mathe-Test.«

Jan war eher ein Dean-Typ, dachte Kitty. Ohne ihn würde sie die morgige Mathearbeit nicht überstehen. Er half ihr jedes Mal, indem er ihr ein Zettelchen mit Lösungswegen zuschmuggelte. Wenn der Brauser das merkte, dann würden sie beide eine Sechs bekommen. Obwohl Jan es nicht musste, ging er dasselbe Risiko ein wie sie. Aber bisher hatten sie den alten Mathe-Pauker immer täuschen können.

Karla klopfte Florian auf die Schulter, aber der reagierte nicht.

»Der Richter war ein bissiger Hund«, erklärte Enno. »Der hätte Florian auspeitschen lassen, wenn er dazu die Möglichkeit gehabt hätte.«

»Tut mir echt leid für dich!« Karla streichelte Florian mitfühlend über die Schulter. Ein bisschen zu lang, wie Kitty fand. Der behielt weiter den Kopf zwischen den Armen. »Was haltet ihr von einer Shisha?«, versuchte Karla munter die Stimmung aufzuhellen. »Ein bisschen chillen nach der ganzen Sache tut doch allen gut. Ich habe noch Kirschtabak. Ihr habt die Wasserpfeife doch hier irgendwo gebunkert, oder?«

»Auf gar keinen Fall!«, schrie Florian, sprang auf, versperrte den Weg zur Holzhütte und funkelte Karla wütend an.

Erschrocken wich Karla einen Schritt zurück.

»Am besten, ihr haut wieder ab«, versuchte Enno die Situation zu entspannen. »Flo muss den ganzen Scheiß erst irgendwie verdauen, und ich muss zurück in den Stall.«

»Ich geh nach Hause«, brummte Florian, ohne einen der drei anzusehen. »Mein Alter hat Spätschicht und ist jetzt weg. So brauch ich mir heute nicht mehr seine Strafpredigt anzuhören.« Er trat einmal kräftig gegen den Baumstamm, bevor er sich ohne ein weiteres Wort davonmachte.

Auch Kitty wollte nur noch weg. Florian hatte sie nicht mal angesehen. Der Zauber von dem kurzen Lächeln, dem Sich-tief-in-die-Augen-sehen war wie weggeblasen. Sie hakte Karla unter und zog sie an den Pferdeställen vorbei auf den Kiesweg. Enno blieb zunächst zurück, überholte die beiden Mädchen aber bald, griff sich eine der Schubkarren und machte sich wieder an die Arbeit.

Der Kies knirschte unter ihren Füßen, eines der Pferde wieherte, in den Bäumen zankten sich Elstern. Auf der Rennbahn sahen sie ein Lot von zehn Pferden beim Training. Am Sonntag war Grand-Prix-Aufgalopp, fiel Kitty ein. Eines der ersten Frühlingsrennen auf dem Turf. Plötzlich blieb Karla stehen. »Ich lass mich doch von denen nicht davon abhalten, eine Shisha zu rauchen. Hast du gesehen, wie Florian mich angemacht hat? Dabei wollte ich doch nur nett sein! Komm, wir gehen zurück und suchen sie. Ich habe mich mit zehn Euro an dem Ding beteiligt. Wehe, sie haben die Shisha vertickt.«

»Ich habe keine Lust auf Shisharauchen«, maulte Kitty.

»Dann lass uns wenigstens nachsehen, ob sie noch da ist«, bestimmte Karla und stapfte, ohne Kittys Antwort abzuwarten, zurück.

Kitty folgte ihr mit lahmen Schritten. Ob sie nicht lieber zur Bahnhaltestelle laufen sollte? Andererseits, es war nur ein kleiner Umweg.

»Irgendwo in dieser Holzhütte ist das Versteck, es gibt eine lose Latte.« Karla hatte mal ein Gespräch zwischen Jan und Enno belauscht. Seither wusste sie das.

Die lose Latte war schnell gefunden. Kitty hielt sie fest, während Karla nach der Shisha tastete. »Oh, Scheiße«, sagte diese.

»Ist sie weg?«, fragte Kitty.

Aber da hatte Karla die Plastiktüte schon nach draußen geholt und ausgepackt. Die beiden Mädchen starrten auf die Pistole und verstanden gar nichts mehr.

»Ob die echt ist?«, flüsterte Kitty.

Immer voll, immer laut, immer hell, immer wach, so hatte Anja Köln erlebt, als sie als junge Polizistin aus einem Eifeldorf hierhergezogen war. In der Zwischenzeit wusste sie, dass es an den Rändern der Stadt Viertel gab, wo die pulsierende Metropole meilenweit entfernt schien, wo die Einfamilienhäuser so langweilig, die Straßen so öde, die Nachbarn so lauernd waren wie bei ihr zu Hause. In einer solchen Gegend war Maureen aufgewachsen. Im sauber geharkten Vorgarten blühten Tulpen und Narzissen, neben der Haustür hielt eine grinsende Holzkatze ein Willkommens-Schild in den Pfoten. Ganz automatisch putzte sich Anja die Schuhe am Abtreter ab und klingelte. Frau Schmitz holte Anja in den holzvertäfelten Hausflur, ging voran in ein großes Wohnzimmer. Anja folgte ihr zögernd, sie betrachtete die Hochglanzkinderfotos an den Wänden. Maureen im rosa Strampelanzug, Maureen im Sandkasten, Maureen mit Schultüte. Das einzige Kind. Kein Bruder, keine Schwester, kein aktuelles Foto, registrierte Anja. Frau Schmitz kam zurück in den Flur, sah sie mit müden Augen an.

»Zuerst will ich Maureens Zimmer sehen«, sagte Anja.

Die Mutter nickte, wies nach oben, ging eine schmale Holztreppe voran. Nur zwei Räume gab es hier unter der Dachschräge. Rechts, durch eine halb offene Tür, konnte Anja einen Blick in das Elternschlafzimmer werfen. Ein großer Spiegelschrank, ein Doppelbett mit zerwühlten Kissen und Plumeaus. Ob die zwei in der letzten Nacht geschlafen hatten? Die Nächte, das wusste sie genau, waren das Schlimmste.

Frau Schmitz öffnete die gegenüberliegende Tür.

»Danke«, sagte Anja. »Sie können mich allein lassen.«

Durch ein Dachfenster fiel ein Lichtstrahl auf einen kleinen weißen Schreibtisch, auf dem verschiedene Schulsachen lagen und ein Laptop stand. Den würde sie für Meier mitnehmen, damit er Maureens virtuelle Kontakte auswerten konnte. Im blau gestrichenen Regal daneben reihten sich kleine Segelschiffe und schöne große Muscheln aneinander. Zwischen den üblichen Mädchen-

büchern entdeckte Anja zwei über Pferde und ein kleines Origami-
Bastelbuch. Das blauweiß gestreifte Schlafsofa unterstrich den maritimen Charakter des Zimmers. Anja war überrascht. Sie hatte sich Maureens Zimmer düsterer, verwilderter vorgestellt, nicht so frisch und hell. Auf der Sofalehne hockten ein Plüschhase und eine Puppe mit strohigen Zöpfen, Überbleibsel einer Kinderzeit, in der dieses Zimmer vielleicht hellgelb oder zartrosa gestrichen war, Maureen mit ihren Eltern gebastelt und abends Geschichten erzählt bekommen hatte. Vielleicht hatte sie damals ihre Familie noch als Ort der Geborgenheit empfunden.

Anja zog die erste der beiden Schreibtischschubladen heraus. Sie empfand es immer noch als etwas Brutales, so tief in die Intimsphäre eines fremden Menschen einzudringen, auch wenn dieser tot war. Postkarten mit Feriengrüßen von verschiedenen Mittelmeerstränden, banal und langweilig, ein kaum benutztes Vokabelheft mit einigen englischen Wörtern, fünf eingetrocknete Filzstifte. In der zweiten Schublade lag eine angebrochene Packung »Desmin 20«. Maureen hatte die Antibabypille bis vor fünf Tagen regelmäßig eingenommen. In der hintersten Ecke dieser Schublade fand sie ein zusammengeknülltes Blatt Papier, das sie auseinanderfaltete. »Hi Kemal, glaub mir, es ist besser so«, las sie. »Wir tun uns nicht gut, ich muss frei sein, sonst dreh ich am Rad ...«, mehr nicht, kein Datum, das darüber Auskunft gab, wann Maureen das geschrieben haben könnte. Unter dem Kleiderschrank fand sich eine Mappe mit selbst gemalten Bildern. Ein paar Bleistiftportraits, präzise gearbeitet, die Personen wirkten lebendig, ungewöhnlich gut für eine Sechzehnjährige. Einige Bilder in kräftigen Farben, mit wildem Pinselstrich. Die passten zu dem Bild, das Anja sich von Maureen gemacht hatte.

Den Laptop unter dem Arm, stieg sie die knarrende Holztreppe wieder hinunter. »Frau Schmitz«, rief sie, »ich bin fertig.«

Anja fand sie in der Küche auf einer rustikalen Eckbank sitzend. »Hätten Sie auch einen für mich?« Anja deutete auf die Kaffeetasse.

Die Frau nickte, griff nach einer frischen Tasse im Regal hinter sich, zeigte auf die halb volle Glaskanne auf der Kaffeemaschine. Anja goss sich ein, setzte sich neben die Mutter.

»Mein Mann ist unterwegs«, erklärte sie mit leiser Stimme. »Ein

48 Wasserrohrbruch. Wir haben ein Sanitärgeschäft, und die Arbeit bleibt nicht stehen, nur weil unser Kind ...«< Sie brach ab, nahm hastig einen Schluck Kaffee.

»Es ist alles so freundlich und hell bei Maureen«, sagte Anja, »und so ordentlich.«

»Ordentlich war sie bestimmt nicht«, antwortete Frau Schmitz.

»Dann haben Sie bei ihr sauber gemacht?«

Die Mutter nickte.

»Wann?«, fragte Anja und ergänzte, als sie dem verständnislosen Blick der Frau begegnete: »Das ist wichtig für die Spurensicherung, wissen Sie.«

»Nachdem sie in die Schule gegangen war«, antwortete die Mutter. »Wie jeden Morgen. Habe ihr Bett gemacht, ihre dreckigen Kleider in die Wäsche geworfen, gestaubsaugt. Die Wohnung muss sauber und ordentlich sein, alles verwahrlost so schnell, das ist nun mal so. Wenn ich mich nicht darum gekümmert hätte, wäre da oben ein totales Chaos gewesen.«

»Hat Maureen ihr Zimmer nie selbst aufgeräumt?«

»Früher war sie mal ordentlich gewesen, aber mit der Pubertät ist das verloren gegangen, so wie bei mir jetzt, so sieht es eigentlich nie ...« Sie brach den Satz ab, und ihre Augen streiften über die mit dreckigen Gläsern, Tassen und Tellern vollgestellten Küchenarbeitsflächen. Hastig nahm sie einen Schluck Kaffee.

»Alles ist anders, danach ...« Anja merkte, wie die Mutter gegen die Tränen ankämpfte. »Mochte Maureen Pferde? Pferderennen? Die Rennbahn?«, lenkte sie das Gespräch auf ein anderes Thema.

»Rennbahn? Da sind wir nie mit ihr gewesen. Im Zoo, ja, beim Ponyreiten im Stadtwald, aber nie auf der Rennbahn. Wir interessieren uns nicht für Pferderennen oder für Wetten. Da hört man doch immer so schreckliche Geschichten von Leuten, die ihr ganzes Geld verspielen. Hat Maureen ...? Was wollte sie auf der Rennbahn?«

»Das wissen wir nicht. Aber eine Zeugin hat Maureen gesehen, wie sie in Richtung Rennbahn gelaufen ist, mit einem Rucksack. Wissen Sie, was für einen Rucksack sie bei sich hatte?«

»Den schwarzen Dakine. Den hat sie sich letztes Jahr zum Geburtstag gewünscht.«

»Und was war drin in dem Rucksack?«

»Ihre Schulsachen, nehme ich an. Den Rest weiß ich nicht. Ich
weiß nicht, was meine Tochter sonst in ihrem Rucksack hatte, ich
weiß nicht, warum sie in Richtung Rennbahn gelaufen ist, ich
weiß nicht, was sie am Militärring gesucht hat. Seit einem Jahr
weiß ich fast gar nichts mehr über meine Tochter. Nichts, nichts,
nichts ...« Jetzt war Frau Schmitz mit ihrer mühsam aufrecht
erhaltenen Fassung am Ende. Sie verbarg das Gesicht zwischen
den Händen und weinte.

Anja rutschte unruhig auf ihrem Stuhl hin und her, kramte in
ihrer Handtasche nach einem Taschentuch und legte es vor die
Mutter auf den Tisch. Erst jetzt registrierte Anja, dass Fotoalben
auf der Eckbank lagen. Hatte Frau Schmitz sich Fotos von ihrer
Tochter angesehen? Geburtstagsbilder, Weihnachtsbilder, Ferien-
bilder? Hatte sie anhand der Fotos das Leben ihrer Tochter nach-
gezeichnet, sich an besondere Erlebnisse mit ihr erinnert? Hatten
die Eltern weinend vor den Fotos gesessen und gemeinsam um
ihre Tochter getrauert? Oder hatte nur die Mutter die Fotos
betrachtet? Der Vater sich in Arbeit vergraben? Das Schluchzen
der Frau wurde leiser, sie putzte sich die Nase.

»Zeigen Sie mir ein paar Bilder von Maureen?« Sie deutete auf die
Fotoalben. Vielleicht, so hoffte Anja, fiel es der Frau leichter, über
schwere Dinge zu sprechen, wenn sie davor über gute Zeiten reden
konnten.

So reiste sie mit der Mutter zurück an die Steilküsten von Done-
gal, wo Maureen gezeugt wurde – »Deshalb haben wir ihr diesen
irischen Namen gegeben, wissen Sie« – und die Familie noch meh-
rere Urlaube mit der kleinen Tochter verbracht hatte. Als Maureen
so zehn, elf Jahre war, wurden die wilden irischen Küstenstreifen
mit sandig-sonnigen Mittelmeerstränden getauscht, und egal ob
sie mit Gummistiefeln im Sand matschte, im Bikini posierte, sich
vor einem Teller Muscheln ekelte, egal ob sie nun lachend, grimmig, grinsend, spöttisch oder wütend in die Kamera blickte, immer
strahlte Maureen ein kräftiges Selbstbewusstsein aus. Mit vierzehn änderte sich alles. Maureen mochte sich nicht mehr gerne
fotografieren lassen. In etlichen Bildern am Strand von Rimini lief
sie aus dem Bild oder hielt sich eine Hand vors Gesicht, in anderen
setzte sie sich sehr affektiert in Pose. Auswüchse der Pubertät, in
der der unbefangene Umgang mit der Kamera endete? Oder gab es

einen anderen Grund? Nur noch wenige Fotos von Maureen fanden sich ab dieser Zeit in Schmitzens Familienalbum. Maureen unscharf am Strand, Maureen auf einem Aussichtsturm, die Hand an der Stirn in die Ferne blickend, Maureen mit dunklen Kajalaugen, schwarz gefärbten Haaren, dem frisch gestochenen Nasenring. Auf diesem Bild sah sie den Fotografen wieder an. Spöttisch, arrogant, gekünstelt. Eine perfekte Selbstinszenierung, die Unbefangenheit der Kindheit unwiderruflich dahin.

»Sie ist nicht zum ersten Mal weggelaufen, nicht wahr?«

Frau Schmitz nickte kaum merklich, blickte dann von dem Album auf und fing wieder an zu weinen.

»Oft?«

Die Frau zuckte mit den Schultern.

»Dreimal, viermal, fünfmal?«

Frau Schmitz nickte. »Fünfmal«, wiederholte sie leise, »sie ist immer wiedergekommen.«

»Und wieso?«

Wieder nur ein Schulterzucken.

»Kennen Sie ihren Freund?«, machte Anja weiter.

»Freund?«, echote Frau Schmitz.

»Sie hat doch die Pille genommen. Das tun Mädchen in dem Alter eigentlich nur, wenn sie ...«

»Was?«

»Kemal, sagt Ihnen der Namen etwas? Kann das ihr Freund gewesen sein?«

Die Tränen wurden durch lang gezogene Schluchzer verstärkt, und Anja kostete es viel Geduld, bis ihr Frau Schmitz die Adresse der Schule, die Telefonnummern von Freunden und Schulkameraden und die Handynummer ihres Mannes nennen konnte. Dann sagte sie nichts mehr, und Anja wusste, dass sie zu einem späteren Zeitpunkt wiederkommen musste.

Jan stöpselte seinen Rechner in die Boxen seiner Anlage, drehte diese auf volle Lautstärke und hörte sich bei YouTube ein Stück von Massiv an. Deutscher Rap dröhnte in seinen Ohren, Musik, die er eigentlich nie hörte, aber jetzt brauchte, um selbst nicht laut zu schreien oder um sich zu schlagen. Wieso hatte er den anderen von der Pistole erzählt? Warum hatte er sein Maul nicht halten

können?»Jedem geht es schlecht, keiner gönnt dem andern was. 51
Ich ziehe die Knarre erst, wenn der Mond in mein Ghetto kracht«, sang Massiv. Was für eine Scheiße! In was hatte er sich da reingeritten? Er warf sich auf sein Bett, vergrub das Gesicht im Kopfkissen.

Der Geruch hatte ihn wie ein Schlag in die Magengegend getroffen. Herb und wild, Maureens Duft. Frisch geduscht, mit nassen Haaren, ganz nackt hatte sie sich auf sein Bett gelegt. Sie hatte ihn so durcheinandergebracht, dass er sie nicht nach der Pistole fragen konnte, die er, während sie duschte, in ihrem Rucksack entdeckt hatte. »Na komm schon«, hatte sie gesagt. »Oder willst du nicht?« Und ob er wollte! Nichts wollte er mehr! Aber die Tür, er musste die Tür noch absperren, konnte doch sein, dass Kim oder seine Eltern früher nach Hause kamen, und dann die Jeans! Der Reißverschluss klemmte, der Hosenstall war zu prall gefüllt, die Finger zu zittrig. »Lass mich machen!«, hatte sie gesagt und mit ihren Zauberfingern den Reißverschluss mit einem einzigen Ruck nach unten gezogen. »Ist es das erste Mal?«

Fester umkrampfte er das Kopfkissen, zog die Beine eng an den Bauch, laute Heuler schüttelten seinen Körper, und dann spürte er, wie die Tränen kamen. Ja, es war das erste Mal, und genau so hatte er sich das in seinen Träumen immer vorgestellt. Mit einem schönen, fremden Mädchen, erfahrener als er. Er war viel zu schnell gekommen, regelrecht explodiert war er in ihr, und danach hatte sie ihn angelächelt und gesagt: »Na siehst du. Geht doch.«

Heulend und krächzend sog er weiter diesen Duft ein, hörte Massiv brüllen, dass das Leben wie Einzelhaft sei, und plötzlich fiel ihm ein, dass er ihren Rucksack verschwinden lassen musste. Am besten, er würde ihn in den Rhein werfen, gleich morgen nach der Schule.

Der Rhein begleitete Anja eine Zeit lang, als sie zu der Arbeitsstelle von Maureens Vater fuhr. Während sie im Feierabendverkehr nur mühsam vorankam, zogen flussabwärts zwei Ausflugsdampfer vorbei. Für einen Augenblick beneidete Anja die Menschen, die dort entspannt auf den Liegestühlen ruhten, dann bog sie rechts ab und konzentrierte sich wieder auf ihre Arbeit. Warum war Maureen von zu Hause weggelaufen? Was stimmte in dieser Familie nicht? Sie trat auf die Bremse, als sie an einem Renault-Kombi mit der Aufschrift »Schmitz Sanitär Meisterbetrieb« vorbeigefahren war, und suchte einen Parkplatz. Sie fand Heinz Schmitz in einem Badezimmer, in dem der halbe Boden aufgebrochen war, sich Schutt in der Badewanne türmte und der Baustaub nebeldick in der Luft hing.

»Wasser sucht seinen Weg, wissen Sie. Deshalb kann man nie sagen, wie lang es dauert, bis man die lecke Stelle findet.«, erklärte er. »Jetzt haben wir sie. Wieder mal kalt gelötet, das ist nichts für das kalkhaltige Kölner Wasser.« Er wischte sich mit dem Ärmel den Staub aus dem erhitzten Gesicht.

In dem runden Gesicht erkannte Anja das der toten Maureen wieder. »Gehen wir vor die Tür«, schlug sie vor. »Da ist die Luft besser.«

Wenig später lehnte sie neben Herrn Schmitz an dem Renault-Kombi. Er war ein kräftiger Mann, gut einen Kopf größer als Anja, und sie bemerkte, wie sich unter seinem Blaumann ein ordentlicher Bierbauch wölbte.

»Haben Sie das Schwein gefunden, das sie überfahren hat?«

»Mit unserer Arbeit ist es ähnlich wie mit Ihrer«, antwortete Anja. »Auch wir müssen manchmal viel Dreck aufwühlen, bevor wir den Täter finden.« Sie fand, dass sie ziemlich geschwollen daherredete, aber den Sanitärmeister schien es nicht zu stören. »Es gibt etwas, das Sie noch nicht wissen, Herr Schmitz«, fuhr sie fort. »Man hat auf Maureen geschossen, bevor sie auf die Straße lief.«

»Geschossen?« Der Mann stemmte die Hände gegen die Dachreling bis die Knöchel weiß anliefen.

»Aus sehr kurzer Distanz.«

»Geschossen?«, wiederholte er.

»Mit einer alten Polizeipistole«, fuhr Anja fort.

»Mit was?«

»Einer Walter PPK«, erklärte Anja.

»Walter PPK«, wiederholte er, schüttelte den Kopf, löste sich schwerfällig von der Dachreling und rang nach Luft.

»Kennen Sie sich mit Waffen aus?«

»Aber wieso? Wer schießt auf Maureen?« Er stierte sie an, als ob sie die Antwort wissen müsste, und fing an, auf dem Bürgersteig auf und ab zu gehen. »Haben Sie noch andere schlechte Nachrichten?« Wieder etwas ruhiger blieb er vor ihr stehen und deutete auf das Haus, in dem er arbeitete. »Ich muss nämlich wieder da rein und den Dreck wegräumen.«

»Warum ist sie von zu Hause weggelaufen?«

Schon auf dem Weg hielt er im Gehen inne, schüttelte wieder und wieder den Kopf, drehte sich nur halb zu ihr um: »Wollen Sie sagen, dass es unsere Schuld ist, dass sie tot ist? Dass wir nicht gut genug auf sie aufgepasst haben? Mit sechzehn kann man ein Kind nicht mehr im Haus halten, da gehen die ihre eigenen Wege.«

»Das weiß ich«, unterbrach ihn Anja. »Aber das erklärt nicht, warum sie weggelaufen ist.«

»Das hat doch nichts mit ihrem Tod zu tun!«

»Wir stehen noch ganz am Anfang unserer Ermittlungen. Wir müssen jeder Spur nachgehen.«

Ein trockenes, bellendes Lachen, mehr nicht.

»Es gibt tausend Gründe, warum junge Mädchen von zu Hause abhauen. Während der Pubertät kracht es in vielen Familien. Das ist überhaupt nicht unüblich«, versuchte Anja ihm eine Brücke zu bauen. »Gab es Konflikte zwischen Ihnen und Maureen? Oder hatten Sie Eheprobleme und Maureen ist deshalb abgehauen?«

»In dem Alter spielen doch bei allen die Hormone verrückt. Wenn ich es nicht besser wüsste, würde ich sagen, Maureen hatte irisches Rebellenblut«, wiegelte er ab und ging weiter auf das Haus zu. »Ich muss zusehen, dass ich mit meiner Arbeit fertig werde«, wiederholte er. »Meine Frau wartet auf mich. Wir müssen noch einen Sarg für unsere Tochter aussuchen.«

Anja sah, wie er in seinem Blaumann die Fäuste ballte, bevor er zu seiner Baustelle zurückkehrte. In ihrem Auto wartend beobachtete sie, wie er eilig Bauschutt und Werkzeuge in seinen Kombi lud, dann den Motor startete. Sie folgte ihm in gebührendem Abstand. Er fuhr tatsächlich nach Hause.

16. April Kitty sah, wie der Zeiger auf der großen Uhr hinter der Tafel eine Minute weiterrückte. Brauser saß an seinem Pult, immer nur für Sekunden in irgendwelche Papiere vertieft, dann streifte sein Blick wieder über die Klasse. Noch zwanzig Minuten bis zum Klingelzeichen, und sie hatte grade mal die ersten zwei Aufgaben ihrer Mathearbeit gelöst, Pipifax-Kram, der höchstens acht Punkte einbrachte. Sie hatte keine Ahnung, wie sie die Steigung m berechnen sollte. So unauffällig wie möglich schielte sie zu Jan hinüber. Der hatte sein Arbeitsblatt zur Seite gepackt und starrte aus dem Fenster. Sein schwarzes Klassenarbeitsheft lag ungeöffnet vor ihm auf dem Tisch. Hatte er mit sich selbst gewettet, ob er die ganzen Aufgaben in weniger als zwanzig Minuten lösen konnte? Dachte er denn überhaupt nicht daran, dass sie seine Hilfe brauchte?

»Noch fünfzehn Minuten, Herrschaften«, meldete Brauser. »Verzettelt euch nicht! Löst lieber eine Aufgabe richtig, als drei anzufangen und dann nicht zu Ende zu bringen.«

Die Textaufgabe, ich versuche die Textaufgabe, dachte Kitty. »Der Vorrat eines Schiffes mit fünfzehn Mann Besatzung ist für vierzig Tage ausgelegt ...«, aber dann wollte ihr doch nicht einfallen, wie lange das Schiff auf See bleiben konnte, wenn nur acht Mann an Bord waren. War das nun proportional oder antiproportional? Sie riss eine Ecke von ihrem Löschblatt ab, knetete es unter der Bank zu einem Kügelchen und warf es, als Brauser mal wieder über seinen Papieren hing, auf Jans Tisch. Jan schreckte auf, drehte sich aber sofort wieder weg. Er machte keine Anstalten, sein Heft aufzuschlagen. Hey Alter, was ist los mit dir? Warum lässt du mich hängen? Das tust du doch sonst nicht, hätte Kitty ihm am liebsten zugerufen, stattdessen rechnete sie hoch, was für eine Mathenote sie bekam, wenn sie jetzt eine Fünf schreiben würde. Da müsste der Brauser sehr, sehr gnädig gestimmt sein, wenn es für eine Vier reichen sollte. Wieder schielte sie hinüber zu Jan. Der konnte es sich leisten, ein leeres Blatt abzugeben! Das würde der Brauser bei dem Einserschüler nur als Ausrutscher werten. Aber was war mit ihr? Eine Fünf könnte sie mit der Deutsch-Drei ausgleichen, aber wenn sie die letzte Englischarbeit verhaute, dann war zappenduster. Zwei Fünfen, das hieß, dass sie hängen blieb. Wenn nur Karla in ihrer Nähe säße! Aber die hatte der Brauser nach vorne in der

ersten Reihe platziert. Sie musste selbst versuchen, noch irgendeine dieser bescheuerten Aufgaben zu lösen. Warum waren es
fünfzehn und keine sechzehn Matrosen? Sechzehn wäre die Hälf-
te und die könnte natürlich doppelt so lang an Bord bleiben. Also:
Vierzig Tage entspricht fünfzehn Mann, fünfundsiebzig Tage entspricht acht Mann. Dreisatz. Das muss antiproportional sein! Das
heißt, vierzig mal fünfzehn durch acht. Das könnte hinhauen.
Aber war es wirklich antiproportional? Als es klingelte, plagte sich
Kitty mit der Frage herum, wie lange das Schiff insgesamt auf
hoher See bleiben könnte, wenn nach achtundzwanzig Tagen fünf
Männer und eine Frau an Bord kamen und die Frau ein Drittel
weniger Proviant verbrauchte als ein Mann. Es würde für sie ein
ewiges Geheimnis bleiben.

Als sie ihr Heft auf Brausers Pult legte, saß Jan immer noch auf
seinem Platz.

»Jan Weller«, sagte Brauser, »es wäre schön, wenn du mir gleich
noch die Ehre eines kurzen Gesprächs erweisen würdest!«

Brauser redete gern so geschwollen, aber Jan hörte überhaupt
nicht hin. Er griff nach seinem Rucksack, ließ Aufgabenblatt und
Heft auf dem Tisch liegen und verließ ohne ein Wort das Klassenzimmer. Kitty und Brauser starrten ihm beide mit offenem Mund
nach. Dann räusperte sich Brauser und sah Kitty fragend an.

»Keine Ahnung!« Sie holte schnell ihr Butterbrot aus der Tasche.
»Ich habe keine Ahnung, was mit ihm los ist.« Dann hastete sie
eilig aus dem Klassenzimmer und raste, immer zwei Stufen auf
einmal, die Treppe hinunter in den Schulhof. Karla wartete an
ihrem Stammplatz bei den Holunderhecken auf sie.

»War doch gar nicht so schwer«, meinte Karla. »Ich habe sogar die
Sache mit dem Drittel Proviant der Frau rausbekommen. Aller-
dings frage ich mich, ob Frauen auf hoher See nicht genauso viel
Hunger haben wie ...«

»Weißt du, was mit Jan los ist? Hat Enno was erzählt?«

Karla verstand nicht, hatte von ihrem Platz aus nicht sehen können, dass Jan nicht einmal zum Stift gegriffen, nicht eine Aufgabe
gelöst hatte. »Seit ein paar Tagen ist Enno ziemlich schlecht
gelaunt«, berichtete sie. »Ich glaube, die drei haben irgendeine
Scheiße gebaut ...«

»Du meinst, wegen der Knarre?«

»Glaub ich nicht. Denn die ist nicht echt. Das ist die Imitation einer alten Polizeiwaffe, hat Enno mir erzählt. Florians Urgroßvater steht auf so was«, antwortete Karla. »Du weißt doch, wie kindisch die Jungs noch manchmal sind. Spielen Cowboy und Indianer oder CSI New York, ballern mit diesen Plastik-Pumpguns in der Gegend rum, als wären sie sieben und keine siebzehn. Na ja, und Florian hat von seinem Opa dieses Teil abgezogen, das wie eine echte Waffe aussieht. Damit wirkt die ganze Schießerei viel cooler, wirkt völlig echt, trotz Platzpatronen, sagt Enno.«

»Aber wenn es nicht wegen der Pistole ist, was dann?«

Karla zuckte mit den Schultern. »Irgendwas mit Florian, vermute ich. Enno hält dicht, schweigt wie ein Grab, aber du hast doch gesehen, wie aggressiv Florian gestern drauf war« meinte sie.

»Läuft da eigentlich was, zwischen dir und dem?«

Karla sah sie mit diesem Lehrerinnenblick an, den Kitty wie die Pest hasste. »Quatsch«, verneinte sie unwirsch. »Wie kommst du denn da drauf?«

»Warst gestern so komisch, nachdem Florian und Enno gegangen sind.«

»Mir ist deine Shisha-Nummer auf den Keks gegangen. Ich wollte nicht mehr zu der Hütte zurück, das ist alles.«

»Na, dann ist ja gut«, murmelte Karla. »Du weißt ja, er ist ein Jess-Typ, und von Jess-Typen ...«

»... sollte man die Finger lassen. Ja, ja.«

Zwei Stunden später sprang Kitty mit geschlossenen Augen vom Zehnmeterbrett des Agrippabades. Die Arme angewinkelt, die Beine eng aneinandergepresst sauste sie durch die Luft, glitt in das spritzende Nass, sank mit ihrem Körper langsam auf den Grund des Beckens. Kaum hatten ihre Füße den Boden berührt, stieß sie sich ab, paddelte mit schnellen Fußbewegungen nach oben, durchbrach prustend die Wasseroberfläche, kletterte aus dem Becken und machte sich sofort wieder an den Aufstieg. Zum Glück waren um diese Uhrzeit die Angeber noch nicht da, die immer erst eine Wahnsinnsshow abzogen, bevor sie sprangen. So brauchte sie nicht lange anzustehen. Diesmal war der Kopfsprung an der Reihe. Mit offenen Augen raste sie auf das azurblaue Wasser zu und schloss sie erst, als sie ins Wasser eintauchte. Schnell

hechtete sie danach aus dem Becken und stieg wieder die Stahl-
treppe zum Sprungturm hoch. Beim nächsten Sprung machte sie
einen Salto vorwärts, dann einen Salto rückwärts und als krönen-
den Abschluss einen doppelten Salto.

Die Sprünge halfen ihr, den Ärger mit ihrer Mutter loszuwerden.
Die hatte beim Mittagessen mal wieder auf ihren »schulischen
Leistungen« herumgehackt. Natürlich hatte Kitty behauptet, dass
die Mathearbeit ganz gut gelaufen sei, wusste aber genau, dass
ihre Mutter keinen Cent auf ihre Einschätzung gab. Die glaubte
nur an die rote Tinte vom Brauser und den anderen Paukern.
Dachte Anna denn, dass Kitty nicht selber wusste, wie mies ihr
Notenschnitt war? Da brauchte die Mutter doch nicht immer den
Finger in die Wunde zu legen. Kitty hatte zwar keine Ahnung, wie
sie ihre Versetzung noch schaffen sollte, aber dass Annas Geme-
cker und ihre Drohungen nichts nutzten, das wusste sie genau.

Ihre Lungen schmerzten, als sie nach dem letzten Sprung langsam zum Schwimmerbecken hinübertappte und anfing, ihre Bahnen zu drehen. Sternzeichen Fisch, Wasser war ihr Element. Kitty
konnte nirgendwo so gut nachdenken wie beim Schwimmen. Und
zum Nachdenken gab es eine ganze Menge.

Nach der Schule hatte sie Jan bei den Fahrradständern abgepasst.
»Starke Nummer, den Brauser einfach stehen zu lassen.«
»Lass mich in Ruhe«, hatte er geknurrt und sich nach unten
gebeugt, um sein Fahrrad aufzuschließen.
»Enno hat erzählt, dass ihr Ärger habt«, log sie.
Jan schnellte mit einer Geschwindigkeit in die Höhe, die Kitty
einen Schritt zurückstolpern ließ. »Was hat Enno erzählt?«, fuhr
er sie an.
»Na, dass ihr Ärger habt wegen Florian«, machte Kitty weiter.
»Muss ziemlich heavy sein, wenn du deswegen ein leeres Blatt
abgibst. Ich meine, es war ziemliche Scheiße von dir, dass du mir
heute nicht bei Mathe geholfen hast, es wäre echt nötig gewesen,
aber ich bin nicht nachtragend. Also, falls ich dir irgendwie helfen
kann, sag's nur!«
»Was für Ärger wegen Florian?«, hakte Jan nach.
»Keine Ahnung, Enno hat sich da ein bisschen undeutlich ausgedrückt«, mogelte sich Kitty durch das Gespräch.

Jan hängte sich sein Schloss um die Schultern und stieg aufs Rad.
»Enno hat überhaupt nichts erzählt, das weißt du so gut wie ich.
Und ich hatte heute keinen Bock auf Mathe. Kann ich mir leisten.«
Dann schwang er sich aufs Rad und raste davon.
»Andere nicht. Die bleiben sitzen«, hatte Kitty ihm hinterher-
gebrüllt. »Du Scheißstreber!«

Kitty steigerte ihr Tempo, wechselte die Schwimmart, vier Runden
Kraulen, vier Runden Schmetterling. Sie kannte Jan seit ihrem ersten Schwimmkurs, seit dem ersten Grundschultag saß sie mit ihm
in derselben Klasse, bis sie zehn waren, hatten sie, gemeinsam
mit Enno, Karla und ein paar andere den »Club des treuen Pferdes« gebildet, sich jeden Tag auf der Rennbahn herumgetrieben, in
dem Dickicht zwischen den Rennställen Verstecken gespielt, in
dem kleinen Wäldchen hinter dem Führring gecampt. An Rennta-
gen hatten sie dem Haribo-Mann beim Aufstellen seines Standes
geholfen und die Seidentrikots der Jockeys zur Änderungsschnei-
derei neben der Jockeyschule gebracht. Besonders gern hatten Jan
und sie nach einem Rennen den Stallburschen zugesehen, wie
diese mit einem Eimer bei den Pferden warteten, um deren Pisse
für eine Dopingprobe aufzufangen. Mit Jan konnte man Pferde
stehlen, und einmal hatten sie beide das tatsächlich getan. Damals
arbeitete im Rennstall ein gutmütiger, manchmal besoffener Pfer-
deknecht, der sie die Pferde streicheln und striegeln ließ, wenn
der Trainer nicht in der Nähe war. Kitty träumte davon, einmal auf
Thunderbird, ihrem Lieblingspferd, vor der Tribüne auf und ab zu
reiten, und als der Knecht mal so hacke zu war, dass er hinter dem
Misthaufen seinen Rausch ausschlafen musste, öffneten sie die
Box von Thunderbird, mit Jans Hilfe schwang sie sich auf den Pfer-
derücken und ließ sich von Jan in Richtung Tribüne führen. Sie
kamen nicht weit. Andere Stallburschen hatten sie bemerkt, Jan
die Zügel abgenommen, Kitty von Thunderbird heruntergerissen
und die beiden mit wütendem Geschrei von dem Stallgelände
vertrieben.
Irgendwann hatte Kitty aufgehört, täglich mit Jan auf der Rennbahn zu spielen, zu kindisch, zu dreckig, fand sie. Jan fing zur gleichen Zeit an, sich in seine Bücher zu verkriechen. Aber einem, mit
dem man mal ein Pferd gestohlen hat, dem vertraut man weiter.

So war es gewesen, bis heute Morgen. Verdammt, Jan, was ist los?
So oft Kitty auch hin und her schwamm, sie fand keine Erklärung.
Vielleicht ist er verliebt? Verliebte sind unberechenbar, wahnsinnig, verknallt, durchgeknallt. Aber in wen? Kein Mädchen aus ihrer
Klasse, das war sonnenklar. Das wüsste sie. Eine von den Pferdewirtinnen, die mit Enno zusammen ihre Ausbildung machten?
Nein. Die hatten genau wie Enno nur Pferde, Pferde, Pferde im
Kopf, das war nichts für Jan! In was für ein Mädchen würde Jan
sich verlieben? Kitty begriff plötzlich, dass sie das nicht wusste.
Aber könnte sie diese Frage für sich selbst beantworten? War Florian ihr Typ? Dieses seltsame Kribbeln im Bauch, das sie im Starbucks gespürt hatte, hieß das, dass sie in ihn verliebt war? Wie bei
allen ersten Malen weiß man das erst hinterher, ob oder ob nicht,
dachte sie. Und wieso kam eigentlich Karla auf die Idee, dass sie
was mit Florian hatte?
Mit noch mehr Fragen im Kopf als vor dem Schwimmen stieg sie
aus dem Wasser. Als sie sich zehn Minuten später die Haare föhnte, klingelte ihr Handy.
»Hallo, Zuckerschnecke, wie geht's, wie steht's?«, hörte sie die
Stimme ihres Vaters sagen.
»Life is difficult«, seufzte sie.
»Sometimes«, antwortete er. »Hast du Lust auf Mexikaner? Heute
Abend?«
»Lässt sich machen. So gegen sechs?«
»Claro!«
Kitty drückte die Off-Taste. Tacos, Enchiladas und ein gut gelaunter Vater. Das war eine echte Alternative zu Butterbrot und Anna.

Zuerst sah Anja verschachtelte Flachbauten und verschiedene
Sportplätze. Dann ein weiter Schulhof, wo Kunstlehrer auf Graffitiwänden und mit Ytongsteinen das Beste aus ihren Schülern herausgequetscht hatten, um diesen Ort etwas schöner zu machen.
Hier also war Maureen zur Schule gegangen, dachte Anja. Sie stellte den Wagen auf einem großen Parkplatz ab und fragte sich zum
Sekretariat durch. Maureens Klassenlehrer, ein graubärtiger Mann
mit kariertem Hemd und einem kleinen Bauch, erwartete sie
schon.

»Wir wissen es erst seit heute Morgen«, sagte Herr Pfeifer. »Die Klasse ist ziemlich geschockt, ich auch, an Unterricht war nicht zu denken. Wir haben über die letzte Klassenfahrt, den letzten Ausflug geredet, den wir gemeinsam mit ihr unternommen haben. Es ist schwierig, für so etwas Schreckliches die richtige Form zu finden.«

Anja nickte.

»Sie war kein einfaches Mädchen«, fuhr er fort, »bockig, unangepasst, mit einem sehr frechen Mundwerk. So jemand polarisiert, der hat nicht nur Freunde. Aber auch die, die Maureen nicht leiden konnten, sind betroffen. Der Tod kommt in diesem Alter selten so nah ...«

Traurig sah der Lehrer sie an, und Anja hatte keinen Trost für ihn.

»Maureen konnte einen mit ihrer Arbeitsverweigerung, mit ihrem Schuleschwänzen, mit ihren patzigen Antworten richtig auf die Palme bringen« fuhr er fort. »Gleichzeitig gab es immer wieder Situationen, wo ich gemerkt habe, was für ein Potenzial in diesem Mädchen steckt. Sie sollten mal ihre Deutschaufsätze lesen! Ich war mir sicher, dass sie die Kurve kriegt.«

Während er über das tote Mädchen sprach, führte Pfeifer Anja über lange Flure, Treppen hinauf und hinunter, und Anja wunderte sich, wie Schüler sich in diesem riesigen Gebäude zurechtfinden konnten. »Wann war sie das letzte Mal in der Schule?«

»Am Montag.«

»Das heißt, am Dienstag hat sie zum ersten Mal gefehlt. Wie läuft das dann? Rufen Sie die Eltern an? Warten Sie, bis sie wieder auftaucht?«

Pfeifer hielt kurz inne, zog sein Handy aus der Tasche, sah auf dem kleinen Display etwas nach. Jetzt wird er erzählen, dass manchmal Tage vergehen, bis man herausfindet, ob der Schüler schwänzt, erkrankt ist oder es andere Gründe gibt, warum er nicht in die Schule kommt, dachte Anja. Erst neulich hatte sie in der Zeitung von einem Fall gelesen, dass ein Schüler ein halbes Jahr dem Unterricht ferngeblieben war, ohne dass die Schule irgendetwas unternommen hatte.

»Schülerhandys sind im Unterricht eine Plage«, sagte Pfeifer stattdessen, »aber für mich als Lehrer ist es großartig, dass es diese

Dinger heute gibt. Was war das immer für ein Stress, wenn man in der Pause noch ein Telefonat erledigen musste! Hier, das wollte ich Ihnen zeigen.« Er hielt ihr sein Handy zum Lesen hin.

»Maureen nicht da. Krank?«, las Anja, und als Antwort: »Heute Nacht nicht zu Hause. Mal wieder keine Ahnung wo!!! Johanna Schmitz.«

»So wusste ich schon am Dienstag, dass sie mal wieder abgetaucht ist«, erklärte Pfeifer. »Dass Maureen schon mehrfach für ein paar Tage von zu Hause abgehauen und dann auch nicht in die Schule gegangen ist, wissen Sie sicher bereits. Maureens Mutter hat immer sofort den Kontakt zu mir gesucht, wir schließen uns seither mit solchen SMS kurz. Die ersten beiden Male haben die Eltern die Polizei eingeschaltet. Einmal hat eine Streife Maureen in der Notschlafstelle am Hauptbahnhof gefunden, einmal ist sie von selbst wieder aufgetaucht. Ab dem dritten Mal haben sich die Eltern eine Frist von drei Tagen gesetzt, bevor sie die Polizei einschalten wollten. Mussten sie aber nicht. In diesem Zeitrahmen ist sie bisher immer wieder zurückgekommen. Bis ...«

»Können Sie sich das erklären? Gab es für dieses Abtauchen konkrete Anlässe?«

»Am Dienstag haben wir eine Englischarbeit geschrieben.«

»Leistungsverweigerung?«, fragte Anja ungläubig.

»Spielt zumindest eine Rolle. Zwei- oder dreimal standen Arbeiten an, als sie geschwänzt hat«, berichtete Pfeifer. »Aber das erklärt bestimmt nicht alles.«

»Krach mit Mitschülern? Ärger mit Lehrern? Mobbing?«, fragte Anja weiter.

Pfeifer schüttelte energisch den Kopf: »Maureen hatte ein gesundes Selbstbewusstsein. Und es war keineswegs so, dass sie eine Außenseiterin war, ein »Loser« oder ein »Opfer«, wie die Schüler das heute nennen. Sie ließ sich nicht klein machen. So wirkte sie zumindest auf mich und meine Kollegen«, schränkte er seine Aussage ein.

»Wissen Sie von familiären Problemen?«

Diesmal war das Kopfschütteln bedächtig. »Da können Ihnen ihre Freunde sicherlich mehr erzählen« vermutete er. »Persönlich kannte ich nur die Mutter. Kam zu jedem Elternabend, zu jedem Elternsprechtag. Eher so der besorgte, überbehütende Typ.«

»Überbehütet«, murmelte Anja. Sie hatte den Eindruck, dass Pfeifer sich um ehrliche Antworten bemühte. Keine Antworten, die jetzt auf Anhieb den Durchbruch brachten, aber nach fünf Jahren Polizeiarbeit wusste sie, wie mühsam und langwierig Ermittlungsarbeit sein konnte. »Ja. Auf der einen Seite diese besorgte, vorsichtige Mutter, auf der anderen dieses Mädchen voller Widerstand, Abenteuerlust und Provokation. Kann mir vorstellen, dass es zu Hause öfters ordentlich gekracht hat.«

»Weil Maureen sich eingeengt fühlte?«

Pfeifer zuckte mit den Schultern. »Sehen Sie«, erklärte er. »Wir haben hier etliche Schüler mit einem wirklich schwierigen familiären Hintergrund: Vater säuft, Mutter alleinerziehend, überfordert, beide Eltern arbeitslos, keiner kümmert sich um die Kinder und und und. Solche Probleme gab es bei Maureen nicht. Von außen betrachtet kam Maureen aus einer intakten Familie.«

»Trotzdem ist sie weggelaufen.«

»Ja. Trotzdem ist sie weggelaufen.« Pfeifer sah Anja mit Bedauern an. Bedauerte er, dass er nicht mehr über Maureens Familie wusste, oder machte er sich Vorwürfe, weil er nicht genügend nachgebohrt hatte, fragte sich Anja, während Pfeifer sie eine weitere Treppe hinaufführte und dann auf eine offene Tür am Ende des Flurs deutete.

»Und Maureen? Hat sie darüber gesprochen?«, fragte Anja weiter. »Überhaupt, wie gehen Sie mit so einer Situation um? Heißt es da ›schön, dass du wieder da bist‹, und alles läuft weiter wie bisher? Oder gibt es ein Gespräch? Müssen die geschwänzten Stunden nachgearbeitet werden?«

»Kein Kind, das schwänzt, spricht gern darüber. Aber natürlich habe ich sie darauf angesprochen«, antwortete Pfeifer und ging, nach einem Blick auf die offene Klassenzimmertür, ein paar Schritte in Richtung Treppe zurück, damit man ihn dort nicht hören konnte. »Manchmal war sie bei ihrer Rückkehr, wie die Schüler das heute ausdrücken, ›gut drauf‹, dann hat sie gesagt, ich solle mich nicht aufregen, bei ihr sei alles in Ordnung. Sie habe keinen Bock gehabt, die Mathearbeit zu schreiben, das sei alles. Manchmal war sie aber voller Wut. Dann meinte sie, dass es mich gar nichts anginge, weshalb sie geschwänzt habe, wo sie gewesen sei, dass sie nicht einsehe, wofür es gut sei, jeden Tag in die Schule zu gehen. Der ganze pubertäre Weltschmerz und was weiß ich noch für andere Sorgen kamen da hoch!« Pfeifer griff Anja am Arm, zog sie noch ein bisschen weiter von der offenen Klassenzimmertür weg, bevor er fortfuhr. »Und ja, ›schön, dass du wieder da bist‹, ist immer der erste Satz, den ich zu Schulschwänzern sage, wenn sie wieder in die Schule kommen. Ich will sie ja wieder in den Unterricht einbeziehen und nicht direkt den Knüppel schwingen.«

»Aber es bleibt doch ein Regelverstoß. Hat der keine Konsequenzen?«

»Natürlich haben wir hier an der Schule die Regel, dass man geschwänzte Stunden, zumindest teilweise, nachsitzen muss«, erklärte Pfeifer. »Aber manchmal ist das der falsche Weg. Da würde eine solche Strafe sofort zum Weiterschwänzen führen. Das Wichtigste ist doch, dass uns die Schüler in solchen Situationen nicht vollständig entgleiten, wir müssen doch vermeiden, dass sie sich in die Position ›Schule ist Scheiße‹ verbeißen. Um das mal zu konkretisieren: Maureen hat immer nachgesessen, wenn sie ›gut drauf‹ in die Schule zurückkehrte, und nicht, wenn sie wütend und verzweifelt war. Solche Entscheidungen sind Gratwanderungen, bei denen man nur hoffen kann, dass sie den Schüler ein Stück weiterbringen. Schule ist doch nicht nur Unterricht. Wir wären schlechte Lehrer, wenn wir die Schüler nur mit Englischvokabeln und Matheformeln fütterten!«

Es überraschte Anja, dass ein Lehrer in Pfeifers Alter noch so idealistische Positionen vertrat, aber einer wie er war ihr allemal lieber als einer, der ausgebrannt und resigniert über seine Arbeit schimpfte.

Durch die offene Klassenzimmertür drang immer lauter werdendes Gemurmel auf den Flur, und Pfeifer meinte: »Sie haben eigentlich schon Schulschluss. Wir sollten sie nicht länger warten lassen.«

Anja nickte und fragte: »Haben Sie die Liste?«

Der schmale Weg entlang des Rheins bot kaum Platz für zwei Fahrräder nebeneinander. Jan nahm darauf keine Rücksicht. Mit gewagten Überholmanövern drängte er langsamere Radfahrer zur

64 Seite, trat in die Pedale, als gelte es, die Tour de France zu gewinnen. Das frische Grün der Bäume, den gelben Löwenzahn zwischen den Mauerritzen, den glitzernden Fluss, die behäbigen Kohlefrachter, all das sah er nicht. In seiner Nase hing der Geruch der Rennbahn, und er sah sich mit Maureen auf den Kieswegen zwischen den Wettständen lautstark diskutieren.

»Genügend Knete, das allein schafft dir eine handfeste materielle Freiheit«, hatte Maureen behauptet, als er ihr erzählte, dass er sich mit dem Freiheitsgedanken beschäftigte. »Die andere Freiheit, die der Gedanken und des Willens und so, die gibt es doch nicht. Neulich haben wir in Philo über die Ergebnisse der Hirnforschung geredet. Die sagen, dass das Gehirn Entscheidungen produziert, bevor sie dem Menschen bewusst werden. Dein Gehirn gibt dir die Entscheidung vor, die fällst nicht du! Du hast also gar keinen freien Willen. Warum sollst du dich dann mit schwierigen Entscheidungen rumplagen? Mach, was dir dein Bauch sagt, und basta!«

»Ob der Mensch einen freien Willen hat oder nicht, darüber streiten sich die Philosophen seit Jahrhunderten«, erwiderte er. »Nietzsche hat über den freien Willen gelacht. Nichtsdestotrotz finde ich die Hirnforschungsnummer hirnrissig. Das geht mir unglaublich auf den Keks. Da machen die ein paar klinische Experimente, stellen fest, dass die Hand sich nach rechts oder links bewegt, bevor der Proband dies als Befehl formuliert hat, schon ist der freie Wille flöten. Es gibt doch kein unpersönliches Gehirn. Es ist doch letztendlich egal, ob es sich um einen ›gefühlten‹ oder um einen ›echten‹ freien Willen handelt.«

»Du glaubst also tatsächlich, dass der Mensch frei in seinen Entscheidungen ist?«, hatte sie mit Spott in der Stimme gefragt.

»Ja sicher«, hatte er erwidert. »Nimm doch nur mal diesen Augenblick. Du wärst doch jetzt nicht hier auf der Rennbahn, wenn es nicht dein freier Wille wäre.«

»Woher willst du das wissen? Vielleicht bin ich eine Getriebene, eine Flüchtende?«

Getrieben, so fühlte er sich. Unfähig, Ruhe zu finden, unfähig, langsamer zu fahren, wobei ihn ein Trupp Rentner, bestimmt zwanzig Personen, gerade dazu zwang. Immer zu zweit nebeneinander radelnd, verstopften sie den schmalen Weg, machten ein

Überholen unmöglich. Jan klingelte und schrie, aber die Senioren
wichen nicht zur Seite, er musste warten, bis ein schmaler Grasstreifen neben dem betonierten Weg die Möglichkeit bot, an den lahmen Alten vorbeizuziehen. Vor sich sah er dann das meergrün gestrichene Stahlgerüst der Autobahnbrücke, bemerkte, wie auf der anderen Rheinseite die Stadt immer mehr ausfranste, Wiesen das Wasser säumten, der Wind stärker und die Luft frischer wurde.

»Flüchten, das ist ein gutes Beispiel für den freien Willen«, hatte er geantwortet. »Auch Tiere flüchten. Aber die folgen dabei nur ihrem Instinkt. Der Mensch aber kann in dieser Situation wählen. Zunächst kann er wählen, ob er überhaupt flüchten muss. Dann, ob er nach Norden oder Süden, mit dem Zug oder dem Fahrrad flieht. Er hat die Wahl, er muss Entscheidungen treffen. – Hey, aber sag mal«, unterbrach er seine Betrachtungen. »Bist du wirklich auf der Flucht?«

»Ist jetzt unwichtig, genau wie dein Nietzsche, Quietsche oder wie der heißt«, wehrte sie ab. »Und das mit dem Flüchten ist ein schlechtes Beispiel. Nimm doch nur mal die Juden! Die hatten doch größtenteils überhaupt keine Chance, vor den Nazis zu flüchten, obwohl sie es bestimmt gewollt haben. Da konnten sie kiloweise freien Willen haben, der hat ihnen nichts genutzt. Und denk mal weiter! Selbst die Freiheit der Gedanken ist nicht absolut. Von wegen, keiner kann in deinen Kopf sehen und so. Foltermeister in aller Welt sind darauf spezialisiert, dir diese Freiheit zu nehmen.«

»Natürlich wird der freie Wille immer durch gesellschaftliche Bedingungen eingeengt«, gab Jan zu. »Das kann negativ sein, wie in totalitären Systemen, oder positiv: Du darfst nicht töten, du darfst nicht stehlen, du darfst nicht schlagen und so weiter. Weil anders das menschliche Zusammenleben nicht funktionieren würde. Denk an den berühmten Kant'schen Imperativ. Aber das heißt doch im Gegenschluss nicht, dass es keinen freien Willen gibt. Jeden Tag triffst du Entscheidungen, musst Entscheidungen treffen. Das kannst du nur mit deinem freien Willen tun.«

»Du bist ein idealistischer Träumer«, spottete Maureen. »Was, wenn der freie Wille eine Illusion ist? Was, wenn du in Wirklichkeit in einem Netz gefangen bist, sich dein freier Wille darin erschöpft, dass du mal nach rechts und mal nach links gehen kannst, aber du feststellen musst, dass du in einem Gefängnis sitzt?«

»Aus was für einem Gefängnis musst du fliehen? Was ist los mit dir, Maureen?«, fragte Jan besorgt.

»Jetzt nimm das nicht persönlich, wir quatschen hier über Theorie«, lachte sie. »Ich meine doch nur, diese ganze Nummer mit der Selbstverwirklichung, ›du erreichst alles, wenn du nur willst‹, das ist ziemlicher Mist. Du kannst vielleicht wählen, ob du blaue oder schwarze Wimpertusche kaufst, aber nicht, ob du glücklich oder unglücklich wirst.«

»Der freie Wille und das Glück haben nun wirklich nichts miteinander zu tun«, erhitzte sich Jan. »Camus sagt zum Beispiel, dass der Mensch durch den Zufall seiner Geburt in die Existenz geworfen wird und er selbst aktiv versuchen muss, dem Leben einen Sinn zu geben.«

»Aber was für einen Sinn soll das Leben denn haben, wenn nicht, reich und glücklich zu werden?«, gab Maureen nicht minder hitzig zurück.

»Glück und Reichtum, das sind jetzt wieder zwei Paar sehr verschiedene Stiefel!« Jan verzweifelte ein wenig an Maureens Gedankengängen. »Reichtum, so wie du ihn verstehst, ist ein materieller Wert, Glück dagegen ein ideeller, ein gedanklicher oder gefühlsmäßiger. Und Glück, das sage ich dir, ist nie ein Zustand, sondern immer nur ein Augenblick, so vage und vergänglich wie eine Sternschnuppe.«

»Und was willst du dann vom Leben?«

»Das kann ich nicht so einfach beantworten«, kam es zögerlich. »Wenn ich Camus folge, so ist die Suche nach Sinn ein wesentlicher Teil des Lebens, und diese Suche beinhaltet das Scheitern, aber niemals das Aufgeben, wie er im ›Mythos von Sisyphos‹ schreibt.«

»Scheitern und dennoch nicht aufgeben. Das sind ja schöne Aussichten«, stöhnte Maureen, gab ihm aber gleichzeitig einen freundschaftlichen Klaps auf die Hüfte. »Glück kommt in so einem Leben bestimmt überhaupt nicht vor!«

»Völlig falsch«, widersprach Jan und lachte sie an. »Gerade jetzt fühle ich mich unglaublich glücklich.«

Wie recht er gehabt hatte mit der Flüchtigkeit des Glücks! Jetzt war er der Getriebene, unfähig, einen klaren Gedanken zu fassen. Schon hatte er die meerblaue Brücke unterquert, versuchte nun schreiend und drängend die Fußgänger an dem schmalen Stück vor der Maternuskapelle zur Seite zu drängen. Er erinnerte sich, dass ihm sein Vater vor vielen Jahren nach einem Besuch in dieser Kapelle den kleinen Matrosenfriedhof daneben gezeigt hatte. »Aber hier gibt es doch gar keine Matrosen«, hatte er sich empört, weil er bei Matrosen nur an große Schiffe und das weite Meer dachte. Sein Vater hatte darauf lachend auf den Fluss und die schweren Dampfer gezeigt und gesagt: »Heute schippert so ein Frachtdampfer mit zwei, drei Mann über den Fluss, aber bevor es Motoren gab, brauchten sie eine ordentliche Besatzung mit vielen Matrosen, um das Schiff gegen den Strom zu rudern. Und hier« er deutete auf die schmale Fahrrinne des Flusses direkt vor dem Kapelle »konnten die Schiffe nicht allein gegen den Strom rudern. Sie brauchten Treidler, schwere, kräftige Männer, und Pferde, die das Schiff mit breiten Seilen entlang des schmalen Pfades, den heute die Fußgänger und Radfahrer benutzen, gezogen haben, bis die Fahrrinne wieder breiter war.« Jan hatte sich Schiffe voller Galeerensträflinge vorgestellt, wie er sie aus Römerfilmen kannte, auf der einen Seite die muskulösen, halbnackten Männer im Schiff, die im Takt die Ruder schlugen, und auf der anderen die kräftigen Männer am Ufer, die sich mit den rauen Seilen die Schultern blutig rieben. Bestimmt hatte ein Aufseher mit der Peitsche um sich geschlagen, wenn einer der Matrosen oder Treidler schlappzumachen drohte, und manch einer war dabei gestorben und hatte so sein Grab auf dem Matrosenfriedhof gefunden.

Jetzt sah er sich selbst als Galeerensträfling, und bei der Vorstellung, wie er, an den Füßen mit schweren Eisenringen gefesselt, mit aller Kraft und ohne Pause den Rhein flussaufwärts ruderte, fing er an, merkwürdig zu lachen. So laut, dass manch einer der Fußgänger ihm einen Blick zuwarf, als würden sie den schlacksigen Jungen für einen Irren halten. Sollten sie doch. Weit war er davon nicht weg. Klar denken konnte er seit der Sache mit Maureen nicht mehr. Nur noch Enno konnte das. Der hatte ihn heute Morgen vor der Schule angerufen und berichtet, dass Karla und Kitty die Pistole entdeckt hatten. Jan wäre wahrscheinlich völlig ausgerastet, wenn ihn eine der beiden darauf angesprochen hätte. Nicht so Enno. Der hatte seiner Schwester das Märchen von einer unechten Pistole, einem Imitat, das Florians Urgroßvater gehörte, aufgetischt. »Hat sie geschluckt! Hundertpro!« Die Idee wäre ihm nie gekommen. Sie würde ihn auch nicht retten. Endlich hatte er das Gedränge um die Kapelle hinter sich gebracht, sah den weißen Sand am Flussufer, dann den Campingplatz. Im Auwald dahinter begegnete er nur noch gelegentlich einem Jogger. Auf dem graden, freien Weg holte er alles aus sich und dem Fahrrad heraus. Dann tauchte der Fluss wieder auf, der hier einen breiten Bogen machte. Er warf das Rad auf den Boden, schnappte das Bündel auf dem Gepäckträger, rannte die paar Schritte hinunter zum Rhein. Ein ausgewaschener Baumstamm und eine aufgeblähte rote Plastiktüte flossen träge flussabwärts, in der Ferne tutete ein Schiff der Köln-Düsseldorfer. Kein Mensch war zu sehen. Er war allein. Mit voller Wucht schleuderte er Maureens Rucksack in den Fluss und fragte sich, ob es sein freier Wille war, der ihn das tun ließ. Und wenn es nicht sein freier Wille war, was dann?

Vor Anja saß das vierte Mädchen: Leonie. Sie kam nach Leyla, Yasmin, Jennifer. Sie alle hatte Pfeifer auf seine Liste geschrieben, weil sie entweder mit Maureen befreundet waren oder diese kurz vor ihrem Verschwinden gesehen hatten. Seit einer Stunde befragte die Polizistin Maureens Klassenkameradinnen. Anja hatte das Misstrauen sofort gespürt, als sie in die Klasse gekommen war. »Bullen stehen immer auf der falschen Seite«, das hatte schon in ihrer Jugend gegolten, und daran schien sich nichts geändert zu haben. Pfeifer hatte ihr sein Lehrerpult für die Befragung angeboten, aber sie hatte sich an einen der Schülertische gesetzt, so, dass die Mädchen bei der Befragung auf Maureens Platz blicken mussten. Dort hatten die Schüler im Laufe des Tages Blumen hingelegt und Grabkerzen aufgestellt. Mit dieser Platzwahl signalisierte sie auf der einen Seite Nähe und Partnerschaftlichkeit, auf der anderen führte sie den Schülern die grausame Situation vor Augen: Eine Mitschülerin war zu Tode gekommen. Diesen Tod galt es aufzuklären, dazu brauchte sie ihre Mithilfe. Bisher allerdings mit mageren Ergebnissen.

Nach Schulschluss am Montag war Maureen mit Leyla in einer
Imbissbude auf der Bergisch-Gladbacher-Straße einen Döner
essen. Nein, sie seien keine engen Freundinnen, hatte Leyla
erzählt, die Situation habe sich so ergeben, weil sie beide Hunger
hatten. Beim Essen haben sie sich über zwei Typen aus der C-Klas-
se unterhalten, die an der Schule einen Hip-Hop-Wettbewerb
machen wollen. Maureen habe gemeint, dass diese »Wettbewerbs-
scheiße« nur Sinn mache, wenn es dabei etwas Anständiges zu
gewinnen gebe. »Ich produziere mich doch nicht vor anderen für
nichts und wieder nichts!« Leyla hatte dagegengehalten: »Ist doch
eine Riesenchance, mal vor Publikum aufzutreten, alle Hip-Hop-
per haben klein angefangen, kann doch Spaß machen.«
»Machte Maureen Musik?«, hatte Anja gefragt.
»Nein, aber sie tanzte«, meinte Leyla, »wenn sie gut drauf war,
konnte sie eine coole Perfomance hinlegen.«
Die beiden Mädchen hatten sich so gegen 15 Uhr voneinander ver-
abschiedet. Leyla war nach Hause und Maureen in Richtung Bahnhaltestelle gegangen. Nein, es sei nichts anders als sonst an Maureens Verhalten gewesen, hatte Leyla auf Anjas Frage geantwortet,
und nein, über etwas anderes als den Hip-Hop-Wettbewerb hatten
sie nicht miteinander geredet.
An der Bahnhaltestelle hatte Maureen Yasmin und Jennifer getroffen. Auf Anja wirkten die zwei wie Zwillinge: die gleichen Jeans,
Push-ups, hautenge Oberteile, dazu pfundweise Schminke im
Gesicht und blondierte, mit Haarspray betonierte Haare. Jennifers
Blick war nervös und schweifte durchs Zimmer, Yasmins Blick war
schläfrig und auf ihre Fingernägel konzentriert. Anja wettete hun-
dert zu eins, dass die beiden nicht mit Maureen befreundet gewesen waren. Das bestätigte Jennifers erster Satz.
»Wir haben nur zufällig in der Bahn nebeneinandergestanden,
weil die so voll war.«
»Habt ihr miteinander geredet?«, fragte Anja.
»Erst als sie am Wiener Platz nicht ausgestiegen ist«, leierte Yasmin mit lahmer Stimme. »Da habe ich gefragt, ob sie nicht nach
Hause fährt. ›Kümmert euch um euren Scheiß‹, hat sie gemeint.«
»Ja«, bestätigte Jennifer. »Sie hat immer nur so schnippische Antworten gegeben. Muss das sein? Yasmin wollte doch nur nett
sein.«

»Und dann?«

»Ihr Handy hat geklingelt, als die Bahn über die Mülheimer Brücke gefahren ist«, erzählte Jennifer. »Sie hat sich mit irgendjemandem am Ebertplatz verabredet, und da ist sie dann ausgestiegen.«

»›Ebertplatz‹, habe ich ihr nachgerufen«, ergänzte Yasmin, »›da treffen sich doch nur Penner und Alkis‹.«

»Das hat sie nur gesagt, weil Maureen nicht korrekt zu ihr gewesen war«, rechtfertigte Jennifer die Freundin.

»Ach was«, brummte Yasmin. »Das ist die Wahrheit. Da sind doch nur Penner und Alkis. Mit so Leuten hat sie immer herumgehangen.«

»Mit wem genau?«, hakte Anja nach.

»Mit Pennern und Alkis halt«, wiederholte Yasmin.

»Woher wisst ihr das?«

»Na ja, wissen ist zu viel gesagt«, schränkte Jennifer ein. »Aber sie ist doch immer wieder von zu Hause abgehauen, und da ist sie dann bei solchen Leuten gelandet.«

»Ist das ein Gesetz? Jeder, der von zu Hause abhaut, landet bei Pennern und Alkis?«

»Am Wiener Platz haben wir mal gesehen, wie sie mit 'nem Punk mit Bierflasche geredet hat«, ergänzte Yasmin.

»Die hat echt mit strangen Typen rumgehangen«, bestätigte Jennifer. »Einmal sogar mit 'nem älteren Typen mit Jesuslatschen und Pferdeschwanz auf der Domplatte.«

»Und der Punk war ein Alki und der Typ mit den Jesuslatschen ein Penner?«

»Ist so«, bestätigte Yasmin träge.

»Wisst ihr das oder vermutet ihr das?«, setzte Anja nach.

»Ich kann doch eins und eins zusammenzählen«, brummte Yasmin. »Man weiß doch, was man sieht.«

»Dann bist du blond und blöd«, sagte Anja, und Yasmins Blick verlor kurz seine Schläfrigkeit. »Ich will Tatsachen hören, keine Vermutungen«, fügte die Polizistin hinzu. »Den Punk mit der Bierflasche und den Typ mit den Jesuslatschen, würdet ihr die auf einem Foto wiedererkennen?«

»Klar«, meinte Jennifer schnell, auch Yasmin, die nichts kapierte, meinte: »Würde mich echt nicht wundern, wenn die in einer Verbrecherkartei wären.«

Bei der ist Hopfen und Malz verloren, dachte Anja und fragte: »War
Maureen mal besoffen, hat sie gekifft oder sonst was?«

»Eigentlich nicht«, überlegte Jennifer.

»Bei der letzten Klassenfahrt hat sie mindestens vier Flaschen
Bier gesoffen«, steuerte Yasmin bei. »Bier! Welches Mädchen trinkt
schon Bier?«

»Und ihr habt nichts getrunken?«, wollte Anja wissen.

Jennifer wurde rot, und Yasmin beschäftigte sich noch intensiver
mit ihren Fingernägeln. »Hat sie noch irgendwas gesagt, bevor sie
am Ebertplatz ausgestiegen ist?«, wollte Anja wissen.

Die beiden sahen sich kurz an und schwiegen dann.

»Ja oder nein?«, hakte Anja nach.

»›Passt auf, dass eurer Putz nicht bröckelt‹, hat sie gesagt, ›sonst
müsst ihr feststellen, dass ihr darunter hohl seid‹«, brummte
Yasmin.

»Ist doch super gemein, oder?«, jammerte Jennifer.

Gut ausgeteilt, Maureen, dachte Anja und entließ die beiden
Blondchen.

Auch Leonie war blond, aber eindeutig von Natur aus, und die
Sommersprossen auf der Nase waren nicht zugepudert. Blaue
Augen, eigentlich hübsch, aber jetzt aufgequollen und rotgeheult.
Von Pfeifer wusste Anja, dass Leonie sehr eng mit Maureen
befreundet gewesen war.

»Weißt du, mit wem sie sich am Ebertplatz verabredet hat?«, fragte Anja.

Leonie schüttelte den Kopf und griff nach der Packung Papiertaschentücher, die Anja auf den Tisch gelegt hatte.

»Hat sie sich seit Montag mal bei dir gemeldet?«

Das Mädchen nickte und senkte schnell den Kopf, damit Anja
nicht sehen konnte, dass sie wieder zu weinen anfing.

»Was hat sie gesagt?«

Leonie sank tiefer in sich zusammen, reagierte nicht.

»Bitte, Leonie, es ist wichtig. Was hat Maureen gesagt?«

»›Vergiss Rom‹, hat sie gesagt, ›wir fahren nach Paris. Hab zwei
Typen kennengelernt, bei denen können wir in der WG wohnen‹.
Da wollten wir hin an Pfingsten! So viele Reisen wollten wir
zusammen machen! Nach Rom und Paris, nach Moskau und
Hawaii, und jetzt werden wir nirgendwo mehr hinreisen ...«

Ab da konnte Anja nichts mehr verstehen, weil das nächste Wort in einen langen, unverständlichen Heulton überging, Leonie den Stuhl nach hinten stieß, aufsprang und aus dem Klassenzimmer rannte. Anja hörte, wie sie im Flur laut aufschrie und Pfeifer mit ruhiger Stimme auf sie einredete. Sie klappte ihren Notizblock zu und ging ebenfalls nach draußen. Pfeifer stand neben dem Mädchen, das wie ein Häufchen Elend auf dem Boden saß und immer noch schluchzte.

»Ich habe ihre Eltern angerufen«, erklärte er. »Die Mutter kommt gleich.«

Anja nickte und kniete sich neben Leonie. »Es ist furchtbar, dass Maureen tot ist«, sagte sie leise. »Wir reden morgen weiter, denn vielleicht kannst du mir helfen, herauszufinden, warum sie sterben musste. Okay?«

Das Mädchen reagierte nicht. Anja hoffte einfach, dass Leonie sie verstanden hatte. Nachdem Leonie wenig später von ihrer Mutter abgeholt wurde, schloss Pfeifer das Klassenzimmer zu. Sie gingen zum Eingang zurück.

»Ich komme morgen wieder«, sagte Anja zum Abschied.

Pfeifer nickte.

Als Anja schon auf der Treppe zu dem weiten Schulhof war, stockte sie, kehrte noch einmal um und sagte: »Die Deutschaufsätze von Maureen. Ob ich mir die ausleihen könnte?«

Die feurige Chilisoße, die sie zu den Tacos gegessen hatte, brannte in Kittys Hals, als sie mit gutem Appetit bei den Empanadas zugriff, die zum Glück weniger scharf gewürzt waren.

»Kann ich noch eine Cola haben, Tom?«, fragte sie ihren Vater, und der nickte.

»Jetzt mal Klartext, Zuckerschnecke«, forderte er sie auf, »›Life ist difficult‹. Muss ich mir irgendeinen Jungen zur Brust nehmen, der dich unglücklich macht, oder was ist los?«

»Mensch, Papaaa«, maulte Kitty. »Immer denkst du nur an das eine.«

»Mir kannst du nichts vormachen, Zuckerschnecke! Liebesgeschichten sind doch das Wichtigste in deinem Alter. Also mit sechzehn war ich furchtbar unglücklich in ein Mädchen verliebt, das hieß Rosali und die hatte ...«

»Titten so groß wie Ananas«, machte Kitty weiter. »Die Geschichte hast du mir bestimmt schon zehnmal erzählt!«

»Titten habe ich nie gesagt!«

»Natürlich nicht. Political correctness und so. Aber gedacht hast du es und nur ›Brüste‹ gesagt, weil du nicht willst, dass ich solche Wörter benutze! Stimmt's oder hab ich recht?«

Beide lachten. Kitty liebte die »Daddy-Days«. Mit niemandem konnte man so gut herumblödeln wie mit Tom. Und obwohl er schon dreiundvierzig war, sah ihr Vater immer noch gut aus. Seit er sich die spärlichen Haare um seine Halbglatze abrasierte, wirkte er richtig jung. Das sagten auch ihre Freundinnen.

»Stell dir vor, Papa, Jan hat heute bei der Mathearbeit ein leeres Blatt abgegeben«, erzählte Kitty.

»Jan? Der, mit dem du mal ein Pferd geklaut hast? Ist das nicht so ein Mathe-Ass?«

»Ja, und normalerweise hilft er mir bei den Mathearbeiten ...«

»Wie, er hilft dir?«, hakte Tom nach.

»So genau willst du das gar nicht wissen«, wiegelte Kitty ab. »Du sagst doch immer, Hauptsache, man schafft das Abi, und Fleiß ist nicht die einzige Möglichkeit, um Erfolg zu haben.«

»Sag ich das? So, so.« Tom wirkte, als könnte er sich nicht erinnern, jemals so etwas gesagt zu haben. »Und weil Jan ein leeres Blatt abgegeben hat, hast auch du ein leeren Blatt abgegeben?«

»Also leer war das Blatt nicht, es stand sogar ziemlich viel drauf, wovon aber wieder viel durchgestrichen wurde ...«

»Kurzum«, unterbrach sie Tom. »Du hast die Mathearbeit verhauen.«

»Ist zu befürchten«, seufzte Kitty. »Wenn ich Pech habe, gibt der Brauser mir eine Fünf.«

»Übel, übel«, murmelte Tom, »aber doch kein Weltuntergang. Die Fünf kannst du doch mit Deutsch ausgleichen.«

»Ja, ja.« Kitty trank schnell einen Schluck von ihrer Cola.

»Und was ist mit Englisch?«, fiel Tom ein.

»Da schreiben wir noch eine Arbeit ...«

»Und was brauchst du für eine Note?«

»Mindestens eine Drei.«

»Da wäre ein bisschen Nachhilfe nicht schlecht«, schlug er vor.

»Soll ich mal Sabine fragen?«

Verdammt, dachte Kitty und trank hastig die Cola aus, da hatte sie mal wieder nicht aufgepasst. Das Thema »Sabine« hatte sie heute auf alle Fälle vermeiden wollen. Seit einem halben Jahr war Tom mit ihr zusammen. Nicht, dass sie jemals eine seiner Freundinnen besonders gut leiden mochte, aber Sabine konnte sie auf den Tod nicht ausstehen. Klar, dass Tom sie bei Englisch ins Spiel brachte. Sie hatte zwei Jahre in England studiert, ein Auslandsjahr in USA verbracht. Damit hatte die Tussi schon bei ihrem ersten Zusammentreffen angegeben. Wenn sie also mit jemandem auf gar keinen Fall Englisch lernen würde, dann mit Sabine Jansen. Nicht eine Minute länger als nötig wollte sie mit dieser Frau verbringen.

»Ach, weißt du, Papa«, meinte sie dann. »Ich frag Karla, die steht Englisch zwei und weiß genau, was wir lernen müssen.«

»Auch recht.« Tom grinste sie breit an. »Vielleicht ist ja meine heutige Überraschung für dich ein Ansporn. Was hältst du von vier Tagen London an Pfingsten?«

»London?« Kitty strahlte. »London, wir zwei? Das ist super!«

»Pflichtprogramm ist klar«, fuhr Tom fort. »Baker Street 221B. Da will ich hin. Sonst kannst du aussuchen. Buckingham Palace, Tower Bridge, London Eye ...«

»Carnegie Street, ich will unbedingt in die Carnegie Street«, unterbrach ihn Kitty. »Da soll man total gut shoppen können. Hast du schon ein Hotel gebucht? Kann ich mir das im Internet ansehen?«

Die nächste halbe Stunde überlegten die zwei, was man in drei Tagen London alles schaffen könnte. Seit sie dreizehn war, schenkte Tom Kitty jedes Jahr eine Reise in eine europäische Großstadt. »Reisen bildet, Zuckerschnecke!« Sie waren schon in Rom, Berlin und Paris gewesen und jedes Mal hatten sie viel Spaß miteinander gehabt. Auch London würde super werden.

Dann verschluckte sich Kitty an ihrer vierten Cola, als sie sah, wer durch die Drehtür ins Restaurant trat. Konnte sie nicht einen Abend mit ihrem Vater alleine sein? Wie immer schwarz gekleidet, mit einem eisgrauen Schal um die Schultern und einer kleinen Prada-Tasche unter dem Arm, deutete Sabine Jansen einen Gruß an und schritt mit wiegenden Schritten auf ihren Tisch zu. Als sie sich zu Tom hinunterbeugte und ihn auf die Wange küsste, wehte der Duft eines kühlen Parfums in Kittys Nase, und Kitty schlüpfte schnell in ihre Jacke, um gegen die Kälte, die diese Frau ausstrahlte, gewappnet zu sein.

»Willst du schon gehen?«, fragte Sabine, während sie die dünnen schwarzen Lederhandschuhe abstreifte und den Kellner um ein Glas Chardonnay bat. Dann blickte sie auf ihre Uhr. »Stimmt. Ist kurz vor zehn. Du hast ja morgen Schule.« Das eisige Lächeln, das sie Kitty schickte, ließ deren Eingeweide gefrieren. Am liebsten hätte Kitty ihr die Augen ausgekratzt oder zumindest den eleganten Haarknoten auseinandergerupft.

»Brauch ich für London Pass oder Personalausweis?«, fragte Kitty Tom.

»Ach, ihr habt schon über London gesprochen«, mischte sich Sabine ein. Sie warf Tom einen bedeutungsvollen Blick zu, was Kitty dazu brachte, ihrem Vater einen zornigen Blick hinterherzuschicken.

»Sabine hat in ihrem Reisebüro unsere Tickets gebucht«, sagte der schnell.

»Zwei Tickets?«, fragte Kitty.

»Natürlich, was denkst du denn, Zuckerschnecke«, versicherte Tom.

Sabine lächelte versonnen in sich hinein.

Sie heckt irgendwas aus, dachte Kitty, irgendwas Gemeines. Wie konnte Tom nur auf so eine reinfallen?

»Wir können doch auch mal was zusammen machen«, schlug Sabine vor, als sie Kitty beim Abschied die Hand reichte. »Frauenprogramm, Wellness oder Schönheitsstudio. Ruf mich doch einfach an, wenn du Lust dazu hast!« Lächelnd reichte sie Kitty ihre Visitenkarte.

Das hättest du wohl gerne, du fiese Schlange, dachte Kitty. Aber mich kriegst du nicht rum, da kannst du Gift drauf nehmen! Stattdessen sagte sie: »Zu viel zu tun, Schule und so.«

Vor der Tür sog sie gierig die frische Luft ein. Sie hatte das Gefühl, dass sie seit Sabines Auftauchen an Atemnot litt.

Zu Hause schlüpfte Anja in ihre Sportklamotten und zog sich die Laufschuhe an. Sechzig Minuten, mehr war heute nicht drin. Schnell brachte sie die ersten zweihundert Meter entlang der lauten Hauptstraße hinter sich und bog in den inneren Grüngürtel ab.

Noch waren ihre Schritte schwerfällig, und wie immer schmerzte die rechte Brustkorbseite. Der Tag hatte sie geschlaucht, und sie wollte sich nach dem Laufen nur noch in die Badewanne legen oder vor die Glotze setzen.

Seit ihrem letzten Lauf vor zwei Tagen waren die Buchen grün geworden und der erste Flieder hatte sich geöffnet. Anja sog seinen süßlichen Duft ein und merkte, wie ihre Füße leichter und schneller wurden und der Schmerz in der Brust nachließ. Vorhin hatte sie noch mit der Frau telefoniert, die beim SKM die jungen Prostituierten betreute. Doch die kannte Maureen weder dem Namen nach noch vom Aussehen. In der Notschlafstelle hatte sie mehr Glück. Maureen hatte dort mehrfach übernachtet, einmal hatten die Eltern sie dort abgeholt.

Auch jetzt beim Laufen ging ihr Maureen nicht aus dem Kopf. Anja ließ Revue passieren, was das Mädchen die ersten anderthalb Stunden nach der Schule gemacht hatte: Döner gegessen, zum Ebertplatz gefahren. Dort war sie mit jemandem verabredet. Ob sie bei diesem Treffen einem der Alkoholiker aufgefallen war, die dort immer auf dem Mäuerchen saßen? Diese Befragung musste sie für morgen auf die Tagesordnung der Soko setzen. Aber wen immer Maureen am Ebertplatz getroffen hatte, sie hatte sich wieder von dieser Person getrennt, denn am nächsten Nachmittag, als Kitty sie in der Bahn getroffen hatte, war sie allein gewesen. Anja spürte den Schweiß, der ihr zwischen den Brüsten und am Rücken hinunterlief, und machte sich auf den Rückweg. Noch einmal kehrte sie in Gedanken zu den beiden Mädchen in der Bahn zurück. Maureen, die Musik hörte und mit Origami-Papier bastelte. Kitty, die sie dabei beobachtete. Maureen, die hastig aufbrach, als die Bahn in die Haltestelle einfuhr. Das heißt, sie war nicht zufällig dort ausgestiegen. Sie war verabredet gewesen.

Es dämmerte schon, als Anja an den Universitätsgebäuden vorbeilief. Vor sich sah sie Licht in vielen Etagen des Hochhauses, in dem sie wohnte. Sie dachte an Maureens Zuhause, an das aufgeräumte Mädchenzimmer.

»Verdammt«, fluchte sie, als sie schwer atmend in den Aufzug trat. Der Abschiedsbrief, den sie in Maureens Schreibtisch gefunden hatte. Sie hatte vergessen, in der Schule nach Kemal zu fragen.

Kitty blickte auf den Großen Bären und den Drachen, die langsam über ihrem Bett verglühten. In ihrer Grundschulzeit hatte Tom die beiden Sternbilder aus Phosphor-Papier an die Decke über ihr Bett geklebt, und seither galt ihr letzter Blick vor dem Einschlafen immer den Sternen. »Die hab ich extra für dich vom Himmel geholt«, hatte ihr Vater damals gesagt. Was würde er heute noch für sie tun? Fuhr er wirklich mit ihr allein nach London, fragte sich Kitty traurig. Seit einiger Zeit zweifelte sie an ihrem Vater. Alles hing mit dieser Sabine zusammen. Seit sie in Toms Leben getreten war, war alles anders geworden. Ihr Vater hatte viele Freundinnen gehabt, Kitty konnte sich nicht mehr an alle erinnern. Mit keiner war er länger als ein halbes Jahr zusammen gewesen. Wenn eine dann nicht mehr auftauchte und sie danach fragte, hatte Tom immer gesagt: »Frauen kommen und gehen, doch du bleibst auf ewig meine Zuckerschnecke!« Aber jetzt war ein halbes Jahr um, und Sabine war immer noch da. Bedenklich war das, höchst bedenklich. Und Tom merkte überhaupt nicht, wie die Tussi ihn um den Finger wickelte. Zum ersten Mal sah es so aus, als ob ihr Vater es nicht alleine schaffen würde, die Frau in die Wüste zu schicken. Zum Glück hatte er sie, Kitty, und sie würde schon einen Weg finden, Sabine loszuwerden.

17. April Anja fütterte den Kaffeeautomaten mit Geldstücken. Sie musste sich beeilen. Daniel hatte die Besprechung auf 9 Uhr angesetzt. Mit dem heißen Pappbecher in der Hand hetzte sie den Flur zurück ins Treppenhaus, wo sie auf ihren Chef traf.

»Morgen«, brummte sie.

»Schlecht geschlafen?« Daniel musterte sie mit kritischem Blick. »Hast dicke Ringe unter den Augen. Warste wieder als Domina unterwegs?« Er grinste.

Anja hätte ihm am liebsten den heißen Kaffee ins Gesicht geschüttet. Damit ihm dieses dämliche Grinsen verging.

»Wie bist du gestern vorangekommen?«, wechselte Daniel das Thema.

»Wirst du ja gleich hören.«

»Mann oh Mann, bist du schlecht gelaunt«, rief er.

Wieder wusste Anja nicht, was sie sagen sollte. Sie konnte diese Anzüglichkeiten einfach nicht parieren. Ihr müssten schlagfertige Antworten einfallen. »Na klar, Daniel. Das mache ich jede Nacht. Willste dich nicht auch mal von mir auspeitschen lassen? Wäre mir eine Freude!« Leider fielen ihr solche Antworten im entscheidenden Augenblick nicht ein, und selbst wenn, wüsste sie nicht, ob sie sich trauen würde, sie auszusprechen.

Sie stellte den heißen Kaffee auf dem Besprechungstisch ab. Vor Eddie Tannert stand der gleiche Pappbecher. Meier verkabelte schnaufend den Beamer mit seinem Laptop. Daniel ließ seine Unterlagen auf den Tisch klatschen.

»Dann wollen wir mal«, fing er an. »Ladies first. Anja! Eltern, Freunde, Schulkameraden. Was hast du rausgefunden?«

Anja berichtete von den gestrigen Gesprächen.

»Eine Verabredung am Ebertplatz, hatte als Kind keine Vorliebe für Pferde, laut Mami und Papi keine dunklen Familiengeheimnisse«, fasste Daniel zusammen. »Da muss noch mal nachgehakt werden.«

»Anja hat doch gesagt, dass die Zeugen teilweise noch unter Schock standen und gar nicht vernehmungsfähig waren«, verteidigte Eddie Tannert Anja. »Du weißt doch selbst, wie mühsam Ermittlungsarbeit sein kann.«

Eddie war neben Anja der einzige junge Kollege in Daniels Team. Obwohl Anja und Eddie privat nichts miteinander unternahmen – Eddie sah nicht nur wie ein Heimwerker aus, er war auch einer, und über Bohrmaschinen zu reden, fand Anja ziemlich langweilig – kamen sie im Job gut miteinander zurecht.

»Hast ja recht«, brummte Daniel. »Wie sieht's bei dir aus? Was Neues von der Rennbahn?«

»Wisst ihr, dass es auf dem Rennbahngelände zehn Rennställe gibt?«, begann Eddie. »Dass da mehr als sechzig Leute arbeiten? Dass da zwischen dreihundert bis vierhundert Pferde trainiert werden? Also, ich habe gestern Abend derart nach Pferdestall gestunken, dass ich eine halbe Stunde lang geduscht habe.«

»Hast du etwa die Pferde ins Kreuzverhör genommen?«, fragte Meier.

Alle lachten, auch Eddie, der dann sagte: »Na klar doch. Jedes einzelne. Und die haben mir Sachen zugeflüstert, da bin ich ganz rot geworden. Über den besten Deckhengst, über die geilste Stute ...«

Eddie kann das, dachte Anja, der kann so schlagfertige Antworten geben. Dann fragte sie: »Haben sie dir auch was über Maureen zugeflüstert?«

»Leider nein.« Eddie wurde wieder ernst. »Am Dienstag gab es keinerlei Veranstaltungen auf der Rennbahn, Kneipe und Restaurant haben Ruhetag. In den Rennställen herrscht an dem Tag ganz normaler Alltagsbetrieb: Morgenausritt, Einzeltraining, Ställe ausmisten, Pferdepflege und so weiter. Jede Fremde wäre da sofort aufgefallen. Besonders eine mit so auffälligen Klamotten wie Maureen. Also können wir ausschließen, dass sie in einem der Rennställe war. Das Rennbahngelände selbst ist ja riesig und wird auch von Spaziergängern genutzt. Da kann sie natürlich gewesen sein. Ich habe mit einer Reihe von Hundebesitzern gesprochen, die ihre Köter dort immer ausführen. Keiner hat das Mädchen gesehen.«

»Wir wissen ja nicht, ob sie wirklich auf die Rennbahn wollte«, warf Anja ein. »Wir wissen nur, dass sie in diese Richtung ging. Vielleicht ist sie, nachdem Kitty Delaste sie in der Bahn gesehen hat, irgendwo ganz anders hingegangen.«

»Zwei Jockeys haben an diesem Tag vor der Tribüne trainiert«, machte Eddie weiter. »Vielleicht haben die sie gesehen. Die können wir allerdings frühestens heute Nachmittag befragen. Und, wie Anja sagt: Wir wissen ja nicht, ob Maureen überhaupt zur Rennbahn wollte.«

»Ich bin mir aber sicher, dass sie verabredet war«, meinte Anja. »Sie ist gezielt an dieser Haltestelle ausgestiegen.«

»Ist eine These, die wir im Hinterkopf behalten sollten, hilft uns aber im Augenblick nicht weiter«, brummte Daniel. »Hast du noch was, Eddie?«

»Es gibt ziemlich viel Sand auf dem Rennbahngelände, die ganzen Wege für die Pferde sind dick mit Sand ausgeschüttet. Könnte ja sein, dass es der gleiche Sand ist, der in den Haaren des Mädchens klebte. Wenn ja, wissen wir definitiv, dass sie auf der Rennbahn war. Ich habe Meier Proben davon mitgebracht.«

»Negativ«, meldete sich Meier. »Andere Sandsorte. Aber beim Sand in den Haaren des Mädchens sind wir einen Schritt weiter. In der Nähe muss ein lila Fliederbusch stehen, denn wir haben eine winzige Fliederblüte in den Haaren des Mädchens gefunden.«

»Fliederbüsche wachsen eher in den Vorgärten an der Rennbahn als im Grüngürtel am Militärring«, wusste Daniel.

»Dort gibt es aber einen Fitness-Parcours und eine mit Sand gefüllten Springgrube, keine hundert Meter von der Stelle entfernt, wo wir das Mädchen gefunden haben«, gab Eddie zu bedenken.

»Überprüf doch, ob es dort einen Fliederbusch gibt«, schlug Daniel vor. »Und nimm dir die Spielplätze im Umfeld der Rennbahn zur Brust. Einer, auf dem ein lila Fliederbusch wächst, müsste doch schnell zu finden sein.«

»Der Fliederbusch könnte auch in der Umgebung des Spielplatzes stehen«, präzisierte Meier. »Wind kann die Blüten verwehen.«

»Bin ja nicht blöd«, brummte Eddie.

»Hast du sonst noch was für uns, Meier?«, fragte Daniel.

»Denk schon.« Er hievte sich langsam aus seinem Stuhl empor. Meier war so rund wie die Berliner, die er immer futterte. Im Außendienst würde ihm selbst ein hinkender Dieb davonlaufen, aber als Spurensicherer brauchte er keine schnellen Beine, sondern Sorgfalt und Kombinationsgabe. Er startete seinen Rechner und schaltete den Beamer ein. Eine Großaufnahme von Maureens Fingern und von ihrem rechten Handgelenk erschien auf der Leinwand. »Ihr wisst, dass wir unter ihren Fingernägeln Hautpartikel, Sand und eine blaue Faser gefunden haben. Was ihr nicht wisst: Die DNA-Probe hat ergeben, dass die Hautpartikel von zwei verschiedenen Männern stammen.«

Daniel pfiff durch die Zähne.
»Ist eine der DNA-Proben mit der des Spermas identisch?«, fragte Anja. »Der Gerichtsmediziner hat doch bei der Obduktion erzählt, dass sie kurz vor ihrem Tod Geschlechtsverkehr hatte.«
»Nein«, antwortete Meier. »Wir müssen davon ausgehen, dass Maureen vor ihrem Tod mit drei verschiedenen Männern Kontakt hatte. Mit einem hat sie geschlafen, zwei hat sie gekratzt, wahrscheinlich aus Notwehr. Denn die Hämatome am rechten Handgelenk lassen vermuten, dass sie festgehalten wurde.«
»Zwei Männer versuchen sie zu vergewaltigen, sie schlägt um sich und kratzt, bis sie losgelassen wird, läuft voller Panik auf die Straße direkt in ein Auto hinein«, spekulierte Eddie.
»Glaub ich nicht«, widersprach Anja. »Zwei gewaltbereiten Männern zu entkommen, ist für ein junges Mädchen, wenn sie nicht in Kampfsportarten sehr, sehr geübt ist, so gut wie unmöglich. Maureen hat weder Kampfsport noch Leichtathletik oder Ähnliches gemacht. Laut ihrer Mutter hat sie Sport gehasst.«
»Zudem gibt es keinerlei Anzeichen für eine versuchte Vergewaltigung«, ergänzte Meier. »Kleidung und Wäsche waren nirgends zerrissen.«
»Lasst uns erst mal Fakten sammeln, bevor wir anfangen zu spekulieren«, unterbrach Daniel und fragte: »Gibt es neben den Hautpartikeln unter den Fingernägeln und den blauen Flecken am Handgelenk noch andere Abwehrverletzungen?«
»Leichte Schürfverletzungen an der rechten Wade und die Hämatome an beiden Knien«, zählte Meier auf. »Sand haben wir übrigens in allen Kleidungsstücken gefunden. Sie muss sich in Sand gewälzt haben. Und noch etwas. Hautpartikel von Person A finden sich unter den Nägeln an beiden Händen, Hautpartikel von Person B jedoch nur unter den Fingern der linken Hand.«
»Person B hat sie also an der rechten Hand festgehalten«, folgerte Anja. »Deshalb konnte sie sich nur mit der linken Hand wehren.«
»Was uns zu einer anderen Frage bringt«, machte Daniel weiter. »Hat sie sich gleichzeitig gegen zwei Männer wehren müssen, oder haben die beiden Angriffe zeitversetzt stattgefunden?«
»Den Sand, hast du den nur unter den Nägeln der rechten Hand oder unter beiden Händen gefunden?«, fragte Anja.

82

»Unter den Nägeln von beiden Händen, auch in der Schürfwunde an der rechten Wade war Sand.«

»Dann hat der Kampf mit Person A im Sand stattgefunden«, meinte Anja. »Aber wo war Person B? Hat die zugeguckt? Oder ist Maureen dieser Person anderswo begegnet? Wer hat geschossen? A oder B?«

»Können wir denn ausschließen, dass sie von zwei Männern gleichzeitig angegriffen wurde?«, kam Daniel auf seine Frage zurück und schlug vor, die Szene nachzustellen. Anja als Maureen, er und Eddie als Angreifer.

Anja gelang es, jedem der beiden Männer einmal durchs Gesicht zu fahren, aber dann hatte Eddie ihre Arme nach hinten gedreht und Daniel sich vor ihr aufgebaut. Sie hätte nur noch schreien oder ihn anspucken können, um sich zu wehren.

»Wir hätten in einem solchen Fall Hämatome an beiden Armgelenken oder an den Schultern finden müssen«, meinte Meier. »Auch die Tatsache, dass die Hautpartikel des zweiten Angreifers nur auf einer Hand zu finden waren, spricht dafür, dass es zwei verschiedene Angriffssituationen gegeben haben muss.«

»Kannst du sagen, welche zuerst? Die im Sand oder die andere?«, fragte Daniel.

»Der Kampf im Sand«, meinte Meier. »Weil die meisten Sandkörner tiefer im Fingernagel steckten als die Hautpartikel von Person B.«

»Hat Person A auch geschossen?«, fragte Anja.

»Vermutlich.«

»Was ist passiert? Warum wird ein junges Mädchen zweimal hintereinander angegriffen?«, murmelte Eddie.

»Wir wissen noch viel zu wenig über Maureen«, meinte Anja.

»Genau«, bestätigte Daniel. »Deshalb wirst du so schnell wie möglich mit der Befragung der Klassenkameraden und Freundinnen weitermachen. Eddie, du kümmerst dich um die Spielplätze und die zwei Jockeys. Meier, was ist eigentlich mit dem Auto? Habt ihr da schon was?«

Meier schüttelte den Kopf und brummte: »Wir können nur eins nach dem anderen machen.«

»Setz es ganz oben auf deine Liste! Wenn wir den Autofahrer haben, dann wissen wir zumindest etwas über Maureens Ende.

Du hast doch nicht ernsthaft geglaubt, dass sie das ganze Geld für dich umsonst ausgibt, schimpfte Kitty mit sich selbst. Sie will mich kaufen, sie will, dass ich ihre Beziehung zu Tom akzeptiere. Aber so einfach ließ sie sich nicht bestechen. »Mal sehen«, murmelte sie, mit wenig Begeisterung in der Stimme.

»Ich weiß, dass die Situation für dich schwierig ist«, fuhr Sabine fort. »Dein Vater war nach der Trennung von deiner Mutter noch nie länger mit einer Frau zusammen ...«

Und das wird er auch in Zukunft nicht sein, dafür werde ich schon sorgen, dachte Kitty.

»... aber das zwischen uns ist eine ernsthafte Sache. Wir suchen eine gemeinsame Wohnung und wollen heiraten ...«

Heiraten? Die spinnt wohl! Niemals würde Tom heiraten, schoss es Kitty durch den Kopf.

»... und glaube mir, Kitty, ich werde alles daransetzen, damit diese Pläne Wirklichkeit werden.« Sie machte eine Sprechpause, schob Messer und Gabel auf ihrem leer gegessenen Teller akkurat nebeneinander. Wenn sie erwartet hatte, dass Kitty antwortete, so wartete sie vergebens. Sie atmete tief ein und sah Kitty dann direkt an. »Du hast also die Wahl: Entweder du akzeptierst, dass ich die Frau an der Seite deines Vaters bin, oder ...« Sabine verstummte.

»Oder was?«, presste Kitty heraus, der der Quark überhaupt nicht mehr schmeckte.

»Leg dich nicht mit mir an, Mädchen«, drohte sie mit eisiger Stimme. »Du wirst den Kürzeren ziehen. Ich kriege, was ich will, das kannst du mir glauben. Wenn ich merke, dass du bei deinem Vater gegen mich Stimmung machst, dann kannst du dein blaues Wunder erleben. Du wirst ihn dann sehr viel weniger sehen. Zudem werde ich dafür sorgen, dass es diverse Annehmlichkeiten für dich nicht mehr gibt.«

Kitty sprang von ihrem Platz auf. Sie fühlte sich, als hätte man ihr gleichzeitig ins Gesicht und in den Bauch geschlagen. Die Pellkartoffel, die sie gerade aß, blieb ihr im Halse stecken. Für einen Augenblick glaubte sie, ersticken zu müssen. Sie merkte, wie ihr schönes, frisch geschminktes Gesicht zu glühen anfing. Dann begann sie zu würgen. Sie konnte nicht unterdrücken, dass sich die Kartoffel wieder nach oben schob. Automatisch öffnete sie den Mund und spuckte den Kartoffelmatsch aus, der sich auf dem blütenweißen Tischtuch verteilte. In Kittys Mund und auf dem Tisch machte sich der säuerliche Gestank von Erbrochenem breit. Sie sah, wie sich Sabines frisch geöltes Gesicht vor Ekel verzerrte. Schnell drehte Kitty sich weg, raste zur nächsten Toilette, spülte sich den Mund aus, tupfte sich sorgfältig das Gesicht ab. Du wirst nicht heulen, befahl sie sich, so einen Lidstrich kriegst du nie wieder hin, also nimm dich zusammen! Hektisch durchwühlte sie ihre Handtasche nach einem Kaugummi. Der Pfefferminzgeschmack und das Kauen brachten ihren Puls in den Normalbereich zurück. Vorsichtig öffnete sie die Toilettentür, spähte nach rechts und links. Sabine war nirgends zu sehen. Schnell lief sie ins Treppenhaus und hastete die vielen Steintreppen zum Ausgang hinunter. Als ihr auf dem Neptunplatz ein frischer Wind die Frisur zerzauste, störte sie das überhaupt nicht, sie atmete erleichtert auf. Es war ihr gelungen, der Hexe zu entkommen. Mit immer noch zittrigen Beinen tauchte sie wenig später in die hektische Betriebsamkeit der Venloer Straße ein.

Sie wusste nicht, wie sie auf dem kleinen Platz mit der Eisdiele gelandet war. Ich stehe unter Schock, dachte sie. Die Hexe hatte ihr tatsächlich gedroht. Sie wollte ihr den Vater wegnehmen. Aber das würde ihr nicht gelingen. Niemals. Blut ist dicker als Wasser. Tom würde seine Tochter nie im Stich lassen. Wirklich nicht? Er war so gutmütig und die Tussi so raffiniert. In Kittys Hals steckte ein dicker Kloß, wieder spürte sie Tränen aufsteigen. Sie griff nach ihrem Handy und wählte Karlas Nummer. Nur die Mailbox, verdammt. SOS, simste sie, ruf sofort an!

Was sollte sie nur tun? Nach Hause gehen? Anna ihr Leid klagen? Ihren Vater anrufen? Sie konnte sich nicht entscheiden. Heißhunger auf Eis überfiel sie. Zum Glück fand sie noch zwei Euro in ihrem Portemonnaie. »Zwei Kugeln, Nuss und Pistazie, im Hörnchen«, bestellte sie beim Eisverkäufer und merkte, wie fremd ihre eigene Stimme klang. Sie schlenderte zurück auf das Plätzchen, wusste nicht, ob sie sich auf eine Bank setzen oder weiterlaufen sollte.

»Hey, Prinzessin, was ist los mit dir?«, hörte sie eine Stimme direkt hinter sich und starrte, als sie sich umdrehte, in das Gesicht von Florian. Fast hätte sie das Eis fallen lassen. »Wo bist du nur mit deinen Gedanken? Ich winke dir schon die ganze Zeit zu.«

»Hallo«, stammelte sie, mehr fiel ihr einfach nicht ein.
»Ich musste zweimal hingucken, bis ich dich erkannt habe«, quatschte er weiter. »Was hast du mit deinen Augen gemacht? Die wirken doppelt so groß, also ich muss sagen, du siehst echt stark aus.«

»Danke!« Kitty war verwirrt: Wieso Prinzessin?

»Da siehst du so klasse aus, machst aber ein Gesicht wie zehn Tage Regenwetter. Hat deine Verschönerungsaktion dein ganzes Erspartes gefressen, oder was ist los?«

»Es ist schon schlimm genug, wenn Eltern sich trennen«, brach es aus ihr heraus, »aber es sollte echt verboten werden, dass sie was Neues anfangen!«

»Coole Ansage, unterschreib ich voll«, unterstrich Florian. »Meine Mutter ist mit ihrem Cowboy nach Amerika abgehauen und hat mich und meinen Vater zurückgelassen. Er hat's nicht verkraftet, ich hab's nicht verkraftet. Deshalb gibt es zwischen uns Krach ohne Ende, während sie ihrem Johnny-Darling auf der anderen Seite des Atlantiks schöne Augen macht.«

»Sie ist echt nach Amerika gegangen?« Kitty war baff.

»Hals über Kopf. Da war ich elf. Große Liebe und so. ›Ich kann nicht anders‹, hat sie gesagt.«

»Das ist ja krass! Einfach aus deinem Leben verschwinden! Hast du noch Kontakt zu ihr?«

»Einmal pro Woche ruft sie an, und in den Sommerferien lädt sie mich immer nach Chicago ein. Dann verwöhnt sie mich von vorne bis hinten, um ihr schlechtes Gewissen zu beruhigen, und erzählt mir immer wieder, dass sie erstickt wäre, wenn sie noch länger bei meinem Vater geblieben wäre.«

»Aber dich hat sie bei ihm zurückgelassen.«

»Genau!«

»Wieso hat sie dich nicht mitgenommen nach Amerika?«

»Hat sich irgendwie nicht ergeben.«

»Wärst du denn mitgegangen?«

»Keine Ahnung!«

Florian zuckte traurig mit den Schultern und vergrub die Hände in den Hosentaschen. Für Kitty war es ein merkwürdiges Gefühl, so mit ihm zu reden. Es war das erste Mal, dass sie alleine mit ihm sprach, und normalerweise quatschte man da über Freunde, Schule, Musik und andere harmlose Themen, nicht über schwierigen Familienkram. Das passte nicht zu dem Bild, das sie sich von Florian gemacht hatte. Auch nicht zu den Geschichten über ihn, die ihn als ziemlich wilden Typen erscheinen ließen: In der Physikstunde hat ihn Brauser beim Kiffen erwischt, bei der letzten Klassenfahrt musste er nach Hause, weil er nachts heimlich auf einer Strandparty gefeiert hat. Nicht zu vergessen diese nächtliche Spritztour mit dem Wagen seines Vaters. Dass seine Mutter ihn verlassen, er deswegen immer Krach mit seinem Vater hatte, das hörte sie heute zum ersten Mal.

In der Zwischenzeit waren sie von der belebten Venloer Straße abgebogen und auf einem Spielplatz gelandet. Kitty hätte nicht sagen können, welche Wege sie genommen hatten oder wie lang sie gegangen waren, so sehr war sie in das Gespräch vertieft gewesen. Erst als Florian die Affenschaukel für sie anhielt, damit sie sich draufsetzen konnte, merkte sie, wo sie waren. Um diese Zeit hatten die Mütter mit den Kleinkindern den Spielplatz bereits geräumt, nur ein paar Jungen lärmten an der Tischtennisplatte hinten bei den großen Platanen beim Rundlauf. Sie spürte, wie Florian mit einem kräftigen Stoß die Schaukel in Bewegung setzte, hörte im Ahorn ein paar Elstern lärmen und roch den Duft von lila Flieder, der von den Fliederbüschen hinter dem Sandkasten zu ihnen herüberwehte.

»Als Kind habe ich hier immer gespielt«, erzählte Florian. »Damals haben wir in der Hansemannstraße gewohnt. Und jetzt erzähl mal! Vater oder Mutter?«

»Mein Vater hat sich in so einen Eisklotz von Blondine verliebt«, erzählte Kitty. »Eine echte Hexe, die ihn mit Haut und Haaren fressen will. Mich kann sie nicht ausstehen.«

»Normal, oder? Der Cowboy hasst mich auch wie die Pest«, erklärte Florian. »Und dein Alter kann sich nicht entscheiden zwischen dir und ihr oder wie?«

»Der merkt doch gar nicht, wie fies und gemein die ist! Der träumt doch davon, dass wir zu dritt auf dem Sofa hocken, und alles ist happy family.« Kitty redete sich in Rage und erzählte vom Neptunbad und von Sabines Drohungen. Als sie geendet hatte, meinte Florian, dass Sabine nach Kittys Abgang bestimmt vor Wut gekocht habe. Diese Vorstellung freute Kitty. Da hatte die Hexe das viele

Geld für den entspannenden »Stirnölguss« ganz umsonst ausgegeben.

Florian lächelte und sprang zu ihr auf die Affenschaukel. »Los, steh auf«, forderte er sie auf und griff mit den Händen nach den Seilen, »mal sehen, wie hoch wir kommen!«

Kitty ging in die Hocke, packte unterhalb von Florians Händen nach den Seilen, abwechselnd beugten sie die Knie. Florians Locken flogen nach hinten, gaben sein ganzes Gesicht frei, sein Hemd flatterte um den Oberkörper.

»Wer hat dich denn gekratzt?« Kitty deutete auf die roten Striemen auf Florians rechter Wange.

»Jans Katze«, antwortete er und ging erneut in die Knie.

Sie schaukelten höher und höher, rieben sich bei jedem Schwung an den Händen. Kittys Bauch kribbelte vom Schaukeln, von den Berührungen, von Florians Lächeln. Die Blätter des Ahorns erzitterten bei jeder Bewegung, der Himmel dahinter hing voller weißer Schäfchenwolken. Die Wut auf Sabine, der Ärger mit der Mutter, die Angst um den Vater, alles war plötzlich weit, weit weg. Es existierten nur noch der Himmel, die Schaukel und Florian. »Mir wird ganz schwummrig«, rief sie lachend, und Florian spornte sie an: »Los, wir schaffen's noch höher«, und sie flogen weiter und weiter, lösten sich von der Erde, berührten den Baum und den Himmel, verschwanden in den Schäfchenwolken. Kitty spürte Florians warmen Atem an ihren Wangen, roch seinen Schweiß und sein Shampoo und wollte, dass diese Himmelfahrt ewig dauerte. Ein Handyklingeln beendete das Glück vom Fliegen.

Florian bremste die Schaukel ab, und Kitty griff nach ihrem Handy. Karla, die wissen wollte, was los war. Kitty gab sich wortkarg, schlug ein Treffen im Eiscafé vor. »Ich muss gehen«, sagte sie zu Florian.

»Schade.« Da war wieder dieses Lächeln.

»Gehst du morgen auf die Rennbahn?«, fragte Kitty.

»Na klar! Ist doch Ennos erstes Rennen.«

»Ich komm auch«, sagte Kitty.

»Soll ich dich abholen? So gegen halb elf?«

Kitty nickte. Dann riss sie sich von Florian los. Wenn sie noch länger stehen geblieben wäre, hätte sie ihn einfach geküsst.

Künstliches Licht beschien die blank gewienerten Böden und rückte die Auslagen in den Schaufenstern in den Blick der Besucher. Rolltreppen führten hinauf und hinunter, leise Musik waberte durch die Flure. Nicht in der Schule, sondern in dieser Einkaufspassage hatte Leonie sich mit Anja treffen wollen. Anja eilte an H&M-Filialen und Handy-Läden vorbei und traf Maureens Freundin an der Theke einer Sandwich-Kette.

»Putenbrust mit Eisbergsalat, Gurken und French Dressing.« Leonie reichte Anja ein halbes Sandwich. »Das hat Maureen am liebsten gegessen. Deshalb sind wir oft hierhergekommen.«

Anja bedankte sich und biss zu. Leonie wirkte heute gefasster als gestern. Sie erzählte, ohne dass Anja sie schubsen musste. Die Sätze sprudelten regelrecht aus ihr heraus. Die zwei Mädchen kannten sich seit dem Kindergarten. Mit vier hatten sie probiert, wie Katzenfutter schmeckt, mit fünf ihren ersten heimlichen Ausflug zum Rhein gemacht, die komplette Grundschulzeit hatten sie nebeneinander gesessen, und ganz selbstverständlich hatte sich auch Leonie für die Gesamtschule entschieden, die Maureen unbedingt besuchen wollte.

Anja ließ Leonie reden, versuchte sich die Freundschaft dieser beiden unterschiedlichen Mädchen vorzustellen. Leonie wischte sich sorgfältig Mund und Finger mit der Papierserviette ab, nachdem sie das Sandwich aufgegessen hatte, und entsorgte sofort ihren Müll. Eher der unauffällige, gewissenhafte Typ, dachte Anja. Sie hat weder in Aussehen noch in der Art etwas von Maureen.

Anja horchte auf, als Leonie erzählte, dass sie viel lieber bei ihr zu Hause gespielt hatten, weil Johanna Schmitz, Maureens Mutter, so viel geweint hatte.

»So ganz unvermittelt, wir in irgendein Spiel vertieft, hat sie in der Tür gestanden und angefangen zu heulen. ›Mama hat einen Trauerschleier‹, hat Maureen dann gesagt.«

»Trauerschleier?«, hakte Anja nach.

»Ja, das war ganz komisch. Oft hat sie auch geseufzt und so halbfertige Sätze gesprochen, wie ›Ach, wenn doch nur ...‹, ›Er wäre doch auch ...‹ oder ›Wie schön wäre es ...‹. Ich mein, heute weiß ich, wieso. Und ihr Vater, der war noch komischer. Kann mich nicht erinnern, dass der jemals mit uns Blödsinn gemacht hat, durchgekitzelt, Huckepack oder so. Das hat es nicht gegeben.«

»Ich spendier einen Kaffee.« Anja merkte, wie dringend sie in dieser künstlichen Warenhauswelt Koffein brauchte, um weiter konzentriert zuhören zu können.
»Eine Etage tiefer gibt es eine Espresso-Bar«, wusste Leonie und
stand auf. Sie wies mit dem Kopf in Richtung Rolltreppe.
»Was war's?«, griff Anja den Gesprächsfaden wieder auf und folgte
Leonie zur Rolltreppe.
»Ihr toter Bruder. Ein Jahr älter als Maureen, ist bei der Geburt
gestorben. Ist doch blöd von den Eltern: Da kriegen sie noch
ein Kind und weinen immer dem anderen nach. Maureen ist
durch Zufall dahintergekommen. Sie hat mal nachts ein Gespräch
belauscht.«
»Wie alt war sie da?«
»Zwölf? Dreizehn?«
Leonie lotste Anja zielsicher zur Espresso-Bar, wo Anja schnell
einen doppelten Espresso für sich und einen Café Latte für Leonie
orderte.
»Wie hat sie reagiert?«
»Die war total geschockt«, erzählte Leonie weiter, »sie wusste
nicht, was sie schlimmer finden sollte: dass der Bruder gestorben
war oder dass es ihr keiner gesagt hat. Na ja, so richtig hochge-
kocht ist die Sache ein paar Jahre später, als es losging mit Partys
und Jungs und so und sie in der Schule abgebaut hat. Ihre Eltern
waren wirklich super ängstlich, haben ihr nichts erlaubt. Einmal
ist Maureen ausgerastet und hat gesagt, dass der tote Junge
bestimmt hätte ausgehen dürfen. Die Eltern haben ziemlich
panisch reagiert. Muss heavy gewesen sein. Sie hat um Mitter-
nacht bei uns Sturm geklingelt und wollte überhaupt nicht mehr
nach Hause. Aber natürlich ist sie wieder zurückgegangen. Sie
wissen doch, wie das läuft. Meine Mutter hat ihre Mutter angerufen, die ist vorbeigekommen, hat geheult und Maureen gesagt,
dass sie doch über alles reden könnten, und so weiter.«
»Hat sich die Situation wieder beruhigt?«
»Im Gegenteil. Seit der Geschichte war der Wurm drin. Alles ist
immer schlimmer geworden. Die haben sich gegenseitig hochge-
schaukelt. Maureen hat sich ein richtiges Schlampen-Image zuge-
legt, nach dem Motto: Ihr könnt mich alle mal. Ich mach, was ich
will. Gleichzeitig haben ihre Eltern versucht, die autoritäre Num-

mer durchzuziehen. Zum Beispiel an dem Abend, als sie in der Notschlafstelle geschlafen hat. Da hat Maureen vorher mit ihrer Mutter telefoniert, erzählt, wo sie ist, und dass sie morgen nach Hause kommt. Keine Viertelstunde später stand ihr Alter vor der Tür. Da muss man sich doch verarscht vorkommen, oder? Und neulich ist ihr Vater, als er besoffen vom Schützenverein nach Hause gekommen ist, völlig ausgeflippt. Maureen hat nicht genau erzählt, was passiert ist, aber sie hat gesagt: Der ist gemeingefährlich. Muss zusehen, dass ich ganz schnell nicht mehr mit dem unter einem Dach wohne.«

Während Leonie sich sorgfältig den Milchschaum aus den Mundwinkeln wischte, dachte Anja über Maureens Eltern nach. Ein totes Kind und eines, das anders geraten war, als sie es sich vorgestellt hatten. Über Streitereien innerhalb der Familie redet keiner gern, vielleicht hatten sie deshalb nichts davon erzählt. Maureen war ein paar mal abgehauen, aber immer wieder nach Hause zurückgekehrt. Ein bisschen extrem das Verhalten, aber auch nicht unüblich in der Pubertät. Gab es neben dem toten Säugling noch andere Familiengeheimnisse? Eines davon so schrecklich, dass es zu ihrem Tod geführt hatte? Familiäre Konflikte, die in Katastrophen endeten, gab es oft, das lernte man schon in der Polizeischule. Sie musste so schnell wie möglich wieder mit den Eltern reden.

»Hat eure Freundschaft eigentlich nie unter diesem Stress gelitten?«, fragte sie Leonie dann.

»Doch«, bestätigte Leonie, »deshalb war ich ja so froh über die Städtetour, die wir zusammen machen wollten. Ich habe gehofft, dass uns das wieder näher zusammenbringt. Unser Leben ist im letzten Jahr schwer auseinandergedriftet. Soll ja vorkommen, dass sich alte Freundinnen verlieren … Für mich war am schlimmsten, dass Maureen nicht mehr über alles mit mir geredet hat. Wir haben nie Geheimnisse voreinander gehabt! Aber seit sie diesen Mike kennengelernt hat …«

»Mike wie?«, fragte Anja.

»Keine Ahnung, wie der mit Nachnamen heißt. Sie kennt ihn über einen Internetchat. So ein Hippie-Typ, schon was älter …«

»Lange Haare, Birkenstocks?« Anja dachte an den Typen von der Domplatte, von dem Jennifer gestern gesprochen hatte.

»Möglich. Hab ihn nie gesehen. Weder auf einem Foto noch in echt.

Mit dem hat sie über Gott und die Welt gequatscht. Ich hab immer
gesagt: Guck, dass du mit deinen Eltern einen Kompromiss findest. Komm zwischendurch mal pünktlich nach Hause, dann
kannst du auch wieder mal über die Stränge schlagen. Ich bin
doch jahrelang bei Maureen ein- und ausgegangen. So doof sind
die Eltern nicht! Aber nein, Mike sagt: Das Leben ist zu kurz, um
Kompromisse zu machen, Mike sagt: Folge deiner inneren Stimme, Mike sagt: Man muss die Brücken hinter sich abbrechen, um
glücklich werden zu können. Lauter so ein Zeugs.«
»War dieser Mike ihr fester Freund?«
»Eher so eine Art Guru, würde ich sagen.«
»Weißt du, ob sie mit ihm geschlafen hat?«
»Verliebt war sie nicht in ihn, das ist sicher. Aber Maureen ist auch
mit Jungen ins Bett, in die sie nicht verliebt war.«
»Könnte sie mit ihm kurz vor ihrem Tod geschlafen haben?«
Leonie zuckte mit den Schultern. »Vielleicht. Vielleicht auch mit
dem Franzosen, mit dem sie klargemacht hat, dass wir in seiner
WG in Paris wohnen können«, spekulierte sie. »Was das angeht,
sind wir sehr verschieden. Ich kann nur mit einem Jungen schla-
fen, wenn ich richtig in ihn verliebt bin. Maureen hat schon mit
vierzehn behauptet, dass Liebe und Sex nichts miteinander zu tun
haben.«
»Was ist mit Kemal?«
»Kemal?«, echote Leonie. »In der Achten war ich in Kemal verliebt,
Kemal aber leider nicht in mich ...«
»... sondern in Maureen.«
Leonie nickte.
»Scheiß Dreiecks-Geschichte«, seufzte Anja. »Kenn ich.«
Leonie sah sie an, als könnte sie das nicht glauben.
»Ich war siebzehn«, sagte Anja. »Er hieß Felix.«
»Und das andere Mädchen?«
»Kein Mädchen. Ein Junge, Marco. In den war ich verknallt, der
aber nicht in mich. Felix war in mich verknallt, ich aber nicht ihn.
War Maureen in Kemal verliebt?«
»Ich glaub schon. Aber sie hat nie was mit ihm angefangen.«
»Eine echte Freundin.«
»Ja. Trotzdem war ich sauer auf sie und sie auf mich. War alles
ziemlich kacke. Und wie war's bei Ihnen?«

»Übel, sehr übel.« Anja lächelte leicht. »Aber es geht vorbei. Felix ist heute ein guter Kumpel von mir, und bei Marco weiß ich nicht mal, wo er jetzt wohnt«, erzählte sie, als ihr Handy klingelte. »Ja?«, meldete sie sich schnell.

»Ich habe den Spielplatz«, sagte Eddie. »Direkt an der Rennbahn. Sand, Flieder, alles stimmt. Außerdem habe ich drei Blättchen von dem Origamipapier gefunden, das sie bei sich hatte.«

»Klasse, Eddie«, lobte sie ihn und erklärte, dass sie gerade mit Maureens bester Freundin zusammensaß.

»Wenn du schon in den Arkaden bist, dann bring mir vom Chinesen aus dem Tiefgeschoss Chop-Suey mit Nudeln mit!«

»Weiß nicht, ob ich es noch mal ins Büro schaffe«, wiegelte Anja ab, die sich ungern zum Futterlieferanten degradieren ließ, und drückte die Off-Taste.

»Maureen ist gesehen worden, wie sie an ihrem Todestag in Richtung Rennbahn gelaufen ist, und wir wissen jetzt, dass sie in der Nähe der Rennbahn auf einem Spielplatz war«, wendete sie sich Leonie zu. »Hast du eine Idee, was sie dort wollte?«

»Rennbahn? Pferderennen, oder? Sie hat mal erzählt, dass dieser Mike sein Geld mit Pferdewetten machte.«

Das ist doch mal was, dachte Anja. Endlich ein konkreter Hinweis!

Im Schritttempo fuhren Geländewagen mit Pferdeanhängern an Jan vorbei. Am nächsten Tag war Aufgalopp, das erste große Frühjahrsrennen nach der Winterpause, und viele Trainer reisten schon am Vortag mit ihren Pferden an. Vor den Mietställen hinter der Jockeyschule führten die mitgereisten Stallburschen die Pferde über eine Rampe auf den geräumigen Innenhof, ließen sie Tageslicht sehen und frische Luft schnuppern. Sie überprüften genau, ob sie die Reise auch unbeschadet überstanden hatten, bevor sie sie in die Ställe brachten. So ein Rennpferd kostet zwischen achtzig- und zweihunderttausend Euro, hatte Enno mal erzählt, kein Wunder also, dass man die teuren Tiere keine Sekunde aus den Augen ließ.

Jan ging weiter, sah wie der Kies zwischen den Wettständen geharkt wurde, beobachtete, wie der Getränkewagen einer Bierbrauerei vor dem großen Wettbüro entladen wurde, hörte aus

Richtung Führring das Geräusch eines Rasenmähers. Er kannte das. Alljährliche Vorbereitungen für die neue Saison. Normalerweise hätte er sich längst die »Sportwelt« gekauft, studiert, wer in welchem Rennen gegeneinander antreten würde, gemeinsam mit Enno die Chancen der einzelnen Pferde eingeschätzt. Aber seit Maureens Tod war in seinem Leben nichts mehr normal. Die Erinnerung an sie – und nicht das Frühjahrsrennen – hatte ihn auf die Rennbahn getrieben. Schon stieg er die Stufen der Tribüne hoch bis zu der Reihe, in der sie gesessen hatte. Das Strumpfloch an ihrem Knie und die verschiedenfarbenen Schnürsenkel waren ihm zuerst aufgefallen. Was für dämliche Kleinigkeiten! Immer wieder meinte er, ihr Lachen zu hören. Rau und frech und laut. Er sah ihre dunklen, wachen Augen, die runde Nase mit dem Nasenring. Die flinken Finger, die aus einem kleinen Stück Papier einen Vogel falteten, und die helle Haut, die die ersten Sommersprossen des Jahres sprenkelten. Und er sah den Rucksack, den sie neben sich abgestellt hatte, diesen verfluchten Rucksack. Aus purer Neugierde hatte er ihn geöffnet, als Maureen unter der Dusche stand. Bescheuerte Neugierde! Er trommelte mit den Fäusten gegen die harte Plastikschale des Sitzes, bis seine Knöchel anfingen zu bluten.

»Jan«, hörte er jemanden rufen, und als er sich umdrehte, sah er auf dem Kiesweg vor der Rennbahn Adrian Koch. Der Jockey winkte ihm zu, aber Jan wollte allein sein, hatte keine Lust, über Pferde und Rennen zu reden. Deshalb nickte er Adrian kurz zu und tat so, als ob er es sehr eilig hätte.

»Komm mal runter!« Adrian stieg von seinem Pferd, winkte Jan zu sich heran.

Unwillig ging Jan nach unten, kam sich neben dem winzigen Mann noch größer vor, als er eh schon war. Adrian Koch maß nur einen Meter und fünfzig und wog achtundvierzig Kilo, für einen Jockey sensationell gute Werte. Von hinten sah er aus wie ein Zehnjähriger, aber wenn er sich umdrehte, saß auf diesem Kinderkörper das Gesicht eines erwachsenen Mannes mit buschigen Augenbrauen und breiten Ohren. So erinnerte er an einen Gnom oder, wenn er sich einen Bart wachsen ließe, an den Zwergenkönig Gimli. »Hallo Adrian«, nuschelte Jan.

»Die Polizei war da«, erzählte Adrian. »Sie haben mich nach einem

96   Mädchen mit einer Lederjacke und einem karierten Rock gefragt. Hast du nicht vor ein paar Tagen mit so einer hier auf der Tribüne gesessen?«

Jan hatte immer gewusst, dass es kein Entrinnen gab, dass Ennos pragmatische, zu kurz gedachten Vorschläge nur einen Aufschub bedeuteten, es eigentlich nie half, den Kopf in den Sand zu stecken. Dennoch zogen ihm Adrians Sätze den Boden unter den Füßen weg. Enno oder Florian würden in einer solchen Situation sofort in die Offensive gehen und frech lügen, Sätze sagen, wie »Wann soll das gewesen sein? Da kann ich mich gar nicht erinnern« oder »Keine Ahnung. Da musst du dich getäuscht haben«, aber ihm kam so etwas nicht über die Lippen, er blieb einfach stumm.

»Keine Sorge, das habe ich den Bullen nicht erzählt«, beruhigte ihn Adrian. »Ich verpfeif doch keinen Kumpel. Am besten, du meldest dich selbst bei denen. Das macht immer einen guten Eindruck.« Er fischte eine Visitenkarte aus der Hosentasche und reichte sie Jan. »Der Typ heißt Eddie Tannert. Ruf ihn an!«

Jan nahm die Karte entgegen, schob sie schnell in die Hosentasche, um seine zittrigen Finger vor dem Jockey zu verbergen. Der sah ihn jetzt besorgt an.

»Alles klar bei dir, Mann?«, fragte er. »Du hast doch nichts mit dem Tod der Kleinen zu schaffen, oder doch?«

»Nein, nein«, stotterte Jan. »Ich habe sie überhaupt nicht gekannt. Nur zufällig ein paar Worte mit ihr gewechselt.« Schon während er diese Sätze aussprach, verachtete er sich dafür. Er verriet Maureen über den Tod hinaus, putzte sie zu einer billigen Zufallsbekanntschaft herunter. Dabei hatte er sich noch nie einem Mädchen so nah gefühlt.

»Na, dann ist ja gut«, meinte Adrian und wiederholte: »Ruf diesen Tannert an, okay?«

Jan nickte hastig und wandte sich zum Gehen.

»Du kommst doch morgen?«, rief Adrian ihm hinterher. »Ist doch Ennos großer Tag.«

»Na klar«, erwiderte Jan und merkte, dass er völlig verdrängt hatte, dass Enno morgen sein erstes Rennen reiten würde.

Eine Viertelstunde später drückte er die Klingel unter dem Namensschild, das er als kleiner Junge selbst getöpfert hatte.

»Hier wohnen Manfred, Helga, Kim und Jan Weller«, hatte er mit krakeliger Kinderschrift in den feuchten Ton geritzt und daneben zwei gekreuzte Piratensäbel geklebt, die er aus kleinen Tonröllchen geformt hatte. Wie lang das her war! Damals hatte er noch an Piraten, den lieben Gott und den 1. FC Köln geglaubt. Ungefähr in dieser Reihenfolge. Der Tisch im Esszimmer war schon gedeckt, auf dem Herd blubberte eine Hackfleischsoße, Helga schüttete die Nudeln ab, Manfred rührte den Salat um. Kim lümmelte sich auf dem Sofa, war in Reiseprospekte über den amerikanischen Süden vertieft, wo sie nach dem Abitur für ein Jahr als Au-pair-Mädchen hinwollte.

»Du kommst genau richtig«, begrüßte ihn Helga und drückte ihm schnell einen Kuss auf die Backe.

»Ist lange her, dass wir mal zu viert gegessen haben«, freute sich Manfred.

Wieso sind die alle um diese Uhrzeit schon zu Hause? Ich dreh durch, wenn ich mit denen auf heile Familie machen muss, dachte Jan und räusperte sich:»Was dagegen, wenn ich mir den Teller mit auf mein Zimmer nehme? Ich muss noch für Physik lernen.«

Die Eltern tauschten einen bedeutungsvollen Blick, und Kim stänkerte:»Du hängst wirklich nur noch an deinem Rechner oder bist auf der Piste.«

»Und du bist doch schon gar nicht mehr hier, faselst nur noch von deiner Südstaaten-Familie«, gab Jan zurück, während er sich einen Teller mit Nudeln und Soße vollschaufelte.

»Es gibt Schokopudding zum Nachtisch«, lockte Manfred, aber Jan schüttelte nur den Kopf und beeilte sich, in sein Zimmer zu kommen.

Er schlang die Nudeln hinunter ohne etwas zu schmecken und hörte sich über den Rechner wieder»Massiv« an. Eine Scheißmusik, aber so voller Hass und Wut, dass sie zumindest kurzzeitig seine Verzweiflung übertönte. Wie groß und weit und voller Möglichkeiten die Welt gewesen war, als er auf der Rennbahn mit Maureen über Freiheit diskutiert hatte! Und nun war sie so eng und grausam, dass er daran zu verzweifeln drohte. Wie konnte er weiterleben ohne Maureen? Wie konnte er weiterleben mit seiner Schuld an ihrem Tod? Er surfte ziellos durchs Internet, lenkte sich mit Chatten ab, hörte, wie seine Eltern ihm irgendwann eine gute

Nacht wünschten und ihm Kim durch die Tür zurief: »Hab ein paar ordentliche Albträume, du Penner!« Als es in der Wohnung ganz ruhig war, schlich er in die Küche und holte sich ein Bier aus dem Kühlschrank. Er war schon fast wieder an der Tür, als das Licht angeknipst wurde und sein Vater im Türrahmen stand.

»Na, Junior«, meinte er und deutete auf das Bier. »Gib mir auch ein Glas davon.«

Hastig griff sich Jan ein Glas aus dem Schrank und goss Manfred ein. Er wollte schnell wieder in sein Zimmer zurück.

»Was ist los mit dir, Jan?« Der Vater hatte nicht die Absicht, ihn an der Tür vorbeizulassen. »Deine Mutter und ich machen uns Sorgen.«

Scheiße, dachte Jan. Jetzt nicht so ein dämliches Vater-Sohn-Gespräch. »Kein Grund zur Panik«, wiegelte er ab. »Hab nur ein bisschen schlechte Laune. So was soll vorkommen.«

»Hast du aber schon seit Tagen, die schlechte Laune.« Sein Vater ließ nicht locker. »Zudem habe ich Brauser in der Fraktionssitzung getroffen, und der hat mir erzählt, dass du bei der Mathearbeit ein leeres Blatt abgegeben hast.«

Verdammt, schimpfte Jan innerlich. Immer wieder vergaß er, dass sich sein Vater und sein Mathelehrer regelmäßig trafen, weil sie beide Mitglieder der Grünen waren.

»Er sagt, du bist ganz verändert. So abwesend. Wir erleben dich übrigens auch so. Brauser ist sicher, dass du alle Aufgaben hättest lösen können.«

Jan zuckte mit den Schultern. Was sollte er dazu sagen? Natürlich hätte er alle Aufgaben lösen können.

»Was bedrückt dich? Ärger mit deinen Kumpels? Die Kratzer an deinen Handkanten, sind die von einer Schlägerei?«

»Quatsch! Da hab ich ein bisschen zu hart auf Beton getrommelt. Das ist alles.«

»Oder hast du Probleme mit einem Mädchen?«

»Papa!«, stöhnte Jan auf.

»Keine Sorge, ich will nicht mit dir über Sex reden«, beruhigte ihn Manfred und grinste. »Aber denk immer dran: Kein Sex ohne Gummis. Du weißt ja, wo die Lümmeltüten sind. Badezimmer, oberste Schublade.«

»Klar, weiß ich alles«, meinte Jan gequält.

»Ist es ein Mädchen? Bist du verliebt? Unglücklich verliebt?«
Natürlich war er das. Verliebt in eine Tote. Todunglücklich. Aber darüber konnte er doch mit seinem Vater nicht reden. Der würde geschockt und enttäuscht sein und darauf bestehen, zur Polizei zu gehen. Plötzlich hatte er Angst, dass, wenn er noch länger mit seinem Alten hier stand, alles aus ihm herausbrechen würde. Wie kam er nur am schnellsten aus diesem blöden Gespräch raus? Man sollte sich möglichst nicht sehr weit von der Wahrheit entfernen, wenn man lügt, hatte ihm Florian mal gesagt. Also, warum nicht zugeben, dass er unglücklich verliebt war? Er musste nicht sagen, in wen, und sein Vater würde dann mit der bohrenden Fragerei aufhören.

»Kann schon sein«, brummte er leise.

Im Gesicht des Vaters spiegelten sich Erleichterung und Mitgefühl.

»Ich erinnere mich«, sagte er. »Das tut verdammt weh. Ich versichere dir, es geht vorbei, und du wirst es überleben. Ist aber in der Situation ein schwacher Trost.«

Jan rang sich zu einem Lächeln durch.

»Sollen wir morgen zusammen auf die Rennbahn?«, schlug sein Vater vor. »Ein paar Wetten abschließen? Ich spendier dir einen Zwanziger.«

»Ich bin schon mit Florian und Enno verabredet.«

»Versteh ich, versteh ich«, nickte Manfred. »Aber wir könnten doch am späten Nachmittag den großen Drachen aus dem Keller holen und auf den Rheinwiesen steigen lassen. Bewegung, frischer Wind, das tut dir bestimmt gut.«

»Lass mal, Papa«, bremste ihn Jan. »Ich bin kein kleiner Junge mehr. Muss damit schon alleine klarkommen.«

»In Ordnung«, nickte er und klopfte ihm auf die Schulter. »Aber denk dran: Eltern sind auch für große Jungs da.« Dann endlich stellte er sein Bierglas in die Spülmaschine und wünschte ihm eine gute Nacht.

Jan holte sich eine weitere Flasche Bier aus dem Kühlschrank und leerte sie hastig. Der Alkohol benebelte seinen Kopf, nahm der Anspannung die harten Kanten. Mit einem Mal fühlte er sich nur noch traurig. »Alles wird gut«, damit hatte ihn sein Vater früher getröstet. Aber dieser Satz hatte seine magische Kraft verloren, und auch sein Vater würde ihn nicht mehr retten können.

Das Schloss weiß gelackt mit goldenen Türmchen, mediterranen Balkonen, und ein Swimmingpool im Garten. Kitty schritt in einem mintfarbenen Ballkleid unter Rosenranken dem Eingang entgegen. Ein Diener mit Perücke und roter Livree öffnete ihr die Tür. Im Entree verteilten schwarz befrackte Kellner Sektkelche, begrüßten Eltern, Nachbarn und Bekannte, wurden Großmütter zu Stühlen geführt, huschten Debütantinnen aufgeregt hin und her, während ihre Ballbegleiter lässig am Geländer der großen Freitreppe lehnten.

Sie sah ihn sofort. Schnell löste sich Florian aus einer kleinen Runde von Jungen, küsste ihr die Hand und überreichte ihr ein zauberhaftes Blumenbouquet.

»Ich freu mich«, flüsterte er, und sein Atem so nah an ihrem Ohr brachte ihr Herz zum Rasen. Karla flatterte in einem rosa Ballkleid auf sie zu, zog sie mit beiden Armen von Florian weg, die Freitreppe hinauf in den Spiegelsaal, wo die Mädchen sich zurechtmachen und letzte Korrekturen vornehmen konnten. Hier würde ihr Vater sie gleich abholen, an seinem Arm würde sie die Freitreppe hinunterschreiten, die Gäste würden applaudieren, und unten würde Florian sie in Empfang nehmen. Aufgeregt puderte sie Nase und Dekolleté, zog den Frühstück-bei-Tiffany-Lidstrich nach. Schon schwirrten die ersten Mädchen nach draußen, hakten sich bei ihren Vätern unter. Aus dem Ballsaal erklang Musik, das erste Paar setzte sich in Bewegung. Zarter Applaus tropfte ins Spiegelzimmer. Immer mehr Väter eilten zu ihren Töchtern. Bald waren alle Mädchen abgeholt, nur Kitty nicht. Ganz allein saß sie in dem leeren Zimmer, aus allen Spiegeln blickte ihr das eigene, besorgte Gesicht entgegen. Wo blieb er nur? Sie wählte Toms Nummer. Vergeblich. Sie stürzte nach draußen, zwängte sich an den wartenden Paaren vorbei zur Treppe, suchte unter den Gästen im Eingangsbereich nach dem Vater. Sie fand ihn nirgends. Niemals würde ihr Vater sie im Stich lassen. Niemals. Oder doch? Ein bewunderndes Raunen ließ sie herumfahren. Aus einer der Türen vis-à-vis des Spiegelzimmers trat Sabine Jansen in einem eisblauen Königinnen-Kleid. Ihre kühle Schönheit zog die Blicke vieler Väter auf sich. Manche gingen vor ihr in die Knie, andere verneigten sich tief.

»Wo ist er?«, schrie Kitty.

Sabine kam auf sie zu, klappte einen Fächer auf, an dem ein gol-
dener Schlüssel baumelte, und flüsterte:»Du kriegst ihn nicht.«
Kitty zuckte zusammen, die Hexe knallte den Fächer und schritt
majestätisch die Treppen hinunter. Wie durch böse Zauberkraft
stand Kitty festgefroren da, unfähig sich zu bewegen. Dabei musste sie doch ihren Vater finden. Endlich konnte sie sich lösen, doch
nur mit größter Anstrengung kämpfte sie sich mühsam Meter für
Meter auf den Raum zu, aus dem die Hexe getreten war. Es gelang
ihr, die Tür zu öffnen. Dunkelheit und der Geruch von feuchtem Stein schlugen ihr entgegen. Ganz am Ende des Raumes glitzerte etwas. Sich mit den
Händen an den kalten Steinen vorwärtstastend, bewegte sie sich
darauf zu. So fand sie ihren Vater. Er war in einen goldenen Käfig
gesperrt, saß dort wie ein müder Vogel auf einer Stange. Seine
Lippen waren blau gefroren und in seinen Wimpern hingen Eis-
kristalle. Er zitterte vor Kälte und Erschöpfung.»Rette mich, mein
Kind, rette mich«, krächzte er und griff mit seinen eisigen Fingern
nach ihr.

Erschreckt wachte Kitty auf. Was für ein furchtbarer Traum! So
lebendig. Sie erinnerte sich an jedes Bild.»Ja, Papa«, murmelte sie.
»Ich schwöre, ich werde nicht zulassen, dass sie dich in einen goldenen Käfig sperrt.«

18. April »Mike ist ein Treffer«, rief Daniel aus, nachdem Anja der Soko von ihrem Gespräch mit Leonie berichtet hatte. »Ein Typ um die dreißig, lange, glatte Haare, Ziegenbart. Er trägt immer Gesundheitslatschen und sommers wie winters keine Socken.« Das hatte ihm ein kleiner Drogendealer vom Ebertplatz erzählt, der ihm noch einen Gefallen schuldete. Er hatte Maureen auf dem Foto, das Daniel ihm gezeigt hatte, erkannt und beobachtet, wie sie mit Mike weggegangen war. Maureen hatte er noch nie gesehen, aber Mike kannte er. Ein Kunde, der regelmäßig bei ihm Shit kaufte. Nachname? Keine Ahnung. Wohnort? »Also, ich bitte Sie, Herr Kommissar. Ich bin doch nicht die Stadtverwaltung! Bei mir fließt Money cash, bar auf die Kralle, mich interessiert nicht, wo einer wohnt!«

Sie trugen zusammen, was sie über Mike wussten: ein Mann, deutlich älter als Maureen, eine Internetbekanntschaft, die seit etwa zwei Monaten lief. Laut Leonie hatte der Mann großen Einfluss auf Maureen, unklar war aber, ob es eine sexuelle Beziehung zwischen den beiden gegeben hatte. Maureens Eltern hatten den Namen noch nie gehört. Jennifer hatte Maureen mit ihm vor zirka vier Wochen auf der Domplatte, der Kleindealer einen Tag vor ihrem Tod am Ebertplatz gesehen. Sie mussten diesen Mike finden. So schnell wie möglich.

So fuhr Anja wenig später nach Holweide, um Jennifer abzuholen. Eigentlich war sie an diesem Sonntag mit Sylvie in der Eifel zum Laufen verabredet, aber der Job ging vor. Es war die erste heiße Spur, und an so einem Punkt der Ermittlung musste man dranbleiben. Sie hatte sich auf einen langen Lauf durch den Nonnenbacher Wald gefreut. Der Geruch von Moos und feuchtem Tannenholz, das Laufen auf weichem Waldboden und die frische Eifelluft, das vermisste sie in Köln. Nun ja, musste später eben wieder der Grüngürtel herhalten.

»Es geht um den Mann, den du mit Maureen auf der Domplatte gesehen hast«, erklärte Anja Jennifer. »Du musst dir in unserem Computer ein paar Bilder ansehen.«

Wenig später saßen die zwei an Anjas Schreibtisch im Büro, und Anja rief all die Fotos auf, die der Rechner über Mike ausspuckte. Jennifer hatte den Mann nur einmal kurz gesehen und zweifelte von Bild zu Bild mehr daran, ob sie ihn überhaupt wiedererkennen würde. Mal stimmten die Ohren, aber die Haare nicht, mal waren es die Augen, aber dann passte der Mund nicht. Einmal war sie sich absolut sicher, aber dann konnte Anja nachlesen, dass dieser »Mike« seit einem halben Jahr im Gefängnis in Ossendorf einsaß, Maureen also zur fraglichen Zeit nicht getroffen haben konnte.

Daniel hatte mit seinem Kleindealer bei den Computerbildern genauso wenig Erfolg. Dieser Mike schien polizeilich noch nicht aufgefallen zu sein. Dem Kollegen Meier dagegen bereitete es keinerlei Probleme, Mikes Spur in Maureens Rechner zu finden. »Mike und Maureen haben regelmäßig miteinander gechattet«, berichtete er.

»Okay«, drängelte Daniel. »Wie lang dauert es, bis du über den Provider seine Adresse gefunden hast?«

»Fehlanzeige«, bremste ihn Meier. »Unser Mike hat immer nur über Internet-Cafés mit Maureen Kontakt aufgenommen, nie über seinen eigenen Rechner. Eine klasse Möglichkeit, im Netz seine Spuren zu verwischen! Über die Forenbetreiber habe ich herausgefunden, wo er sich eingeklinkt hat. Er bewegt sich nur im Norden der Stadt. Hat vier Cafés benutzt, eines in der Nähe der Agnes-Kirche, eines auf der Neusser Straße und zwei in der Nähe der Rennbahn. Ich fürchte, ihr müsst sie abklappern.«

Anja seufzte. Wäre doch zu schön gewesen, wenn Meier auf Anhieb einen Treffer gelandet hätte.

»Fangt an der Rennbahn an«, bestimmte Daniel. »Den Kerl schnappen wir uns.«

Sechs Rechner an der Wand, ein paar schäbige Plastikmöbel in der Mitte, ein Ventilator an der Decke, hinter der wackeligen Theke ein Kaffeeautomat und ein Fernseher. Musikclips auf MTV beschallten leise den Raum. Vor dem ersten Rechner saßen zwei vielleicht vierzehnjährige Jungen, vor dem letzten hockte ein älterer Ausländer. Hinter der Theke eine etwa dreißigjährige Frau mit Kopftuch, die blass wurde, als Eddie ihr seinen Polizeiausweis zeigte.

»Wir suchen Mike«, begann Anja. »Er benutzt regelmäßig einen Ihrer Rechner.«

»Mike? Ich nicht kennen«, antwortete sie.

»Haben Sie eine Kundendatei?«, fragte Eddie.

»Normal mein Mann arbeiten hier, ich nur aushelfen.«

»Dann holen Sie ihn bitte her!«

»Er in Hamburg bei Verwandten, erst heute Abend zurück.«

»Mike hat lange Haare, einen Ziegenbart, trägt nie Socken«, zählte Anja auf.

»Was ein Ziegenbart?«, fragte die Frau.

Eddie schnaubte. Der ältere Mann fluchte in einer fremden Sprache mit seinem Rechner. Die beiden Jungen hatten aufgehört, auf ihren Bildschirm zu starren, und hörten interessiert zu.

»Kennt ihr diesen Mike?«, fragte Anja die beiden.

»Der kommt heute bestimmt nicht rein«, traute sich der mutigere der beiden zu sagen. »Heute ist Renntag, da ist der auf der Rennbahn.«

Die Jungen erzählten, dass sie Mike schon öfter hier getroffen hatten. Er sei ein bisschen schräg drauf, aber trotzdem cool, habe gelegentlich eine Cola springen lassen. Nachname, Adresse, wieder Fehlanzeige.

»Sobald er wieder auftaucht, rufen Sie uns an!« Eddie blickte die Frau streng an und legte ihr seine Karte auf die Theke.

»Weshalb sucht ihr den?« Die Augen der Jungen leuchteten vor Neugierde.

»Wir müssen ihn was fragen.« Anja gab den Jungen ebenfalls ihre Karte. »Ist echt wichtig.«

Vor der Tür blendete sie die Frühlingssonne, da merkte Anja erst, wie düster es in dem Café gewesen war.

»Der Junge hat recht«, sagte sie zu Eddie. »Der Typ ist auf der Rennbahn. Dort müssen wir nach ihm suchen.«

»Weißt du, was da heute los ist? Das ist wie die Suche nach der Stecknadel im Heuhaufen.«

»So viele Typen mit Ziegenbart und ohne Socken werden auf der Rennbahn nicht rumlaufen. Komm schon, Eddie! Einen Versuch ist es wert.«

Eddie zögerte, und Anja wusste genau, warum. Die vier Cafés würden sie in einer Stunde abgeklappert haben, die Rennbahn aber war zeitlich unkalkulierbar. Und »Time is money«, zumindest für Eddie. Der hatte einem Kumpel versprochen, ihm dieses Wochenende eine kleine Bar für dessen Partykeller zu zimmern. Für zweihundert Mäuse. Wenn er also nicht irgendwann in den nächsten

Stunden nach Hause kam, konnte er das Geld in den Wind
schießen.

»Du machst die Cafés alleine, und ich schau mich auf der Rennbahn um!«, schlug Anja vor.

»Daniel springt im Viereck, wenn er davon Wind kriegt! Jetzt, wo seine Beförderung ansteht, hält er sich superkorrekt an die Vorschriften, und die schreiben nun mal vor, dass keiner von uns eine solche Nummer im Alleingang durchzieht.«

»Daniel muss davon überhaupt nichts mitkriegen. Falls ich Mike auf der Rennbahn entdecke, ruf ich dich sofort an, und umgekehrt.«

»Okay«, stimmte Eddie maulend zu. »Aber du unternimmst nichts ohne mich. Wenn ich mit den Cafés durch bin, hole ich dich an der Rennbahn ab. Und wenn du ihn bis dahin nicht aufgetrieben hast, machen wir Feierabend.«

Zum Glück hatte der Frühstück-bei-Tiffany-Lidstrich die Nacht überlebt, aber das Rouge war verwischt. Also neu auftupfen. War es jetzt zu dick aufgetragen? Und beim Lipgloss: rosa oder transparent? Jeans oder Minirock? Das rote oder schwarze T-Shirt? Kreolen oder Sticker für die Ohren? Kitty leerte ihren Kleiderschrank, zog sich an und aus, zupfte und zerrte, prüfte mit kritischem Blick ihr Bild im Spiegel, stolperte über Kleiderbügel, testete weitere Hosen. Als es klingelte, ähnelte ihr Zimmer einem Schlachtfeld, das sie eilig verließ, damit nicht ihre Mutter Florian die Tür öffnen konnte.

»Bin sofort unten«, rief sie in die Sprechanlage und kramte hastig Schlüssel, Handy und etwas Geld zusammen. »Spätestens um sieben bin ich wieder da«, erklärte sie Anna, die im Türrahmen ihres Zimmers stand und Kittys hektischen Aufbruch kopfschüttelnd verfolgte. Bevor ihre Mutter den Mund aufmachen konnte, knallte Kitty die Wohnungstür hinter sich zu und hetzte die Treppe hinunter.

Blauer Himmel, Frühlingssonne, Sonntagswetter. Wieder pfiffen die Spatzen. Die weißen Jasminblüten im Vorgarten dufteten süß und schwer. Florian lehnte am Laternenpfahl neben ihrem Haus und kam mit Händen in den Hosentaschen und lässigen Schritten auf sie zu. »Alles klar?«

»Klar.« Kitty vergrub ebenfalls die Hände in der Hose.
So schlenderten sie beide, betont locker, in Richtung U-Bahn-Station. Dabei war Kitty wahnsinnig aufgeregt. Ihr erstes Date mit Florian. Und alle würden auf der Rennbahn sein und sie zusammen sehen. Auch Karla, natürlich. Sie hatte ihr gestern im Eiscafé haarklein die Geschichte im Neptunbad erzählt, aber kein Wort über die Begegnung mit Florian verloren. Weil sie Angst hatte, Karla würde ihr dieses Date ausreden? Jess-Typ, unzuverlässig, Herzschmerz und so weiter. Oder weil sie fürchtete, dass Karla selbst in Florian verliebt war? Wie auch immer, sie hatte es einfach nicht gepackt, mit Karla darüber zu sprechen.

»Weißt du, welches Rennen Enno reitet?«, fragte Florian.

»Das erste, das um 14 Uhr. Er reitet Wonderboy, den Sohn von Honeycookie. Hat Karla mir gestern erzählt.« Karla! Spätestens in einer halben Stunde würde Kitty sie sehen, wenn sie nicht schon vorher in der Bahn auf sie traf. Sie hätte ihr gestern von Florian erzählen sollen. »Er bekommt ein Handicap von zwei Kilo«, ergänzte sie.

»Was ist noch mal ein Handicap?«, wollte Florian wissen.

Die zwei stiegen die Treppen zu der blau gekachelten U-Bahn-Station hinunter. Am Bahnsteig wartete keine Karla. Uff! Noch ein kleiner Aufschub. Die Bahn war nicht voll, kein Problem, zwei freie Plätze nebeneinander zu finden. Florian legte seinen rechten Arm über die Rücklehne. Wenn die Bahn bremste oder anfuhr, streifte er damit wie zufällig Kittys Schultern. Bei jeder Berührung prickelte Kittys Haut bis hinunter in die Zehenspitzen.

»Handicap?«, wiederholte Florian und lächelte sie an.

Kitty lächelte zurück. Mussten sie überhaupt auf die Rennbahn? Konnten sie nicht einfach weiterfahren und erst am Blücherpark aussteigen? Um den kleinen See spazieren, die Enten ärgern und keinem begegnen?

Florian drückte sie kurz und fest und wiederholte: »Handicap?«

»Bei einem Rennen müssen die Gewinnchancen halbwegs gleich verteilt sein. Deshalb bekommen so unerfahrene Reiter wie Enno bessere Startbedingungen als erfahrene Jockeys«, erklärte ihm Kitty.

»Die nächste müssen wir raus!« Florian zog Kitty vom Sitz hoch und drückte den Halteknopf.

Blücherpark, Blücherpark, Blücherpark, betete Kitty und hoffte,
dass Florian mal kurz in ihren Kopf sah, so wie vor ein paar Tagen
im Starbucks. Aber der zog sie bereits aus der Bahn und fragte
wieder nach dem blöden Handicap.
»Je weniger der Reiter wiegt, desto schneller das Pferd«, erklärte
sie. »Deshalb bekommen die Jockeys, die mit Enno starten, zwei
Kilo zusätzliches Gewicht auf den Sattel gelegt, so sind sie langsamer. Diese zwei Kilo, die nennt man Handicap.«
Am Seiteneingang an der Rennbahnstraße stauten sich die Autos.
Bei dem schönen Wetter zog es viele auf die Rennbahn. Florian
griff nach Kittys Hand, rannte mit ihr an der Blechschlange vorbei,
bog hinter dem Rennbahneingang nach rechts zum Morgentau-
Stall ab. Dass Enno schon am Führring sei, bekamen sie von einem
der Stallburschen zu hören. Weiter ging's, am großen Wiesenpark-
platz und an der Jockeyschule vorbei. Die Tribüne war bereits gut
besetzt, die kleine Wiese vor der Zielgeraden teilten sich Hunde-
besitzer und Eltern von kleinen Kindern. Kies knirschte unter
ihren Schuhen, in der Luft mischte sich der Duft von Reibekuchen
und frisch gezapftem Bier, bunt glänzte das Bonbonsortiment des
Haribo-Standes. Um den Führring hatte sich eine dichte Traube
von Menschen angesammelt, dahinter tauchte gelegentlich ein
Jockeyhelm auf. Die Pferdeschau für das erste Rennen hatte bereits
begonnen. Florian und Kitty liefen in Richtung Rennverein. Dort
wurde jeder Jockey unmittelbar vor dem Rennen gewogen, und sie
wussten, dass auch Enno auf die Waage musste. Plötzlich sah Kitty
Karla.

Eigentlich wollte er die Augen gar nicht aufmachen. Immer wieder
drehte er sich auf die andere Seite, döste in einem Zwischenreich
von Schlaf und Wachsein. Aber irgendwann musste Jan so dringend pissen, dass er sich doch aus dem Bett schälte. Er schlurfte
ins Badezimmer, pinkelte und griff nach seiner Zahnbürste. Der
Blick in den Spiegel ließ ihn sofort die Augen schließen. Er sah aus
wie ein Kotzbrocken, und genau so fühlte er sich: widerlich, unausstehlich. Er wollte schnell wieder in sein Zimmer schleichen, aber
dann merkte er, wie still die Wohnung war. In der Küche fand er
einen Zettel »Sind spazieren«, dann sah er auf die Uhr. Es war
schon eins. Verdammt! Ennos Rennen. Er musste sich beeilen.

Jan kannte den Jungen, der den Zugang zu den Mietställen bei der Jockeyschule bewachte. Er arbeitete wie Enno im Rennstall Morgentau und winkte ihn durch. So musste er keinen Eintritt bezahlen. Er eilte an Pferdetransportern und den Pferden vorbei, die entweder zum Führring gebracht oder nach einem Rennen in die Boxen zurückgeführt wurden. Mit dem Geruch von frischen Pferdeäpfeln in der Nase erreichte er die Wiese hinter dem Führring. Dort war schon eine Menge los, Jan legte einen Schritt zu. Er sah Enno in der Eingangstür des Rennvereins verschwinden, sah Karla mit Sergio und Stella stehen und wie Florian Kitty hinter die fette Platane zog. Nein, jetzt bloß nicht mit einem von denen quatschen müssen, sagte er sich. Er stellte sich hinter die Ligusterbüsche neben den Eingang des Rennvereins, als Adrian Koch in einem orange-gelben Jockeytrikot heraustrat. Dass er daran nicht gedacht hatte! Dem wollte er noch weniger begegnen als seinen Freunden. Aber das durfte er sich auf keinen Fall anmerken lassen.

»Hallo Adrian«, begrüßte er ihn. »Reitest du im gleichen Rennen wie Enno?«

Der Jockey lachte. »Nein, da guck ich nur zu. Ich reite das Rennen danach und natürlich das Cagliostro-Rennen um 16 Uhr. Hab also noch ein bisschen Zeit. Aber sag mal, die süße Brünette neben Karla, ist das etwa die kleine Kitty? Mann, hat die sich gemacht. Ist ja ein richtiger Schuss geworden!« Er zwinkerte Jan verschwörerisch zu, bevor er sich auf den Weg zur Jockeystube machte.

Jan sah ihm nach und dann zu Kitty hinüber, die gerade irgendwas Schwieriges mit Karla zu bereden schien. Sie ist wirklich hübsch geworden, stellte er fest. War ihm noch gar nicht aufgefallen, er kannte sie schließlich seit Ewigkeiten. Adrian hatte einen Blick für hübsche Mädchen, das hatte er schon ein paarmal bemerkt. Aber warum hatte er kein Wort über die Geschichte mit Maureen verloren? Nicht nachgefragt, ob er sich schon bei der Polizei gemeldet hatte? Aus dem Jockey wurde er wirklich nicht schlau.

Er zuckte zusammen, als ihn jemand von hinten auf die Schultern tippte. Enno, zum ersten Mal in den Farben seines Rennstalls gekleidet. »Siehst gut aus, Alter!«, sagte Jan und grinste.

»Dabei geht mir der Arsch grade auf Grundeis. Bin nicht sicher, ob ich es überhaupt aufs Pferd schaffe!«

»Dass ist nur die Aufregung.« Jan klopfte ihm auf die Schultern.
»Du schaffst das, hundertpro!«

»Komm, wir gehen zu den anderen.« Enno deutete auf Karla und Kitty. »Übrigens, Alter, wenn ich das alles hinter mir habe, müssen wir noch mal über die Sache am Spielplatz quatschen. Hast bestimmt schon gehört, dass die Bullen hier auf der Rennbahn waren. Ich glaub nicht, dass sich das Ganze einfach so im Sand verläuft.«

»Völlig klar, machen wir«, erwiderte Jan hastig und schluckte die Panik, die in ihm aufstieg, nur mit Mühe hinunter.

Karla stand mit Stella und deren neuem Freund Sergio zusammen. »Scheiße«, murmelte Florian und zog Kitty hinter einen der dicken Platanenstämme.

»Kitty«, rief Karla.

Kitty verstand überhaupt nicht, warum Florian Karla nicht treffen wollte. Und Sergio kannte er doch auch, der ging mit ihm in die gleiche Klasse.

»Ich schau mal nach Enno«, meinte Florian, »wir sehen uns gleich am Führring.«

Kitty nickte verwirrt und ging zu Karla, die sich gleich unterhakte. »Enno kommt gleich, der ist noch beim Wiegen.«

»War das Florian?«, erkundigte sich Sergio und spuckte auf den Boden.

»Hab ihn in der Bahn getroffen«, log Kitty. »Er geht schon zum Führring.«

»Ist besser so«, nickte Sergio, und das klang irgendwie gehässig. Was ging hier ab? Was hatte Sergio gegen Florian? Kitty kapierte überhaupt nichts.

Karla zog sie zur Seite. »Und du? Hast du ihn wirklich ganz zufällig in der Bahn getroffen?«

Da war er wieder, Karlas Lehrerinnenblick. Komm schon, redete Kitty sich Mut zu, du kannst es ihr sagen! Karla ist deine beste Freundin, nicht deine Mutter. »Er ist nicht nur ein Jess-Typ«, erklärte sie ihr, »er hat auch viel von Dean. Stell dir vor, er hat mich zu Hause abgeholt.«

»Verdammte Hühnerkacke!«, fluchte Karla. »Du hast dich in ihn verknallt!«

Stimmt, dachte Kitty. Das hab ich.

»Ich sage dir, er lässt dich fallen wie eine heiße Kartoffel«, regte Karla sich auf, »dann heulst du dir die Seele aus dem Leib und willst dein gebrochenes Herz am liebsten sofort auf den Müll schmeißen.«

»Woher weißt du das eigentlich so genau?«, fuhr Kitty sie an.

Eine Zeitlang funkelten sich die beiden mit wütenden Blicken an.

»Mich hat er auch mal von zu Hause abgeholt«, flüsterte Karla dann. »Händchen gehalten im Nippeser Tälchen … Und zwei Tage später hat er in der großen Pause mit Yasmina aus der 9c geturtelt.«

»Die mit dem breiten Hintern und den hochtoupierten Haaren? Kann ich mir nicht vorstellen!«

Karla zuckte mit den Schultern.

»Und weiter?« Kitty sah die zwei vor sich. Im Nippeser Tälchen, Händchen haltend. Sie merkte, dass diese Vorstellung wehtat.

»Nichts weiter.« Karla blickte schnell auf den Boden.

»Wann war das?«

»Vor sechs Wochen.«

»Warum hast du nie …?«

»… was gesagt?« Karla kickte Kies zur Seite. Es dauerte, bis sie Kitty ansah. »Warum wohl? Es war mir peinlich, verdammt peinlich. Dass ich auf so einen reingefallen bin! Und jetzt machst du den gleichen Fehler.«

»Das kannst du doch gar nicht wissen!«

Karla schnaubte, sagte aber nichts. Auch Kitty schwieg. Am liebsten wäre sie im Boden versunken oder unsichtbar geworden. Enno befreite sie aus dieser peinlichen Situation. Stand plötzlich neben ihnen in seinen schwarzen Lackstiefelchen und dem rotblauen Seidentrikot des Morgentau-Rennstalls. So klein er auch war, er kam Kitty plötzlich wahnsinnig erwachsen vor. Jan begleitete ihn, blass wie eine Wand, mit Ringen unter den Augen. Was passiert hier eigentlich, fragte sich Kitty. Alle sind plötzlich so mies drauf. Florian wegen Sergio, Karla wegen mir und Jan wegen … Was hatte der eigentlich für einen Stress? Zumindest Adrian schien gut gelaunt. Er winkte ihr vom Rennverein her zu. Sie winkte zurück. Im Gegensatz zu anderen Jockeys war Adrian immer nett zu ihnen gewesen, wenn sie in der Nähe der Rennställe gespielt hatten.

»Ich drück dir die Daumen bei dem Cagliostro-Rennen«, rief sie
ihm zu.

»Dann kann ja nichts mehr schiefgehen«, rief er zurück.

»Wünscht mir Glück!« Enno trat nervös von einem Fuß auf den
anderen. »Ich kann's gebrauchen!«

Karla umarmte ihn, Kitty spuckte ihm dreimal über die Schulter,
und der lange Jan grinste, als er sagte: »Du bist der Größte,
Mann!«

»Ich muss jetzt rüber!« Enno deutete in Richtung Führring.

Alle folgten ihm mit ihren Blicken, sahen, wie er zu seinem Trainer schritt, sich von ihm die letzten Instruktionen für das Rennen
holte. Dann führte einer der Stallburschen Wonderboy herbei.
Viele Male hatte Kitty Enno diesen Job machen sehen. Am Anfang
hatte er immer stolz davon berichtet, aber in der Zwischenzeit
wusste Kitty schon lange nicht mehr, mit wie vielen Pferden er
schon zum Führring gelaufen war. Heute brachte er kein Pferd für
einen anderen. Heute ritt er selbst. Vielleicht kam er Kitty deshalb
so erwachsen vor. Enno stieg auf, griff nach den Zügeln und trabte
langsam los.

Ganz Köln schien sich auf der Rennbahn versammelt zu haben,
um die schnellen Pferde zu sehen. Anja war noch nie hier gewesen, sie musste sich erst mal orientieren. Der Biergarten, das Restaurant, die Rennbahn, die Tribüne, die Wettbüros. Dieser Mike,
den sie suchte, kam zum Wetten auf die Rennbahn, also sollte sie
auf der Rückseite der Tribüne bei den Wettständen und den Wettschaltern nach ihm Ausschau halten.

In den beiden dunklen, verrauchten Cafés, wo auf Deckenmonito-
ren zeitgleiche Rennen übertragen wurden, entdeckte sie niemanden, auf den Mikes Beschreibung zutraf. Die Schlangen an den
Außenwettschaltern waren alle nicht lang, sie besah sich die Wartenden, auch dies ohne Ergebnis. Dann ging sie auf die Leute zu,
die sich eng um eine ovale Sandbahn drängten. Hier wurden die
Pferde teilweise mit, teilweise ohne ihre Jockeys mehrfach im
Kreis herumgeführt. Einer der Jockeys stach ihr ins Auge. Rot-
blaues Trikot, Sommersprossen auf der Nase und wache graue
Augen. Höchstens siebzehn. Dass man in so jungen Jahren schon
Rennen reiten durfte! Dann konzentrierte sie sich wieder auf die

Zuschauer, die kritisch Pferde und Reiter beäugten, Notizen auf ihren Rennzeitungen machten. Keiner mochte sein Geld auf ein Pferd setzen, das schon im Führring wie ein Verlierer aussah. Dann entdeckte sie ihn. Der Ziegenbart, die langen Haare. Bingo! Er sprach mit einem Mädchen, deutete dabei immer wieder auf das Pferd des jungen Reiters. Das Mädchen kannte Anja. Kitty Delaste, die Maureen am Tag ihres Todes in der Bahn gesehen hatte. Wenn das kein Zufall war! Schnell fischte sie ihr Handy aus der Tasche, wählte Eddies Nummer. »Ich hab ihn!«

»Kein Zugriff, bevor ich da bin!«, befahl er.

Kaum hatte Enno sein Pferd bestiegen, schlenderten auch Kitty und Karla in Richtung Führring. Dort standen die Menschen jetzt dicht an dicht, reckten die Hälse oder drängelten nach vorne. Es war ein Leichtes, sich zu verlieren. Kitty zog es in Richtung der Wiese dahinter, weil sie Florian dort vermutete, Karla blieb in der Menge stehen. Als Kitty sich nach ihr umdrehte, sah sie, dass sie mit Sergio und Stella auf die Rückenlehne einer Parkbank kletterte, um Enno besser sehen zu können.

»Da bist du ja endlich«, hörte sie Florian sagen, der nach ihrem Arm griff und sie zu sich auf ein schmales Mäuerchen zog. Er stellte sich hinter sie, legte seine Arme um ihren Bauch. »Ein tolles Pferd, das Enno da reiten darf«, schwärmte er. »Ich wette, er kommt unter die ersten drei.«

Kitty spürte die warmen Hände auf ihrer Jeans und Florians weichen Atem an ihrem Ohr. Sie fühlte sein Kinn, das er gelegentlich auf ihrem Kopf abstützte. Wie oft hatte sie in den letzten Wochen von einer solchen Situation geträumt! Und jetzt? Während er sie in den Armen hielt, sah sie ihn mit Karla im Nippeser Tälchen spazieren gehen. Warum hatte Karla nie etwas erzählt? Und wenn, hätte das etwas geändert? Gott, war das kompliziert! Kitty spürte deutlich, dass ihre frische Liebe durch einen bitteren Stich Eifersucht getrübt wurde. Und dieser traurige Blick, den Karla ihr auf dem Weg zum Führring zugeworfen hatte! Der konnte einen zum Weinen bringen. Arme Karla! Verdammt. Verdammt. Verdammt. Aber Karla war keine, die lange Trübsal blies. Wahrscheinlich war sie schon längst über Florian hinweg und machte sich nur Sorgen um sie. Wenn sie merkt, dass es zwischen Florian und mir gut

läuft, wird sie ihre Meinung über Florian ändern und mir alles
Glück der Welt wünschen, redete sich Kitty ein.

»Komm, wir wetten«, schlug Florian vor. »Ich habe noch fünf Euro.
Die setze ich jetzt auf Enno und Wonderboy.«

»Aber du bist doch noch keine achtzehn«, warf Kitty ein.

»Kein Problem.« Florian deutete auf einen dürren Kerl mit langen
Haaren und einem Spitzbart. »Mike setzt für mich. Hat er schon
ein paarmal gemacht. Hast du Geld? Willst du dein Glück auch
probieren?«

Bevor sie antworten konnte, war er schon von dem Mäuerchen
gehüpft, packte sie an der Taille und holte sie ebenfalls herunter.
Mit der Rechten griff er nach ihrer Hand, mit der Linken winkte
er Mike zu. Kitty hatte ihn schon öfter auf der Rennbahn gesehen, sie mochte ihn nicht. Auch heute roch er nach scharfem
Männerschweiß, und seine Füße sahen aus, als würden sie nie
gewaschen.

»Wonderboy auf Platz.« Florian griff nach einem der Wettzettel,
die hier überall herumlagen.

»Wer, verdammt, ist Wonderboy?«, fragte Mike.

»Enno reitet ihn«, Kitty deutete in den Führring. »Es ist sein erstes
Rennen.«

»Erstes Rennen? Platz?« Mike runzelte zweifelnd die Stirn. »Wenn
ihr die Meinung von 'nem Profi hören wollt: Hab noch nie erlebt,
dass beim Rennsport der Glaube Berge versetzt. Thunderbird wird
das Rennen machen.«

»Wonderboy. Zehn Euro auf Sieg«, verschärfte Kitty die Wette und
kramte ihre fünf Euro aus der Tasche. »Setzt du jetzt für uns oder
nicht?«

»Nur, wenn ihr dann noch zwei Euro übrig habt! Die will ich nämlich, wenn der Gaul nicht als Erster durchs Ziel geht. Bearbeitungs-
gebühr sozusagen. Dreißig Prozent, wenn er gewinnen sollte. Und
sagt hinterher nicht, ich hätte euch nicht gewarnt.«

»Du nimmst immer mehr, Mike«, murrte Florian.

»Schon mal was von Teuerungsrate gehört? Muss auch sehen, wo
ich bleibe. Der Mensch lebt nicht von Luft allein.«

Kitty spürte, wie Florian unsicher wurde. Deshalb wiederholte sie
schnell: »Zehn Euro auf Sieg! Und eine Quittung bitte.«

Mike grinste, nahm die zehn Euro und kritzelte den Betrag und seine Unterschrift auf einen Wettzettel. »Und jetzt Tempo! Die warten beim Start nicht extra auf euch.«

Kitty drehte sich um. Der Führring lag verwaist hinter ihnen. Nur der von den Hufen aufgewühlte Sandboden und die frischen Pferdeäpfel verrieten, dass hier vor Kurzem Pferde gelaufen waren. Die Menschentraube hatte sich aufgelöst, noch ein paar wenige, wie jetzt auch Mike, stellten sich an den Wettschaltern an, um in den letzten Minuten vor dem Rennen ihr Geld zu setzen. Alle anderen waren schon zum Rennfeld gegangen. Kitty griff nach Florians Arm, und gemeinsam sprinteten sie den Kiesweg zwischen Tribüne und Restaurant hoch bis zur Balustrade vor der Zielgeraden. Dort rangen sie erschöpft nach Luft. Schon ertönte der Startschuss, und sie sahen die Pferde über den schweren Turf fliegen. Ein idealer Boden für Wonderboy, hatte Enno ihnen erzählt. Das Pferd konnte auf dem weichen Frühjahrsboden besser laufen als auf hartem Sommerfeld. Ungefähr fünfhundert Meter entfernt galoppierten die Pferde, die Reiter von hier aus nur kleine bunte Farbtupfer, aber Kitty glaubte, das rotblaue Trikot des Morgentau-Stalls in der Spitze erkennen zu können. Erst noch wie ein fernes Grollen, dann lauter und lauter werdend, drang das Getrampel der Hufe an ihre Ohren. Schon bogen die ersten Pferde in die Zielgerade ein, und tatsächlich, Enno führte das Feld an, dicht gefolgt von einem Jockey in Orange und einem in Grüngelb.

»Enno, Enno«, brüllte Kitty und sprang aufgeregt auf und ab.

»Du schaffst es«, schrie Florian.

Jetzt konnte Kitty Ennos Gesicht sehen. Nass geschwitzt und rot wie sein Trikot stand er im Sattel und gab Wonderboy wie ein Wahnsinniger die Peitsche. Plötzlich schob sich der Orange vor und zog an Enno vorbei, als hätte sein Pferd Flügel. Mit dem Grüngelben lieferte sich Enno ein erbittertes Schlussduell. Rasenstücke, die die Pferde mit ihren Hufen aus der Erde herausrissen, flogen durch die Luft, der Boden vibrierte unter den schnellen Hufschlägen. Auf der Tribüne wurde geklatscht. Dann war alles vorbei. Nur noch der Nachhall vom Applaus hing in der Luft.

»Thunderbird mit Tobias Brunner macht das Rennen, zweiter Marcel Hinrichs auf Mirabella und dritter der junge Enno Kreuzmann auf Wonderboy«, dröhnte blechern die Stimme des Stadionsprechers über das Feld.

Auch ein dritter Platz ist für ein erstes Rennen sensationell, dachte Kitty und stellte sich vor, wie stolz Enno sein würde.

»Ich hätte auf Platz setzen sollen«, schimpfte Florian. »Was für ein Schwachsinn, auf Sieg zu setzen.«

»Na ja«, tröstete ihn Kitty. »Pech im Spiel, Glück in der Liebe!«

Da lächelte Florian wieder.

Jan wusste nicht, wie er zwischen die beiden schwitzenden Dickbäuche gelangt war, die sich fiebrig Notizen in ihre Rennzeitung kritzelten. Ganz automatisch hatte er sich in Bewegung gesetzt, als Enno zum Führring ging. So war er auf die Zuschauerkette um den Führring gestoßen, zwischen den beiden Dicken musste wohl eine Lücke gewesen sein. Von hier aus hatte er einen guten Blick auf Enno, der, ganz auf sein Pferd konzentriert, seine Runden drehte.

»Die Sache am Spielplatz« nannte Enno die Katastrophe, die Maureen das Leben gekostet hatte und ihn nicht mehr schlafen ließ.

»Kann ich heute Nacht bei dir pennen?«, hatte Maureen ihn gefragt, nachdem sie sich wieder angezogen und in der Küche ein paar Butterbrote gefuttert hatten. »Ich hab keinen Bock, nach Hause zu gehen. Meine Alten sind so krank. Manchmal halt ich es einfach nicht mit ihnen aus.«

»Klar«, hatte er geantwortet und dabei hin und her überlegt, wie er seinen Eltern Maureens Anwesenheit erklären sollte. »Ich bin gleich noch mit ein paar Kumpels verabredet«, hatte er gesagt. »Wenn du dem Röntgenblick meiner Mutter entgehen und nicht mit meinem Vater quatschen willst, kommst du am besten mit. Bis wir zurück sind, schlafen sie. Und morgen früh sind sie aus dem Haus, bevor ich zur Schule muss.« Dann hatte er sich vorgestellt, wie sie am späten Abend in die stille Wohnung zurückschleichen, sich leise im Dunkeln ausziehen und wieder miteinander schlafen würden.

»Klingt cool«, nickte Maureen und zurrte den roten und den grünen Bändel an ihren Schuhen fest. »Los, lass uns die Biege machen.«

Ohne Unterlass geredet und gelacht hatten sie auf dem Weg zum Spielplatz, und Jan hatte sich noch nie so glücklich gefühlt. Er fühlte sich stark wie Spiderman und Aragorn zusammen und hätte die ganze Welt umarmen wollen. Alles schien einfach, leicht und möglich. Maureen war das Mädchen, von dem er immer geträumt hatte. Mit ihr wollte er schlafen, quatschen, tanzen, überhaupt alles wollte er mit ihr. Und in einer einzigen, wirklich, nur in einer einzigen Sekunde wurden diese Gefühle ins Gegenteil gekehrt. Wieder, wie so oft in den Nächten danach, hörte er den harten, klaren Schuss, spürte dabei das schmerzhafte Vibrieren des Trommelfells. Er sah, wie Maureen mit der Hand nach der Wunde griff, das Blut zwischen ihren Fingern durchsickerte, sah, wie sie die blutverschmierte Hand anstarrte, und er hörte sie vor Schmerz und Wut schreien.

»Ihr Arschlöcher!«, hatte sie gebrüllt. »Ihr verdammten Arschlöcher!«

Florian war als Erster weggelaufen. Er war ihm mit Enno gefolgt. Panisch, automatisch, wie von Sinnen. Er hatte Maureen schreiend und blutend am Spielplatz im Stich gelassen.

Anja beobachtete, wie Kitty Delaste dem Mann mit dem Ziegenbart zwei Fünf-Euro-Scheine gab. Wofür gab ihm das Mädchen Geld, fragte sich Anja. Verkaufte Mike etwa seinen Shit an Jugendliche weiter? Anja sah, wie Mike nach einem der Wettscheine griff, etwas daraufschrieb und den Zettel dann Kitty reichte. Dann stellte er sich an einen der Wettschalter. Auch schön, dachte Anja, er verwettet das Geld von Minderjährigen. Mike wartete allein am Schalter. Ideale Bedingungen für einen Zugriff! Wo blieb nur Eddie? Kaum hatte Mike seine Quittung bekommen, eilte er in Richtung Rennbahn. Er stieg auf die linke Tribüne, zweitoberste Reihe. Anja sah, dass er ein Fernglas hatte. Wenn Eddie es schaffte, vor Ende des Rennens hier zu sein, konnten sie Mike in Empfang nehmen, wenn er von der Tribüne herunterkam. Ihr Handy klingelte.

»Bin am Parkplatz«, meldete Eddie. »Wo steckst du?«

Anja erklärte es ihm. Hinter sich hörte sie wie fernes Meeresrauschen das Getrappel der Pferde. Sie starrte weiter zu Mike hoch. Plötzlich merkte sie, wie er sein Fernglas auf sie richtete, aufstand und eilig nach unten stieg. Blöde Kuh, schimpfte sich Anja. Während des Rennens nicht auf die Pferde, sondern auf die Tribüne zu starren, dämlicher kann man sich bei einer Observation nicht anstellen! Mike ging an ihr vorbei, nahm den schmalen Gang zwischen Tribüne und Trikot-Shop. Anja wählte Eddies Nummer und sah Mike in eines der Wettcafés eintreten. Sie wartete an der Tür auf Eddie, der kurze Zeit später eintraf. Gemeinsam gingen sie nach drinnen, blickten suchend über die Gesichter der Gäste. Mike war nicht unter ihnen. Eddie sah auf den Toiletten nach. Auch dort kein Mike.

»Es gibt einen Hinterausgang. Hat der Kerl gemerkt, dass du ihn beobachtest?«

Anja zuckte mit den Schultern, sprintete zum Hintereingang, blickte von dort auf die Zielgerade. Das Rennen war vorbei, die Zuschauer spazierten gemächlich zurück. Mike entdeckte sie nicht unter ihnen.

»Vor dem nächsten Rennen wird er am Führring sein«, beharrte sie. »Er muss sich die Pferde anschauen.«

Eddie runzelte die Stirn und sah auf die Uhr. »Wir hatten eine Abmachung. Und wenn er dich bemerkt hat, wird er sich hüten, zum Führring zu gehen.«

»Wenn du zehn Minuten eher da gewesen wärst, säßen wir jetzt mit ihm auf der Wache«, beschwerte sich Anja, die sich immer noch über ihre Dämlichkeit ärgerte. »Das nächste Rennen beginnt in zehn Minuten. Komm schon, Eddie!«

Eddie murrte und schickte ihr giftige Blicke. Wieder sah er auf die Uhr. »Zehn Minuten. Dann ist aber endgültig Schluss.«

»Hast du noch was rausgefunden?«

»Nicht mehr als in dem ersten Laden«, brummte er. »Man kennt ihn vom Sehen. Kein Nachname, keine Adresse. Und dafür haben wir unseren Sonntag verplempert!«

»Du bist doch nur stinkig, weil du noch nicht an deiner Kreissäge stehst«, gab Anja zurück. »Denk an die Überstunden. Wenn du die abfeierst, kannst du fünf Kellerbars basteln.«

»Dann sag mir mal, wann du zum letzten Mal Überstundenausgleich bewilligt bekommen hast. Ist doch wie ein Treffer im Lotto, dass du mal freikriegst.«

»Da!« Anja deutete auf die ersten Pferde, die zum Führring gebracht wurden. »Es geht los. Du links, ich rechts herum.«

Wieder standen die Menschen dich gedrängt, begutachteten die Pferde. Anja und Eddie umkreisten den Führring zweimal. Mike war nicht unter den Zuschauern. Anja musste sich eingestehen, dass er ihr entwischt war.

»Nix wie heim jetzt.« Eddie drängte zum Ausgang. »Und damit das klar ist, Anja. Für die Aktion schuldest du mir einen Gefallen.«

Kitty lag in ihrem Bett, blickte auf den Sternenhimmel an der Decke und träumte von Florians Abschiedskuss. So wie man am DVD-Player die Wiederholtaste drückte, ließ sie die Szene an der U-Bahn-Station immer wieder abspulen. Was für ein Kuss! Seine Lippen hatten leicht salzig geschmeckt und seine Zunge hatte sich tief in ihren Mund gebohrt. Nicht dass es ihr erster Kuss gewesen wäre, aber so intensiv und prickelnd war sie noch nie geküsst worden. Ein Kuss, der nach Wiederholung schrie. Immer und immer wieder wollte sie so von Florian geküsst werden. So küsste man nicht zum Spaß, so konnte man nur aus wahrer, echter Liebe küssen.

»Ich ruf dich an«, hatte Florian geflüstert, als sie die Augen wieder öffnete, und ihr mit einer leichten Bewegung eine Haarsträhne hinters Ohr geschoben. »Träum heute Nacht von mir.«

Dann war er in der Bahn verschwunden, und sie war irgendwie nach Hause getaumelt. Natürlich würde sie heute Nacht von ihm träumen. Und nicht nur diese Nacht.

»Möchtest du zum Abendbrot einen Käsetoast?« Anna unterbrach ihre Träumereien.

»Ich hab keinen Hunger!«

»So, so!«

Anna musterte sie amüsiert. Schnell drehte sich Kitty zur Wand. Sie wollte nicht, dass Anna merkte, dass sie verliebt war. Mütter taten dann immer so allwissend. Verliebt, ach Gott, Kindchen. Kann ich mich noch genau dran erinnern, damals. Ist toll, wirklich toll, aber ... Zum Glück verließ die Mutter ihr Zimmer ohne weitere Fragen, und erneut drückte Kitty die imaginäre Wiederholtaste. Bestimmt würde sie heute Nacht kein Auge zutun, so durcheinandergewirbelt und himmelhoch jauchzend fühlte sie sich. Verliebt, verliebt, verliebt, jubilierte sie. Als ihr Handy klingelte, hüpfte ihr Herz bis zum Hals. Dass er so schnell anrufen würde, hatte sie insgeheim gehofft, aber nie für möglich gehalten.

»Ja«, hauchte sie, nachdem sie die On-Taste gedrückt hatte.

»Hallo, Zuckerschnecke. Wie geht's, wie steht's?«

Päng! Wie eine Seifenblase zerplatzte der Florian-Traum und führte sie in ihr altes Leben zurück. Mit ihrem Vater hatte sie nun überhaupt nicht gerechnet. Seit wann rief der am Sonntagabend bei ihr an? »Ganz gut«, grummelte sie. »Schönes Wochenende gehabt?«

»Ja, ja.«

»Weshalb ich anrufe, Zuckerschnecke«, fuhr der Vater fort. »London, äh ... zufällig ist Sabine zur gleichen Zeit da. Sie hat da beruflich zu tun, weißt du. Du hast doch nichts dagegen, wenn wir das eine oder andere gemeinsam machen, oder?«

Diese fiese Giftschlange, diese durchtriebene Ratte! Die machte Ernst mit ihrer Kampfansage. Sie wollte ihr das London-Wochenende vermasseln.

»Was verstehst du unter das eine oder andere?« Kitty war alarmiert.

»Abends mal Essen gehen, Museumsbesuche. Sabine kennt sich gut aus mit den ägyptischen Mumien im British Museum, das wäre doch interessant für uns, oder?«

»Ägyptische Mumien interessieren mich nicht die Bohne! Und du hast dich bisher auch nie dafür interessiert.«

»Ich dachte nur, weil du dir doch früher so gerne diesen Mumien-Band aus Meyers Kleiner Kinderbibliothek angesehen hast ...«

»Da war ich acht oder neun! Jetzt bin ich sechzehn«, schrie Kitty.

»Jetzt reg dich nicht auf, Zuckerschnecke! Das war doch nur ein Vorschlag. Wir können auch was ganz anderes machen.«

»Das, was wir besprochen haben: Madame Tussauds, London Eye, Carnegie-Street. Nur wir zwei«, schrie Kitty ins Handy und drückte dann ganz schnell die Off-Taste.

Ihr Puls raste, sie war auf hundertachtzig. Wenn Sabine Jansen jetzt in ihrem Zimmer gewesen wäre, hätte sie mit einer Wucht auf sie eingedroschen, dagegen boxte Rocky Balboa wie ein Waisenknabe. Und dann, nach dem entscheidenden letzten Schlag, hätte sie ihr jedes Haar einzeln ausgerupft. So ein gemeines Luder! Vermieste ihr nicht nur das London-Wochenende, sondern auch den Florian-Traum-Abend. Und Tom merkte nichts. Ägyptische Mumien! Demnächst wird sie auch ihn zu so einem Stirnöl-Guss schleppen oder ihn durch mittelalterliche Kirchen schleifen. Alles Dinge, die Tom wie die Pest hasste! Er hatte bei dieser Frau überhaupt keinen Durchblick mehr, die streute ihm den Sand kiloweise in die Augen. Er konnte sich überhaupt nicht gegen sie zur Wehr setzen. Aber sie würde nicht zusehen, wie der eigene Vater ins Unglück rannte. Sie musste diese Frau aus Toms Leben werfen, und zwar ganz schnell. Sie wusste nur noch nicht, wie.

Daniel erwischte Anja, als sie sich die Laufschuhe zuband. »Wir haben den flüchtigen Fahrer«, berichtete er. »Ich will, dass du beim Verhör dabei bist. Wie schnell kannst du hier sein?«

Anja zog ihre Sportklamotten wieder aus, schlüpfte in Jeans und Jacke und fuhr zum Polizeipräsidium. Als sie den Rhein überquerte, verglühte in der Glasfront der neuen Kranhäuser das letzte Abendlicht. Es war schon nach acht. Wieder mal konnte sie den Sonntagabend knicken. Wenig später traf sie Daniel am Kaffeeautomaten.

»Wer hat den Wagen gefunden?«, fragte sie.

»Zwei Kollegen von der Wache Chorweiler, am Fühlinger See. Meier hat ihn untersucht, Kratzspuren und Beulen am linken Kotflügel beweisen eindeutig, dass es sich um den Unfallwagen handelt. Die Kollegen von der Streife haben den Halter ermittelt und hierhergebracht. Er sitzt in Verhörraum zwei. Und bei euch? Was Neues von diesem Mike?«

»Ist in allen Internetcafés als Gesicht bekannt, aber keiner kennt seinen Nachnamen oder seine Adresse«, berichtete Anja. »Wir haben gehört, dass er sich gerne auf der Rennbahn herumtreibt.«

»Rennbahn? Da wäre ich jetzt auch lieber als hier«, seufzte Daniel. »Früher habe ich das öfter gemacht, höchstens einen Fuffi gesetzt, wegen Suchtgefahr und so, einmal sogar einen Hunderter gewonnen. Schöne Atmosphäre, immer so ein bisschen Jahrmarktstimmung. Biste schon mal da gewesen?«

»Heute«, antwortete Anja, »wir haben nach ihm gesucht. Erfolglos.«

Daniel runzelte kurz die Stirn, sagte nichts dazu. »Hab gehört, dass jetzt auch Frauen reiten. ›Amazonen‹ nennt man die. Stell ich mir klasse vor, wenn die in den Steigbügeln stehen, die kleinen Ärsche nach oben gereckt.«

Anja hielt die Luft an. Sie würde es nie schaffen, ihm klarzumachen, was für einen Scheiß er dauernd verzapfte.

»Wir sind da.« Daniel hielt ihr die Tür auf.

In dem kargen Raum saß ein blasser, runder Mann, nicht jung,
nicht alt. Mit beiden Händen hielt er krampfhaft einen Plastikbe-
cher umschlungen, seine Augen irrten verstört im Raum herum,
wagten nicht, die beiden Polizisten anzusehen.

»Herr Schäfer«, begann Daniel, nachdem er seinen Kaffeebecher
auf den Tisch geknallt hatte, »Sie haben mit Ihrem Wagen ein junges Mädchen angefahren und dabei tödlich verletzt.«

»Es war ein Unfall«, flüsterte der alterslose Mann, »sie ist so
schnell auf die Fahrbahn gerannt, ich habe ihr nicht ausweichen
können. Ich habe doch sofort im Krankenhaus angerufen …«

»… sind aber weitergefahren«, hakte Daniel ein, »und haben keine
Erste Hilfe geleistet, nicht auf den Krankenwagen gewartet. Sie
haben das Mädchen einfach auf der Straße liegen lassen. Fahrerflucht, unterlassene Hilfeleistung nennt man das im Beamten-
deutsch. Ich drücke es lieber ein bisschen drastischer aus: Sie
haben sich wie ein beschissener Feigling verhalten. Hatten Sie an
diesem Abend zu viel Alkohol getrunken?«

Der Mann schüttelte den gesenkten Kopf.

»Wie schnell sind Sie gefahren? Achtzig? Hundert? Hundertzwanzig?«

»Ich habe gesehen, dass die Ampel gleich rot wird, und wollte
unbedingt noch vorher über die Kreuzung. Meine Frau war krank
an dem Abend, ich habe ihr aus der Nachtapotheke ein Medika-
ment geholt und wollte so schnell wie möglich wieder bei ihr sein.
Ganz plötzlich ist das Mädchen auf die Straße gesprungen, sie hat
nicht nach links und rechts geguckt. Sie kam zwischen zwei
Büschen hervor, ich habe sie einfach nicht gesehen.«

»Und dann?«

»Ich habe angehalten, ausgestiegen bin ich, habe gesehen, dass
sie tot war. Dann habe ich im Krankenhaus angerufen und bin
weitergefahren. Meine kranke Frau, wissen Sie. Mir ist erst sehr
viel später klar geworden, was ich getan habe …«

Wie klein der Schritt in eine Katastrophe ist, dachte Anja. Ein bisschen zu schnell gefahren, ein bisschen zu viel getrunken. Meist
ging's gut, die Leute hatten Glück. Der Mann hatte keines. Maureen war gestorben. Mit dieser Schuld musste er nun den Rest seines Lebens verbringen. Manche können so was wegdrängen, für
andere ist es die Hölle auf Erden.

»Wir haben hier eine Fotografie der Unglücksstelle«, hörte sie Daniel sagen. »Könnten sie mal bitte markieren, wo genau das Mädchen zwischen den Büschen herausgesprungen ist?« Der Mann zeigte ihnen die Stelle, unmittelbar neben der Einfahrt zum Waldparkplatz. Dahinter begann der Grüngürtel, erstreckte sich ein Fitnesspfad. Tagsüber parkten dort Sportler und Spaziergänger. Und nachts? Anja erinnerte sich, dass die Spurensicherung den Platz am Tag nach Maureens Tod untersucht hatte. Abends war das nicht gegangen, weil er komplett im Dunkeln gelegen hatte. Von diesem finsteren Ort musste Maureen in panischer Angst auf die Straße geflohen sein. Was war dort mit ihr geschehen?

»Ist dem Mädchen jemand gefolgt?«, fragte Anja.

Der Mann schüttelte den Kopf. »Es hat geregnet, kein Mensch war auf der Straße. In der Gegend geht doch nie einer über die Straße, da wohnt doch keiner! Da gibt's doch nur den Grüngürtel und auf der anderen Seite Kleingewerbe, abends ist da tote Hose.«

»Haben Sie einen Schuss gehört?« Daniel beugte sich zu ihm vor.

»Einen Schuss?« Der Mann verstand die Frage überhaupt nicht. »Sie war plötzlich da, ich habe sie nicht kommen sehen, wissen Sie, es hat doch geregnet …«

»Hat, nachdem Sie angehalten haben, ein Auto den Waldparkplatz verlassen?«, unterbrach ihn Anja.

»Ja«, nickte der Mann. »Hab mich noch gewundert, dass er einfach geradeaus die Geestemünder Straße weitergefahren ist. Der hat doch den Aufprall oder meine Bremsen hören müssen. Der Fahrer wollte bestimmt nichts mit der Sache zu tun haben.«

»Farbe, Fabrikat?«, fragte Daniel nach.

»Blau, was Sportliches«, berichtete er zögerlich, genauer konnte er sich nicht an den Wagen erinnern.

»Hatte das Mädchen einen Rucksack bei sich?«, wollte Anja noch wissen.

»Ich glaube nicht … Als sie mir vors Auto gelaufen ist, habe ich nicht darauf geachtet. Auf der Straße lag nur sie, nirgendwo ein Rucksack. Sie ist plötzlich aus dem Nichts aufgetaucht, wissen Sie, genau vors Auto ist sie mir gelaufen, ich bin sofort auf die Bremse getreten …«

»Das haben Sie uns bereits erzählt«, unterbrach ihn Daniel und sah Anja an. Sie hatte keine weiteren Fragen mehr. »Das war's«, bedeutete er dem Mann und verließ mit Anja den Verhörraum.

Anja war froh, das düstere Zimmer, dessen Wände schon viele verzweifelte, gemeine, feige, brutale oder einfach nur dämliche Geschichten gehört hatten, zu verlassen. Sie brauchte dringend einen frischen Kaffee. Als sie die fünfzig Cent in den Automaten warf, kam Daniel.

»Jetzt kennen wir das traurige Ende«, murmelte er.

»Ja«, bestätigte sie. »Den endgültigen Todesstoß hat ihr Mann Numero vier versetzt. Es fehlen uns immer noch die ersten drei. Der, der mit ihr geschlafen hat, und die zwei, die sie festgehalten haben. Was denkst du ist auf dem Waldparkplatz passiert?«

Daniel zuckte mit den Schultern. »Das Übliche«, brummte er.

»Doch eine versuchte Vergewaltigung?«

»Wovor ist sie sonst so panisch davongelaufen?«

»Wir werden es herausfinden«, sagte Anja bestimmt.

»Ja«, bestätigte Daniel müde. »Und wir machen mit diesem Mike weiter. Aber erstmal brauchen wir ein paar Stunden Schlaf. Gute Nacht, Anja.«

124 **19. April** Für Kitty begann der neue Tag so beschissen, wie der alte geendet hatte. Bereits um 7 Uhr, sie hatte noch nicht mal die Zähne geputzt, rief diese Polizistin bei ihr an. Sie hatte Kitty gestern auf der Rennbahn gesehen und wollte wissen, was auf dem Zettel stand, den Mike ihr gegeben hatte. Kein Satz, warum und wieso und was sie überhaupt auf der Rennbahn gesucht hatte, ob das mit dem toten Mädchen zusammenhing oder sonst was. »Da steht nichts, nur seine Unterschrift«, hatte sie gesagt.

»Und wie genau hat er unterschrieben?«

»M. Pflüger«, hatte sie Mikes Gekritzel entziffert und wirklich absolut gar nichts kapiert. Was wollte die Kommissarin von dem komischen Vogel? Mehr als dass sie ihn gelegentlich auf der Rennbahn gesehen hatte und von Florian wusste, dass er Wetten für andere Leute abschloss, hatte sie ihr nicht erzählen können.

»Du hast mir sehr geholfen«, sagte die Polizistin, sie klang wirklich dankbar, »und bitte, Kitty, ruf mich jederzeit an, wenn dir noch was zu Maureen einfällt. Manchmal erinnert man sich erst Tage oder Wochen später noch an ein kleines Detail. Und jetzt wünsch ich dir einen schönen Tag.«

Schöner Tag, von wegen. Montagmorgen, Deutsch in der ersten Stunde. Und die Altaner war immer so energiegeladen, so als würde sie vor jeder Unterrichtsstunde eine ganze Packung Fitness-Riegel futtern. Bei der konnte man nicht ungestört in die neue Woche hineindösen. Da war es gut, einen munteren Eindruck zu machen, weil jede Schläfrigkeit ihren Lehrerinnen-Ehrgeiz weckte und man dann keine ruhige Minute mehr hatte. Liebesgedichte standen auf dem Lehrplan, ausgerechnet.

»Liebe, das interessiert euch doch. Nichts ist spannender in eurem Alter als die Liebe!«, tönte die Altaner. »Ein Thema, immer wieder neu, aber so alt wie die Menschheit. Deshalb haben wir seit Anbeginn der Literatur auch Liebeslyrik. Ich habe euch ein Gedicht von Karoline von Günderode und eines von Bertold Brecht mitgebracht. Wir bilden vier Gruppen, jeweils zwei zu einem Gedicht. Lest das Gedicht, versucht es mit euren eigenen Worten wiederzugeben und untersucht dann den formalen und sprachlichen Aufbau.«

Leichtes bis schweres Stöhnen, Stühlerücken, Blätter, die durchgereicht wurden. Kitty sah, wie Karla sich mit eisiger Miene auf den letzten freien Platz von Gruppe A setzte. Sie hatte heute noch kein Wort mit ihr gesprochen, nicht mal Hallo gesagt, als sie ins Klassenzimmer gekommen war.

»Kitty! Frühlings Blumen treu/ Kommen zurück aufs neu/ Nicht so der Liebe Glück – Günderode, das ist doch was für dich. Auf, auf. In Gruppe C ist noch ein Plätzchen frei«, scheuchte die Altaner sie von ihrem Sitz.

So quälte sie sich in den nächsten dreißig Minuten mit Fünfzeilern und Klammerreimen herum und las so merkwürdige Sätze wie »Kann Lieb so unlieb sein/ Von mir so fern, was mein?/ Kann Lust so schmerzlich sein?/ Untreu so herzlich sein/ O Wonn, o Pein.« Gott, die Frau musste sehr unglücklich verliebt gewesen sein, um so einen Schwachsinn zu dichten! Dass Lust allerdings schmerzlich sein konnte, das verstand Kitty. Sie hätte es nie so ausgedrückt, aber wenn sie an Florian und Karla und den ganzen Kuddelmuddel dachte, ja, dafür waren Lust und Schmerz schon die richtigen Worte. Aber dann die letzten Strophe wieder ganz katastrophal: »Phönix der Lieblichkeit/ Dich trägt dein Fittich weit.« Was war noch mal ein Phönix?

»Ein Phönix, meine Lieben«, erklärte da die Altaner prompt, »ist im Märchen ein drachenähnliches Tier und bei den alten Römern der Inbegriff des sich stets neu Erschaffenden. Ihr kennt vielleicht den Begriff ›Wie Phönix aus der Asche‹. Günderode spricht also davon, dass sich die Liebe stets erneuert oder neu erschafft.« Das ist doch ein Trost für Karla, dachte Kitty. Auf Florian folgt eine neue Liebe. Und dann würde Karla glücklich sein, so glücklich wie sie jetzt mit Florian war. Aber tief im Innern spürte Kitty, dass es nicht so einfach sein würde, dass die Liebe nicht märchenhaft, sondern sehr kompliziert war. In Florian verliebt sein, war toll. Aber nicht mehr mit Karla reden zu können, war furchtbar. Sie so feindselig zu erleben, tat weh. Wenn sie sich ihr Leben wie einen Turm vorstellte, so wurde der in den letzten Wochen immer wackliger, weil alle Grundmauern bröckelten. Der Stress mit Anna, die Angst um ihren Vater, der dauernde Ärger mit den Noten, und jetzt noch der Konflikt mit Karla. Dabei hatten sie sich geschworen, sich niemals von einem Jungen auseinanderbringen zu lassen. Aber das war, bevor dieser Liebeswirrwarr begann. O Wonn, o Pein. O nein, o nein. Sie würde Karla in der großen Pause beim Kiosk an der Ecke einen Kaffee spendieren. Ihr sagen, wie wichtig sie ihr war und wie blöd sie diese ganze Situation fand. Vielleicht würde Karla dann wieder lächeln, ganz die Alte sein.

Aber in der Pause kam Karla nicht zu ihrem Plätzchen unter dem Holunderbusch. Sie stand weit weg, neben dem Gestänge des Basketballkorbs, und redete mit Stella. Als Kitty ihr signalisierte, dass sie zwei Kaffees holen würde, schüttelte sie nur den Kopf und vertiefte sich wieder in das Gespräch mit dieser langweiligen Stella, die eigentlich nie den Mund aufkriegte, aber jetzt wie ein Wasserfall redete. Zwischendurch schnäuzte sie sich. Weinte die? Noch eine mit Problemen. Schien eine echte Seuche zu sein. Mit ihr redete Karla, ihr hörte sie zu. Obwohl sie sie nur aus dem Gitarrenunterricht kannte, nur ein bisschen mit ihr befreundet war! Kitty verstand Karla nicht mehr. Litt sie nicht unter der Situation? Vermisste sie nicht die vertraute Nähe zu ihr? Es klingelte. Kitty war froh, dass die Pause zu Ende war.

In Mathe bekamen sie die Arbeit zurück. Eine Fünf plus! Warum keine Vier minus?»In den nächsten Wochen ein bisschen mehr Mitarbeit, sonst seh ich schwarz für dich, Kitty«, sagte der Brauser, als er ihr die Arbeit zurückgab.

Kitty nickte stumm. Ihr reichten die Faustschläge des heutigen Tages. Aber es blieb nicht dabei. Zum Mittagessen servierte ihr Anna grässliche Dinkelburger und die Telefonrechnung. Alle Handygespräche, die sie geführt hatte, waren rot markiert, die Kosten addiert. 41 Euro und 53 Cent. Flatrate fürs Festnetz, Handygespräche nur in Notfällen, hatten sie alles schon mehrmals durchgekaut. Aber es gab eben immer wieder Notfälle, verdammt noch mal. Zwei Wochen kein Taschengeld, verfügte Anna. Der einzige Vorteil dieses Telefonterrors bestand darin, dass Anna vergaß, nach der Mathearbeit zu fragen. Hätte Kitty eigentlich gleich noch nachschieben sollen, der Tag war eh nicht mehr zu retten. Stattdessen sperrte sie sich in ihr Zimmer ein, suchte sich aus ihren DVDs»Moulin Rouge« heraus. Der beste Liebesfilm aller Zeiten, mit der besten Liebesszene aller Zeiten. Die zappte sie sich heraus, und schon hörte sie den jungen, armen, aber begabten Dichter auf dem Dach des Elefantenhauses singen:»I will love you till the end of times.« Sie sang mit. Sie hatte sofort gewusst, dass er mit diesem Lied das Herz der schönen Kurtisane gewinnen würde. Und tatsächlich. Sie überwinden alle Hindernisse, durchkreuzen alle Intrigen, riskieren ihr Leben, und dann am Ende, als sie endlich wieder zusammen sind, da spuckt die schöne Kurtisane Blut und stirbt. Und er singt noch einmal:»I will love you till the end of times.« Das war so schön und gleichzeitig so traurig, dass sie jedes Mal eine Gänsehaut bekam. Ob Florian das auch für sie singen würde? Na ja, singen war vielleicht zu viel verlangt. Ob er es sagen könnte, aus tiefster Überzeugung? So wie sie. Sie würde ihm gerne sagen:»I will love you till the end of times.«

Sie hatte ihn nicht in der Schule getroffen. Okay, die Elfer durften während der Pause raus, kein Wunder also. Aber er hätte doch mal einen kurzen Blick in den Pausenhof werfen, ihr einen kleinen Luftkuss schicken können. O Gott! Ihr Handy war noch aus. Vielleicht hatte er längst angerufen oder ihr eine SMS geschickt? Leider nicht, musste sie feststellen. Ob sie ihn anrufen sollte? Oder war das aufdringlich? Ach Quatsch! Ganz schnell wählte sie die Nummer, drückte auf Verbinden.

»Ja?« Seine Stimme klang genervt.

»Hi, ich bin's«, sagte sie so locker wie sie nur klingen konnte. »Wollte mal hören, wie es dir geht.«

»Sorry, ich kann grad nicht.«

Ende. Funkstille. Kitty hielt immer noch das Handy ans Ohr, weil sie hoffte, dass sie sich verhört hatte. Nichts. Gar nichts. Er hatte wirklich nicht mit ihr sprechen wollen, sie mit einem einzigen Satz abgespeist. Stress mit seinem Vater? Oder dieser Ich-weiß-nicht-was-für-ein-Stress mit Enno und Jan, von dem Karla gesprochen hatte? Und selbst wenn, hätte er »Ich kann grad nicht« nicht anders sagen können? Bedauernder, sehnsüchtiger oder so? Jess-Typen, von denen sollte man die Finger lassen ...

Ihr Handy klingelte. Sofort wischte Kitty alle Zweifel weg. Bestimmt wollte Florian sich entschuldigen, ihr sagen, dass alles ein Riesenirrtum war.

»Zuckerschnecke, so geht das nicht!«, legte ihr Vater los und vergaß zum ersten Mal »Wie geht's, wie steht's« zu sagen.»Du kannst nicht einfach auflegen, wenn dir etwas nicht passt! Natürlich fahren wir zwei nach London. Natürlich machen wir unser Programm, aber zwischendurch wird auch Zeit für Sabine sein. Du kannst sie nicht wie Luft behandeln. Sie ist meine Freundin, sie gehört zu meinem Leben, und ich will, dass du das akzeptierst.«

Immer mehr fühlte Kitty sich wie in einem Boxkampf, wo sie einen Hieb nach dem anderen kassierte. »Glaub mir, es wird bestimmt schön mit ihr in London«, fuhr ihr Vater fort. »Sie kennt die Stadt wie ihre Westentasche, und was Shoppen angeht, kann sie dir bestimmt 'ne Menge Geheimtipps geben. Sie kann uns Karten für ein Musical besorgen. ›Billy Elliot‹ im Victoria Palace. Muss sensationell gut sein. Willst du mit? Soll sie zwei oder drei Karten kaufen?«

Kitty war unfähig zu antworten, fühlte einzig, wie die Schläge weiter auf sie einprasselten. Ihr war nur noch zum Heulen. Alles war schlimmer als ihre schlimmsten Befürchtungen. Sie musste ihrem Vater endlich die Augen öffnen.

»Sie hat mir gedroht, Papa«, schluchzte sie. »Sie hat gesagt, dass ich dich nicht mehr sehen kann. Sie wickelt dich um den Finger, und du merkst es nicht! Sie ist gemein und hinterhältig.«

»Also Kitty, jetzt erzähl keine Lügengeschichten!«, schnitt ihr Tom das Wort ab. »So etwas würde Sabine nie tun! Sie mag dich, das hat sie mir schon mehr als einmal gesagt. Auch wenn du manchmal schwierig und unausstehlich bist und sie mir vorwirft, dass ich dich maßlos verwöhne! Hat sie vielleicht nicht ganz unrecht mit, wenn ich mir dein Getue jetzt anhöre ...«

Kitty drückte wieder die Off-Taste, warf sich auf ihr Bett und vergrub das Gesicht tief in ihrem Kopfkissen. Es war zu viel. So viele Schläge vertrug kein Mensch. Sie sehnte sich nach einem Sprung ins Schwimmbecken, der sie gleichzeitig in die Tiefe riss und wieder in die Höhe zog.

Mit einem Mal füllte sich ihr Körper mit Zorn, mit geballtem Zorn. Die Hauptursache für ihr Elend hatte einen Namen: Sabine Jansen. Seit diese Frau mit ihrem Vater zusammen war, rutschte ihr Leben aus der Bahn. Bis dahin war Tom doch ihre feste Burg, der Fels in der wilden Brandung, ihr Vater, ihr Kumpel, ihr Beschützer gewesen. Sie musste verhindern, dass diese Frau ihn ihr wegnahm. Und ganz plötzlich wusste sie, wie.

Sie durfte nicht nachdenken, alles musste schnell gehen. Sie griff sich Jacke, Umhängetasche, Schlüssel. Nicht die Bahn, das Fahrrad war besser. Sie brauchte keine zehn Minuten bis zur Rennbahn, eierte auf dem Sandweg dem kleinen Wäldchen mit der alten Hütte zu. Hektor begrüßte sie mit einem kurzen Wiehern, als sie an seinem Stall vorbeiradelte. Von den Stallburschen war keiner zu sehen, nur ein paar Elstern lärmten in den Bäumen. Die Hütte lag im Halbschatten, ein paar Karnickel hüpften ins Gebüsch, als sie auf sie zuging. Schnell schob sie das lose Brett zur Seite. Die Waffe war noch da, steckte immer noch in der roten Plastiktüte. Sie zog sie heraus, wog sie in der Hand. Nicht schwer, vielleicht wie ein mitteldickes Buch, nicht größer als ein CD-Player. Sie steckte sie in ihre Umhängetasche.

Sabines Reisebüro lag an den Ringen. Sie wusste, wo, ihr Vater hatte es ihr einmal gezeigt. Mit dem Fahrrad höchstens fünfzehn Minuten. Der Zorn radelte mit. Scheuchte sie über die Radwege, trieb sie direkt in Sabines Büro, wo sie die Tür hinter sich zuknallte und die Waffe zog.

»Du rufst jetzt sofort meinen Vater an und sagst ihm, dass du nicht nach London fahren kannst«, befahl Kitty.

Sabine hob beschwichtigend die Hände, sagte auch etwas, aber Kitty hörte nicht hin. Als sie hinter ihrem Schreibtisch vorkommen wollte, drängte Kitty sie mit der Waffe zurück.

»Du rufst ihn an und damit basta!«

Jetzt griff Sabine Jansen tatsächlich zum Telefon. »Tom?«, sagte sie. »Ja, Kitty steht hier. Ich glaube, es ist besser ...«

Weiter kam sie nicht, denn da drückte Kitty ab.

Mit dem Nachnamen, den Kitty ihr genannt hatte, war es für Anja ein Leichtes gewesen, die Adresse von Michael Pflüger zu finden. Beim Kölner Einwohnermeldeamt war nur ein Michael Pflüger im entsprechenden Alter registriert. Und der war am Bauwagenplatz in der Krefelder Straße gemeldet.

Eddie parkte vor dem Gebäude für Abfallwirtschaft. »Wir sind da!« Er deutete auf einen bunt gestrichenen Lattenzaun, hinter dem Straßenrandgestrüpp wucherte. Auf dem verzogenen Eingangstor stand handgemalt, in großen blauen Buchstaben: »Wem gehört die Welt?«

Sie zogen das wackelige Tor auf. Drinnen bellten ein paar Hunde, die sofort angelaufen kamen. Sonst begrüßte sie niemand. Die Bauwagen waren ringförmig um einen freien Platz in der Mitte gruppiert. Einige waren bunt und fröhlich angemalt, wie ein echtes Zuhause. Gartenstühle und eine Bank wiesen den Platz in der

Mitte als Treffpunkt aus. Wie auf einem Campingplatz standen hier auch die sanitären Anlagen. Als Erstes sahen sie ein Mädchen. Mit einem Handtuchturban auf dem Kopf stieg sie aus dem Duschwagen. Sie fragten nach Mike. Das Mädchen wies auf einen grünen Wagen ganz hinten. Die Hunde begleiteten sie. Aus einigen Wagen stieg dünner Rauch auf, aus anderen strömten Essensdünste. In der Luft hing der Geruch von verbranntem Holz. Wie ein Klangteppich lag der Autolärm der Inneren Kanalstraße über dem Platz. Sie stiegen die schmale Holztreppe zu Mikes Wagen hinauf und klopften.

»Sieh mal an.« Mike betrachtete Anja von unten bis oben. »Hatte doch gestern schon im Urin, dass du ein Bulle bist. Was wollt ihr?«

»Maureen Schmitz«, sagte Eddie. »Können wir reinkommen?«

»Tut euch keinen Zwang an! Könnt vielleicht ein bisschen eng werden. Bin grade am Umbauen.«

Zwischen einen Stapel Holzbalken und eine Werkbank schob Mike zwei Hocker. In der anderen Ecke des Wagens konnte Anja eine Kochzeile ausmachen. In der Spüle stapelte sich schmutziges Geschirr. An die Wand dahinter war als Graffiti »Freiheit ist immer die Freiheit des anderen« gesprüht. Mike wies auf die Hocker und lehnte sich mit verschränkten Armen an die Werkbank. Anja bemerkte Eddies Heimwerkerblick, mit dem er Mikes Hochbett begutachtete.

»Wenn die Kleine mal wieder von zu Hause ausgebüchst ist, da kann ich euch nicht helfen«, stellte Mike klar.

»Wenn haben Sie Maureen zum letzten Mal gesehen?«, fragte Anja.

»Ist ein paar Tage her, da hat sie bei mir gepennt. Was is'n los mit ihr? Hat sie 'ne Bank ausgeraubt, oder weshalb seid ihr hinter ihr her?«

Er hat keine Ahnung, dass sie tot ist, oder er tut nur so, dachte Anja, und Eddie besann sich darauf, dass er hier als Polizist war, und fragte: »Die Kratzer an Ihrem Arm, woher stammen die?«

»Was soll'n das werden, wenn's fertig ist? Ein Verhör oder was? Sagt doch einfach, was Sache ist! Das macht's einfacher!« Mike grinste sie herausfordernd an.

Er weiß wirklich nicht, dass sie tot ist, sonst würde er nicht so

verdamt selbstgefällig sein. Anja fragte sich, was Maureen an
dem Typ gefunden hatte.

»Die Kratzer«, wiederholte Eddie.

»O Mann, siehste denn nicht, dass ich hier baue? Siehste nicht,
wie rau die Holzbalken sind? Daher sind die Schrammen.«

»Hat sie das öfter gemacht? Hier gepennt?«, fragte Anja.

»Klar. Kam vor. Sie ist ein klasse Mädchen, keine von den Schnit-
ten, die nur Kirmes und Klamotten im Kopp haben. Mit der kann
man richtig ernsthaft quatschen!«

»Über was haben Sie beide geredet?«

»Wisst ihr, dass ihr hier wirklich 'ne miese Bullennummer abzieht?
Ich soll über Maureen labern, aber ihr sagt mir nicht, warum.«
Dann schwieg er, kramte Tabak aus der Hosentasche und drehte
sehr langsam eine Zigarette.

»Wir können das Gespräch auch auf dem Präsidium fortsetzen«,
drohte Eddie.

»Genau das meine ich! Immer die Peitsche schwingen, anstatt den
Bürger mal über Hintergründe aufklären. Es wird ja immer behauptet, dass in den Polizeischulen heute eher Aufklärung und Bürger-
nähe unterrichtet wird, aber wenn ich mir euch so anhöre, kann
ich's nicht glauben.«

Anja stand auf. »Komm«, sagte sie zu Eddie. »Wir nehmen ihn
mit!«

Mike hob abwehrend die Hände. »Ihr sitzt am längeren Hebel«,
seufzte er. »Also, was wollt ihr wissen? Ich quatsche mit Maureen
über so vieles. Umgang mit Bullen gehört auch dazu. Sie verdün-
nisiert sich am liebsten, wenn Ärger droht. Ich sag ihr immer:
Rede! Verteidige deine Position. Ziviler Ungehorsam, schon mal
was davon gehört? Mit Bullen hat sie sich kaum angelegt, aber
immer wieder Ärger mit ihrem Alten, dem Sanitärmeister! Soll sie
auch werden und dann den Laden übernehmen. Wasserrohrbrü-
che, Warmwasserboiler, Badewannen und so weiter. Und natürlich
Geld scheffeln wie der Herr Papa. Will sie aber nicht! Find ich richtig! Man muss nicht tun, was die Alten sagen. Nur durch Widerstand schafft man die Ablösung. Krach schlagen, weglaufen, die
ganze Palette. Die Jungen müssen weg von den Alten, das kapiert
heute kaum einer mehr. Ich hab da viel drüber nachgedacht. Nun
ja, hab ja auch Zeit als Privatier.«

»Privatier?«, spottete Eddie.

»Klar, Bulle, du denkst natürlich sofort an freundliche Umschrei-
bung für Hartz IV oder so, aber nix da. Ich brauch keine Staatskne-
te. Hab nämlich mal beim Pferderennen gewonnen. Wenn ich
sparsam damit umgehe, kann ich von der Kohle ein paar Jahre
leben. So schaut's aus. Als unabhängiger Geist, wenn ihr wisst,
was ich meine!«

»Haben Sie noch was anderes gemacht als gequatscht?«, fragte Anja.
Mike grinste wieder und verdrehte die Augen. »Daher weht der
Wind. Seid ihr von der Sitte oder was? Aber ihr könnt mir nichts
anhängen. Die Kleine ist achtzehn, die kann selbst entscheiden,
mit wem sie's treiben will.« Er grinste Eddie kumpelhaft an.

»Sie war sechzehn«, sagte der.

»Sechzehn? Ne, das glaub ich nicht.« Er schüttelte ungläubig den
Kopf. »Jetzt lasst mal die Kirche im Dorf, da könnt ihr mir nichts.
Oder lässt du dir von jeder Braut den Perso zeigen, bevor du mit
ihr ins Bett steigst?«

»Sie ist tot«, sagte Anja.

Für einen kurzen Augenblick wirkte Mike geschockt, aber dann
schüttelte er den Kopf. »Jetzt hört mal auf mit der Hardcore-Num-
mer! Wollt ihr mir Angst einjagen oder was? Die Wildkatze ist
nicht tot, die hat sieben Leben. Die kann besser auf sich aufpassen
als jeder andere, hatte doch sogar 'ne Waffe mit, als sie letztes Mal
hier gepennt hat.«

Anja und Eddie wechselten einen Blick. »Eine Waffe?«, fragte Anja
dann.

»Hab sie in ihrem Rucksack entdeckt, als ich nachts auf dem Weg
zum Pinkeln drübergestolpert bin. Ja, so ein kleines Dings, Pistole
wahrscheinlich, ich kenn mich da nicht aus. Ich hab sie am nächsten Morgen danach gefragt. ›Zur Selbstverteidigung‹, hat sie
gesagt. ›Und woher haste die‹, wollt ich wissen. ›Ist von meinem
Alten. Hab sie ihm weggenommen, damit er nicht mehr damit
rumballern kann.‹«

»Und dann?«, fragte Anja.

»Wie und dann? ›Man sieht sich‹, hat sie gesagt, wie immer. Dann
ist sie putzmunter abgezogen. Keine Ahnung, wohin. Hat sie nie
gesagt, und ich wollt's nicht wissen. So, und jetzt sagt mir endlich,
weshalb ihr nach ihr sucht!«

»Sie wurde von einem Auto überfahren, und davor ist auf sie geschossen worden«, berichtete Eddie. »Sie ist tot.«

Mike schüttelte wieder den Kopf, verschränkte die Arme und wankte wie in Trance hin und her. »Das is' ein Albtraum«, murmelte er. »Ihr seid ein Albtraum und überhaupt nicht hier. Gleich geht die Tür auf, und die Wildkatze stürmt herein. ›Hallo Miki‹, wird sie sagen, ›haste was zu futtern für mich?‹ Und ich sag: ›Hab geträumt, dass du tot bist!‹ ›Spinner‹, sagt sie, ›du weißt doch genau: Solche wie ich sind nicht kleinzukriegen.‹«

»Wir brauchen eine Speichelprobe von Ihnen«, sagte Anja.

»Nehmt doch, was ihr wollt«, murmelte Mike. »Und dann haut endlich ab. Die kleine Wildkatze taucht nicht auf, solange ihr da seid. Also macht die Fliege!«

Willig öffnete er den Mund, als Eddie ein Wattestäbchen auspackte. Mit verschränkten Armen und geschlossenen Augen schwankte er weiter hin und her, summte eine nicht erkennbare Melodie. Anja und Eddie sahen sich ratlos an.

»Bis zu dem Ergebnis der DNA-Probe dürfen Sie die Stadt nicht verlassen«, belehrte Anja Mike, aber sie merkte, dass der sie überhaupt nicht hörte. Er war irgendwo ganz anders. Er wartete darauf, dass die Tür aufging und Maureen hereinkam. »Wir kommen wieder«, sagte sie und folgte Eddie hinaus ins Freie.

Die Hunde turnten sofort wieder um sie herum, diesmal waren sie Anja lästig.

»Glaubst du ihm?« Ein Müllwagen, der rumpelnd auf den Hof fuhr, übertönte Anjas Stimme. Er war so laut, dass sie das Klingeln ihres Handys nicht hörte, nur auf die Vibration in ihrer Hosentasche reagierte. Sie hielt sich ein Ohr zu, brüllte, ging ein paar Schritte, um Daniel zu verstehen. Er erzählte, dass die Wasserschutzpolizei Maureens Rucksack in einem Ufergestrüpp im Rhein auf der Höhe von Zündorf gefunden hatte.

»Schulsachen, Portemonnaie, das Übliche«, berichtete er.

Endlich stellte der Müllwagen den Motor ab.

»Daniel«, sagte sie, wieder mit normaler Stimme. »Maureen hatte eine Waffe bei sich. Der harte Gegenstand in ihrem Rucksack, von dem Kitty Delaste gesprochen hat, das war eine Waffe.«

»Die Walther? Ihr gehörte die Walther? Du liebe Scheiße! In ihrem Rucksack ist die nicht mehr!«

»Der Schütze hat sie. Sie kann nicht auf sich selbst geschossen haben!«

»Wann könnt ihr hier sein?«, fragte er. »Ich trommele die Soko zusammen!«

»In zehn Minuten!« Anja drückte die Off-Taste und sah Eddie an: »Also, was denkst du?«

»Er hat Kratzspuren am Arm, er weiß von der Waffe, er hatte eine enge Bindung an das Mädchen«, zählte Eddie auf. »Und wir haben seine DNA. Glauben hilft in unserem Job nicht weiter. Meier wird schnell feststellen, ob er was damit zu tun hat oder nicht.«

»Ist ja alles richtig, aber du weißt doch selbst, dass uns manchmal der ganze Wissenschaftskram nicht weiterhilft. Und dann können wir uns nur auf unseren Instinkt verlassen. Also?«

»Schwer zu sagen«, meinte Eddie und startete den Wagen. »Auf den ersten Blick würde ich sagen, er ist sauber. Wusste nicht mal, dass sie tot ist. Oder aber er ist ein verdammt guter Schauspieler. Ich meine, einer, der sich Privatier nennt, ist schon ein bisschen abgedreht, oder? Frag mich wirklich, was Maureen an dem gefunden hat.«

»Vielleicht hat er geheime Qualitäten, die wir nicht sehen können?«, spekulierte Anja. »So großtuerisch sein Gequatsche war, ich denke, er hat Maureen wirklich gern gehabt. In dem Punkt hat er versucht, uns was vorzumachen. Das war nicht so eine lockere Beziehung; mal komm ich, mal komm ich nicht. Das war mehr.«

Regen machte die Kapuze seines Sweatshirts schwer, als Jan in Richtung Rennbahn stiefelte. Enno hatte die Jockeyschule als Treffpunkt vorgeschlagen, weil sie dort ungestört quatschen konnten. Wenn keine Kurse waren, lieh sein Trainer ihm gelegentlich den Schlüssel, damit er auf den Holzpferden üben konnte. Manchmal begleitete ihn Jan, riskierte einen Ritt auf einem der zwei originalgroßen Holzpferde, die sich mittels Knopfdruck in wilde Rodeohengste verwandeln konnten. Von langsam bis sehr schnell ließ sich das Tempo eines Rennens simulieren. Auf diesen Holzdingern übten zukünftige Jockeys Stehfestigkeit und Gleichgewicht. Weil jeder dabei immer wieder vom Pferd flog, hatten die Holzrösser keine Beine. Jan hatte es ein einziges Mal geschafft, bei Geschwindigkeitsstufe zwei nicht abgeworfen zu werden, Ennos

Training fing in der Zwischenzeit bei zehn an. Jetzt hockte er rittlings auf einem Stuhl, hinter sich die große Schautafel, auf der der Muskelaufbau eines Pferdes dargestellt war, Florian lehnte an der gegenüberliegenden Wand, an der die Stammbäume berühmter Rennpferde hingen. Er hatte ein Sixpack mitgebracht und zog die Lasche der ersten Dose Bier auf.

Jan hockte sich auf eines der Holzpferde und kam sich selbst wie ein solches vor. Fremdgesteuert. Nur auf Befehl handelnd. Enno wollte über »die Sache am Spielplatz« reden, also war er hergekommen.

»Die Bullen waren wegen Maureen auf der Rennbahn«, berichtete Enno. »Bestimmt fragen sie nicht nur da nach ihr. Und wenn uns jemand mit ihr auf dem Spielplatz gesehen hat, dann sind wir dran.«

Jan beugte sich vor, griff nach einer der Bierdosen, ignorierte Florians feindseligen Blick und sagte nichts. Auch Florian machte den Mund nicht auf.

»Also«, fuhr Enno fort, »ich bin dafür, dass wir bei den Bullen auflaufen und erzählen, was passiert ist. Das ist besser, als zu warten, bis sie bei einem von uns aufkreuzen. Wir haben Scheiße gebaut und sollten dazu stehen.«

»Wir haben Scheiße gebaut und sollten dazu stehen«, wiederholte Florian mit Wut in der Stimme. »Du redest echt Scheiße, Mann! Klar, du bist bei der Sache fein raus, kassierst höchstens ein paar Sozialstunden, aber ich wandere dafür in den Knast. Schon mal daran gedacht?«

»Wenn wir von uns aus zu den Bullen gehen, dann können wir überlegen, was wir sagen«, machte Enno weiter. »Ich denk, wir können die Story so hinbiegen, dass wir dich ein Stück aus der Schusslinie nehmen. Was denkst du, Jan?«

»Bei den Bullen Storys hinbiegen, geht selten gut. Die fragen und fragen und fragen, und irgendwann verplapperst du dich!«, warnte Florian.

Schusslinie, dachte Jan. Warum hatte niemand Maureen aus der Schusslinie genommen? Warum war er mit den anderen weggelaufen und hatte sich nicht um sie gekümmert?

»Jan?«, wiederholte Enno.

»Ich hätte nicht weglaufen dürfen«, murmelte Jan.

»Du hättest vor allem nicht rumposaunen sollen, dass sie eine Waffe bei sich hat«, giftete Florian.

Er war wieder in dieser aggressiven Stimmung, die Jan oft Angst machte. Heute jedoch nicht. Was konnte ihm Florian schon antun? Er konnte ihm eine in die Fresse hauen, aber der Schmerz war nichts im Vergleich zu dem, den ihm Maureens Verlust bereitete.

»Mit hätten, hätten, hätten kommen wir überhaupt nicht weiter«, meldete sich Enno schnell. »Also, ich stell mir die Story so vor: Jan hat Maureen zufällig an der Rennbahn getroffen und zu unserem Treffen mitgebracht. Wir haben über dies und das gequatscht und Blödsinn gemacht. Als Florian und Maureen probiert haben, sich mit der Schaukel zu überschlagen, ist Maureen die Pistole aus der Jacke gefallen. Jan und ich haben uns auf die Waffe gestürzt, um sie aufzuheben. Dabei hat sich zufällig ein Schuss gelöst, und der hat Maureen verletzt. Die war dann total sauer auf uns und ist abgehauen. Wir sind davon ausgegangen, dass sie nach Hause gelaufen ist ...«

Jan hörte nicht zu. Er war wieder auf dem Spielplatz. Es war schon dunkel gewesen an jenem Abend. Von einer Straßenlaterne war ein schwaches Licht auf Sandkasten und Spielgeräte gefallen. Nachts war dies kein freundlicher Ort. Sie saßen zu viert auf drei kleinen Schaukelpferdchen. Im Sand hatte ein Kind einen kleinen Plastikbagger vergessen, den Enno und Florian zwischen sich hin und her kickten.

»Wo kommste her?«, hatte Florian Maureen gefragt.

»Von der anderen Rheinseite, ziemlich weit draußen. Da ist nur tote Hose.«

»Geile Lederjacke.« Florian schickte ihr einen bewundernden Blick. »Sieht echt heiß aus.«

Maureen lachte, und Jan, der mit ihr auf dem gleichen Schaukelpferd saß, schlang seine Arme um ihre Taille. Maureen löste die Umarmung, sprang auf und rannte zur Schaukel. »Los«, rief sie. »Wer schafft es am höchsten?«

Sofort war Florian bei der zweiten Schaukel und schwang sich Stoß für Stoß nach oben. Beide lachten. Jan hockte immer noch auf dem Schaukelpferd. Sein Bauch schmerzte. Er rieb sich die

Stelle am Handgelenk, die Maureen umfasst hatte, um sich aus seiner Umarmung zu lösen. Enno kickte ihm den Plastikbagger zu. Jan merkte es nicht. Er starrte auf die beiden Schaukeln, auf Maureen und Florian, die sich immer weiter in die Höhe schwangen. Zwei schwarze Silhouetten im Gleichklang. Jeder Stoß in den Himmel ein Stoß in Jans Magengrube.

»Sie hat eine echte Pistole«, sagte er in den Nachthimmel hinein, »in ihrer Jackentasche.«

Maureen wartete nicht, bis die Schaukel wieder unten war. Sie sprang von ganz oben, ihre schweren Stiefel gruben sich tief in den Sand. Dann schoss sie auf ihn zu. »Was erzählst du denn für einen Scheiß!« Sie schubste ihn.

»Wieso Scheiß? Ich hab doch genau gesehen, wie du die Waffe aus deinem Rucksack genommen und in deine Jacke gesteckt hast!« Jans Stimme zitterte.

»Spanner!«, brüllte sie und spuckte auf den Boden. »Ihr könnt mich alle mal. Ich hau ab!«

Jan war unfähig zu antworten. Festgeschweißt auf dem Schaukelpferd sah er, wie Maureen mit wütenden Schritten zum Ausgang stapfte. Florian lief hinter ihr her, griff sie am Arm, wirbelte sie herum.

»Cool down«, meinte er. »Was regst du dich überhaupt auf wegen so was? Was hast du denn für eine Waffe? Zeig doch mal!«

Maureen fuhr ihre Fingernägel aus und bohrte sie so lange in seine Backe, bis Florian sie losließ. Dann lief sie weiter. Florian hechtete hinter ihr her, begrub sie unter sich auf dem Sandboden. Maureen griff mit der rechten Hand nach hinten, bekam Florians Locken zu fassen und riss daran. Damit Maureen losließ, musste sich Florian zur Seite rollen. Maureen ging in die Knie und schüttelte sich den Sand aus den Haaren. Florian rollte sich zurück und hielt plötzlich die Pistole in der Hand.

»Aufhören, sofort aufhören!«, schrie Enno und stürmte auf die Kämpfenden zu.

Jan konnte sich immer noch nicht bewegen. Auch nicht, als der Schuss fiel, Florian die Waffe wegwarf, Enno stehen blieb, Maureen taumelte, Blut in den Sand tropfte, die Origami-Papierchen zu Boden flatterten. Heute wusste er, dass es gemeine Eifersucht gewesen war, die ihn gelähmt hatte. Damals hatte er nicht denken können. Sein Gehirn war genauso ausgeschaltet gewesen wie seine Beine.

»Wenn wir die Geschichte so erzählen, dann lassen wir nur ganz wenig weg. Und uns kann keiner was«, versuchte Enno die beiden zu überzeugen. »Also: Was haltet ihr davon?«

»Ich versteh immer noch nicht, warum du zu den Bullen rennen willst«, warf Florian ein. »Außer uns war keiner auf dem Spielplatz. Keiner hat gesehen, was passiert ist. Und wenn wir drei dichthalten, kommt nichts raus.«

»Es geht nicht nur um den Spielplatz«, erwiderte Enno. »Jan hat Maureen auf der Rennbahn getroffen, mit zu sich nach Hause genommen. Unwahrscheinlich, dass ihn niemand mit ihr gesehen hat!«

»Wir sollen also für Jan den Kopf hinhalten. Das willst du doch sagen, oder? Sorry, Leute, bei dem Ärger, den ich an der Backe habe, kann ich mir keinen zusätzlichen leisten!« Florian stieß sich von der Wand ab und warf Jan einen wütenden Blick zu, bevor er nach der nächsten Bierdose griff.

»Du tust grade so, als hätte Jan uns das alles eingebrockt«, versuchte es Enno weiter. »Dabei weißt du genau, dass es nicht stimmt. Also, ich finde meinen Vorschlag am besten. Jan, jetzt sag doch auch mal was!«

»Ich will wissen, ob du abgedrückt hast.« Er sprach leise, sah Florian nicht an.

»Das tut nichts zur Sache, Mann!«, brüllte Florian und kickte eine leere Bierdose gegen das linke Holzpferd. »Plötzlich hatte ich das Ding in der Hand, und dann hat es schon gekracht. Woher hätte ich denn wissen sollen, dass die Pistole scharf war? Das hast du nämlich nicht herumposaunt! Warum hast du überhaupt davon angefangen?« Wieder und wieder kickte er die Dose gegen die Holzpferde, füllte den Raum mit blechernem Lärm, bis Enno vorschnellte und die zerbeulte Dose einkassierte. In die Stille hinein wagte keiner etwas zu sagen. Von draußen drang das Geräusch von Regen in den Raum, und plötzlich hörten sie sehr deutlich Schritte, die eilig näher kamen. Enno sprintete zur Tür, ließ Sergio herein.

»Karla hat gemeint, dass ich euch hier finde. Ist Florian auch da?«

»Na, der hat mir grade noch gefehlt«, spuckte Florian aus, als Sergio eintrat.

»Also!« Sergio machte einen Schritt auf ihn zu. »Hast du das Geld?«

»Bin ich Paris Hilton? Kannst du mir sagen, woher ich sechshundert Euro nehmen soll?«, blaffte Florian.

»Ich finde, ich habe lange genug gewartet. Es ist fünf Wochen her, dass du meinen Roller zu Schrott gefahren hast. Immer wieder hast du mir vorgejammert, dass du deinem Alten nicht damit kommen kannst vor der Gerichtsverhandlung. Die ist jetzt aber schon ein paar Tage vorbei. Entweder redest du jetzt mit ihm, oder ich sag es ihm!« Sergio sah Florian herausfordernd an. Auch Jan und Enno starrten ihn an.

Florian sagte nichts, griff nach dem restlichen Sixpack, schulterte es und ging langsam durch die offene Tür nach draußen. Dann rannte er los. Als Sergio das merkte, lief er hinterher. Jan und Enno blieben zurück.

»Hast du das gewusst?«, fragte Enno leise.

Jan schüttelte den Kopf. Er wusste nur, dass man, wenn es einem wirklich beschissen ging, allein war. In die finstersten Löcher kam keiner freiwillig mit. Dort holte einen auch keiner raus.

140	**20. April** Mörderische zehn Meter Luft trennten Jan vom Wasser. Diesmal war er allein. Gähnende Leere im Schwimmbad, von nirgendwo Kindergeschrei, das Wasser still, nicht das leiseste Gurgeln. Er konnte den Boden des Beckens sehen, die Fugen zwischen den blauen Kacheln, die Siphons, durch die das Wasser abgelassen wurde. Und die Pistole. Sie lag in der Mitte des Beckens. Mit einem einzigen Sprung konnte er zu ihr hinuntertauchen und sie aus dem Wasser holen. Sie war gefährlich, sie brachte Unheil. Wenn sie nicht vernichtet wurde, würden weitere schreckliche Dinge passieren. Und er war auserwählt, diese furchtbare Waffe zu zerstören. Er musste springen. Angst lähmte ihn, schweißte ihn an das Sprungbrett. Er löste den Blick von der Waffe, richtete sich auf. Wie schmal das Sprungbrett war, wie steil die Eisentreppe, wie weit entfernt das Wasser! Aber er musste springen! Auch wenn er dabei draufgehen würde.

Jan stellte seinen Wecker aus und rieb sich die Augen. Auf dem Boden lagen Jeans und Shirt, von der Küche aus drangen Radiogedudel und der Geruch von frischem Kaffee in sein Zimmer. Ein neuer Tag. Er stand nicht auf einem Zehnmeterbrett. Er saß in seinem Bett. Sein Zimmer sah aus wie immer, gleich musste er zur Schule gehen. Er stolperte ins Bad, hielt den Kopf unter Wasser. Gott, war er froh, aus dem Traum aufgewacht zu sein. Das Frühstück schmeckte ihm wie schon lange nicht mehr. Er verdrückte drei Schalen Cornflakes und sechs Scheiben Toast. Dann warf er alles, was er an dem Tag für die Schule brauchte, in seinen Rucksack, holte sein Rad aus dem Keller und fuhr los. Auf der Rennbahnstraße bremste er abrupt. Die Pistole! Na klar! Die lag immer noch im Schuppen. Das war viel zu gefährlich. Wieso hatte er nie früher daran gedacht? Sie musste beseitigt werden. Am besten würde er sie im Rhein versenken. Weit draußen, beim Weißen Bogen, dort wo er auch Maureens Rucksack ins Wasser geworfen hatte. Damit sie im Rheinschlamm verrottete und nie mehr ein Unheil anrichten würde. Er musste das erledigen, und zwar sofort. Keine Diskussion mit den anderen, dabei kam nie was Vernünftiges raus. So bog er auf der Höhe des Rennstalls Morgentau von der Straße ab, fuhr durch den tiefen Sandweg bis zu der kleinen Hütte, entfernte das lose Brett, holte die Wasserpfeife heraus und stellte fest, dass die Plastiktüte leer war.

Er steckte seinen Arm tiefer in die Lücke, tastete jede Ecke des
alten Verstecks ab.

Die Pistole war weg.

Damit hatte er nicht gerechnet. Wieder und wieder griff er mit der
Hand in das Versteck, die Waffe musste da sein. War sie aber nicht.
Wer von den anderen hatte sie herausgenommen? Er verdächtigte
sofort Florian. Dem traute er alles zu. Vielleicht wusste Enno was.
Er sah auf die Uhr. In zehn Minuten fing die Schule an, egal. Er
stieg aufs Rad, kämpfte sich den Sandweg zurück und fuhr auf das
weitläufige Gelände des Rennstalls Morgentau. Er klapperte die
Pferdeboxen ab, bis er Enno fand.

»Was willst du denn hier? Hast du keine Schule?«

»Die Pistole ist weg.«

Enno stellte die Schubkarre ab, stützte sich auf seine Mistgabel
und sah Jan fragend an.

»Hab so einen komischen Traum gehabt, heut Nacht«, erklärte Jan.
»Und da hab ich heute Morgen gedacht, besser, du wirfst die Pistole in den Rhein, damit wirklich keiner mehr damit Scheiße bauen
kann. Das wollt ich direkt erledigen und stell fest, dass die Pistole
nicht mehr in unserem Versteck ist.«

»Also, ich hab sie nicht.«

»Bleibt nur Florian. Sonst weiß keiner davon.«

»Doch. Karla und Kitty.« Enno kratzte weiteren Mist zusammen
und lud ihn auf die Schubkarre. Fünf Minuten pro Box, hatte er
mal erzählt, länger durfte er dafür nicht brauchen. Sonst war er
nicht fertig, wenn die Pferde vom Morgenritt zurückkamen.

»Hast du denen nicht erzählt, dass es eine Schreckschusspistole
ist?«

»Schon. Aber weißt du, wie Weiber ticken?« Er steckte die Gabel in
den Mist auf der Schubkarre und fuhr damit bis zur nächsten
Box.

»Okay«, beschloss Jan. »Ich frag sie in der Schule. Ich will nicht,
dass wegen der blöden Pistole noch was passiert. Ciao, Alter.«

»Jan«, rief ihm Enno hinterher, »findest du nicht, dass die Sache
schon längst eine Nummer zu groß für uns ist?«

»Ich klär das mit der Waffe«, antwortete Jan. »Dann sehen wir
weiter.«

Kitty war an diesem Morgen überhaupt nicht in der Schule, stellte Jan fest, als er zehn Minuten zu spät in den Unterricht kam. Er hätte lieber sie als Karla nach der Pistole gefragt. Mit Kitty gab es eine alte Vertrautheit, die nie verloren gegangen war, obwohl sie nicht mehr viel gemeinsam machten. Karla dagegen war misstrauisch, wollte immer alles ganz genau wissen. Während der Mathestunde überlegte er, wie er Karla am besten ansprechen konnte. Hey Karla, unsere Pistole ist verschwunden. Hast du 'ne Ahnung, wo sie ist? Nicht gut, da würde Karla sofort nachhaken. Und er konnte nicht so bluffen wie Enno oder Florian. Oder: Hey Karla, Florians Großvater will seine Waffe zurück. Die ist nicht mehr in unserem Versteck. Irgendeine Ahnung, wer das Teil haben könnte? Noch doofer. Da würde sie doch sofort fragen, warum er sich darum kümmerte, und nicht Florian. Wie wär's mit der Wahrheit? Hey Karla, die Pistole, die ist echt. Wir haben damit ein Mädchen angeschossen, die jetzt tot ist. Jetzt ist die Waffe nicht mehr in unserem Versteck, und ich hab Angst, dass noch mal was passiert. Weißt du, wo sie ist? Er hatte keine Ahnung, wie Klara darauf reagieren würde. Vielleicht würde sie sofort zur Altaner rennen oder zu ihrer Mutter oder zur Polizei. Auf gar keinen Fall konnte er ihr die Wahrheit sagen, damit würde die Sache völlig aus dem Ruder laufen.

Zu Beginn der großen Pause war für ihn klar, dass er zuerst Florian fragen würde. Er raste durch die Flure, damit er ihn noch im Klassenzimmer erwischte, bevor er nach draußen ging. Florian war nicht da, erfuhr er, war heute nicht zum Unterricht gekommen. Jan rief bei ihm zu Hause an, dann auf seinem Handy. Anrufbeantworter und Mailbox. Das war gar nicht gut. Das stank nach Ärger. Wenn Florian sich die Waffe geholt hatte, was wollte er damit? Seinen Vater bedrohen oder Sergio?

Auf dem Weg zum Pausenhof rasselte er direkt mit Karla zusammen.

»Hey Karla, was ich noch fragen wollte ... Äahh, diese Pistole in unserem Versteck, habt ihr damit mal gespielt?«

Karla sah ihn an, als würde er nicht richtig ticken.

»Du weißt schon, dieses Ding von Florians Urgroßvater. Ich mein, ihr habt sie doch mal rausgenommen, kann doch sein, dass ihr vergessen habt ...« Jan merkte selbst, wie bescheuert das alles klang.

»Spielen? Mit so einer Cowboypistole? Oh Mann, du hast vielleicht Probleme! Das ist mir so was von egal, was ihr da für dämliche Actionspiele macht. Kommt endlich mal im wirklichen Leben an! Ich, zum Beispiel, mach mir verdammte Sorgen um Kitty. Hab grade bei ihr angerufen, wollte wissen, weshalb sie nicht zur Schule gekommen ist. Sie geht nicht an ihr Handy. Und auf dem Festnetz hab ich ihre Mutter erreicht. Morgens, da arbeitet die sonst immer. Die hat so was von komisch geklungen! Wollt nicht damit rausrücken, was mit Kitty los ist, hat gesagt, sie kann sie nicht ans Telefon holen. So ist die sonst nie! Selbst wenn sie Stress mit Kitty hat, verbietet sie ihr nicht, mit mir zu telefonieren. Keine Ahnung, was da los ist, aber mein Bauch sagt mir, dass es was ziemlich Übles ist. Und da kommst du mir mit dieser dämlichen Pistole.«

Sie ließ ihn einfach stehen und ging weiter den Flur hinunter. Jan sah ihr nach. Heute Morgen war er so voller Tatendrang gewesen, hatte genau gewusst, was er tun musste: diese verfluchte Pistole vernichten. Aber anstatt wenigstens dieses Problem aus der Welt zu schaffen, tauchte ein neues auf. Nichts wollte ihm gelingen seit Maureens Tod, gar nichts.

Anja fuhr den Wagen. Daniel saß stumm neben ihr. Sein Schweigen konnte sie noch weniger ertragen als seine Vorwürfe. Natürlich hätte sie sich schon früher um die Waffe kümmern müssen. Aber es war ihr nie in den Sinn gekommen, dass Maureen selbst die Waffe bei sich gehabt hatte. Allerdings erinnerte sie sich genau an ihr ungutes Gefühl, als sie Maureens Vater erzählt hatte, dass mit einer alten Polizeipistole auf seine Tochter geschossen worden war. Er hatte sich verkrampft, hatte danach das Gespräch ganz schnell beendet. Sie hätte viel früher überprüfen sollen, ob er eine Waffe besaß. Spätestens nachdem sie von Maureens Freundin erfahren hatte, dass er Mitglied in einem Schützenverein war. Aber dass der Vater, ausgerechnet der Vater …

Daniel hatte vorhin bei der Besprechung, als sie alle Puzzleteile über die Waffe zusammentrugen, nur mit den Augen gerollt. Meier hatte sich sofort an den Rechner gesetzt. Eine Walther PPK war nicht auf Heinz Schmitz gemeldet, hatte er schnell herausgefunden, dafür zwei Jagdgewehre. Gut, sie hatte die Suche nach der

Waffe nicht mit der nötigen Aufmerksamkeit verfolgt. Aber jeder machte mal Fehler, jeder.

»Wie willst du bei der Befragung vorgehen?«, fragte Anja in die Stille hinein.

»Die Verständnis-für-Ihre-Sorgen-Nummer hast du schon abgezogen, und da hat er kein Wort über die Walther ausgespuckt.« Anja meinte weiterhin, einen vorwurfsvollen Ton in Daniels Stimme zu hören. »Keine Psychologie, nur knallharte Fakten, und wenn er mauert, nehmen wir ihn mit ins Präsidium.«

Die Vorgärten der kleinen Häuser in Maureens Siedlung blinkten auch diesmal sauber und adrett. Hinter einem persilweiß blühenden Magnolienstrauch schob Herr Schmitz mit einem Lehrling lange graue Plastikrohre in seinen Kastenwagen. Sie parkten den Polizeiwagen direkt daneben.

»Wir möchten Ihre Waffen sehen, Herr Schmitz!« Daniel hielt sich nicht mit Höflichkeitsfloskeln auf.

Maureens Vater erstarrte nur kurz. Dann schloss er die Wagentüren und warf dem Lehrling den Autoschlüssel zu. »Fahr schon mal«, murmelte er und schritt dann in Richtung Haus: »Mein Schlüsselbund liegt in der Küche, den brauch ich dafür.«

Anja und Daniel begleiteten ihn. Sie liefen stumm an der Herzlich-Willkommen-Katze vorbei, folgten ihm durch den schmalen Flur, durchquerten die Küche, blieben stehen, als Herr Schmitz einen Schlüsselbund von einem kleinen Haken hinter der Tür nahm. Sie stiegen hinter ihm in den Keller und warteten, bis er den schmalen Stahlschrank aufgesperrt hatte. Zwei Jagdgewehre, die Läufe gut gepflegt, das Schaftholz poliert, daneben graue Pappkisten mit Munition. Die beiden kontrollierten die Munitionskisten. Anja wurde schnell fündig. Sie reichte Daniel eine schmale Patrone.

»Das ist Munition für eine Walther PPK.« Daniel hielt Schmitz die Patrone unter die Nase. »Ihre Tochter wurde mit einer solchen Waffe angeschossen. Wir wissen, dass sie die Waffe bei sich hatte. Wie ist Ihre Tochter an diese Waffe gekommen?«

Heinz Schmitz schob Daniels Hand zur Seite, ging auf das Kellerfenster zu und sah hinaus auf den Rasen. »Haben Sie Kinder?«, wollte er wissen.

»Das tut nichts zur Sache«, wischte Daniel die Frage vom Tisch.

»Ich will wissen, wie Maureen an die Waffe gekommen ist. Reden
Sie, Herr Schmitz!«

Maureens Vater kehrte sich vom Fenster weg, griff nach den Munitionskisten und legte sie, als weder Daniel noch Anja widersprachen, zurück in den Stahlschrank. Er tat dies langsam, stapelte sie der Größe nach, achtete penibel darauf, dass sie exakt übereinanderstanden. Er sagte keinen Ton, benahm sich, als wären die beiden Polizisten gar nicht anwesend.

»Wie ist Ihre Tochter an die Waffe gekommen?«, wiederholte Daniel, aber Schmitz schwieg weiter, nahm, statt einer Antwort, eines seiner Jagdgewehre heraus, legte es auf den Tisch neben dem Schrank, setzte sich auf die Bank und polierte mit einem weichen Tuch den Holzkolben. Erst jetzt registrierte Anja, dass Schmitz seinen Waffenschrank in einem rustikalen Partykeller mit Tisch, Eckbank, Geweihen an der Wand und einer kleinen Bar stehen hatte.

»Ich habe zwei Jungen, drei und fünf«, log Anja und setzte sich zu ihm an den Tisch. Sie achtete nicht auf Daniels ärgerliches Schnauben. »Die dürfen meine Dienstwaffe nicht mal von Weitem sehen. Herr Schmitz, Sie wissen so gut wie ich, dass kein Unbefugter Zugriff auf Waffen haben darf.«

»Entweder, Sie sagen jetzt endlich, wie Ihre Tochter an die Waffe gekommen ist, oder wir setzen diese Befragung im Polizeipräsidium fort«, bellte Daniel scharf.

»Drei und fünf, in dem Alter ist die Welt noch in Ordnung«, nickte Herr Schmitz, unbeeindruckt von Daniels Drohung. »In dem Alter war Maureen ein Sonnenscheinchen. Aber lassen Sie die Kleinen mal in die Pubertät kommen. Das ist ein Erdbeben, dass sage ich Ihnen, da bleibt kein Stein auf dem anderen. Da wechselt das Klima so schnell von eiskalt zu überhitzt, dass Sie dazwischen noch nicht mal Luft schnappen können. Das wird auch Sie nicht verschonen, glauben Sie mir.«

»Hat sie Ihnen den Schlüssel geklaut?«, unterbrach ihn Daniel.

Der Mann sah ihn nur an, dann stellte er das Gewehr zurück und schloss den Waffenschrank sorgfältig ab. Er blickte wieder durch das große Kellerfenster hinaus auf den gepflegten Rasenstreifen.

»Sie hat ein eigenes Zimmer, wir fahren jedes Jahr mit ihr in Urlaub. Türkei, Mallorca, Malediven«, zählte er auf. »Kann mich nicht erinnern, dass wir ihr jemals einen Wunsch abgeschlagen haben. Playmobil-Burg, Kaninchen, Schildkröte, haben wir ihr alles gekauft, Tanzunterricht, Judokurs, haben wir alles bezahlt. Das ist doch was, oder? So einen Luxus hatten weder meine Frau noch ich, als wir Kinder waren. Dafür schuften wir, Acht-Stunden-Tag hatt ich noch nie, oft muss ich am Wochenende arbeiten. Ist es so falsch, wenn man will, dass einem die Kinder für die ganze Plackerei dankbar sind? Warum müssen sie alles, was ihnen ein angenehmes Leben beschert, in den Dreck ziehen?«

Er ist wehleidig, dachte Anja. Kinder in Maureens Alter sind niemals dankbar. Das weiß doch jeder. Und er will nicht über die Waffe reden.

»Ihre Walther ist nicht gemeldet. Wollen Sie uns deshalb nicht sagen, wie sie in Maureens Hände gelangt ist?«, hörte sie Daniel fragen.

»Ist ein Familienerbstück, ich hab sie von meinem Großvater«, erzählte er endlich. »Er hat sie von einem Wehrmachtsoffizier, der in seinen Armen gestorben ist. Stalingrad, Ende 1942. Sie ist nie benutzt worden, keiner hat diese Waffe je benutzt, warum hätte ich sie anmelden sollen?«

»Stellen Sie sich nicht blöder als Sie sind«, wies ihn Daniel ärgerlich zurecht. »Ihre Jagdgewehre haben Sie doch auch gemeldet.«

»Ist doch Kleinscheiß! Suchen Sie lieber den Mörder meiner Tochter!«

Wehleidig und trotzig. Und überhaupt nicht verunsichert, dachte Anja. Wir müssen ihn wütend machen, ihn aus der Fassung bringen, sonst wird er nie die Wahrheit sagen. Was hatte Maureen ihrer Freundin Leonie über den Vater erzählt? »Gemeingefährlich, so hat Ihre Tochter Sie geschildert«, startete Anja einen ersten Versuch. »Wieso?«

»Unsinn, kompletter Unsinn!« Zum ersten Mal wurde seine Stimme lauter. »Wer behauptet so was? Ich hätte meiner Tochter kein Haar krümmen können!«

»Das Schützenfest ...« Anja tat, als wüsste sie Bescheid. »Wir wollen Ihre Version der Geschichte hören.«

Er nickte, sagte aber nichts. Daniel runzelte die Stirn. Gleich würde er wieder damit drohen, Schmitz mit ins Präsidium zu nehmen. Dabei hatte Anja das Gefühl, Schmitz gleich zum Reden bringen zu können. Was ist auf diesem Schützenfest passiert, fragte sie

sich und dachte an all die Schützenfeste, die sie als Jugendliche in
der Eifel miterlebt hatte. An die Prozessionen der Schützenbruder-
schaft, an das Gewusel im Festzelt, an die Besäufnisse. An den Tag
danach, an dem man nicht selten einen der Säufer auf einem
Kleefeld oder im Straßengraben gefunden hatte, weil er den Weg
nach Hause nicht mehr geschafft hatte. Sie stellte sich Herrn
Schmitz in seiner grünen Uniform vor, sah, wie er mit seinen
Schützenbrüdern am Tisch saß, scherzte, trank, dazugehörte. Sie
sah Frau Schmitz, wie sie mit anderen Frauen hinter der Theke
Bockwürste und Fritten auf kleine Pappteller schaufelte. Nur Maureen sah sie nicht. Natürlich, sie war nicht dabei gewesen! So ein
Schützenfest musste für sie der absolute Horror gewesen sein.
Hatten sie am Schützentisch über das Mädchen geredet? Nachge-
fragt, warum sie nicht im Festzelt bediente wie die Töchter der
anderen Schützen? Hatten sie über ihren Nasenring, über ihr Aussehen gespottet? Und dabei immer wieder hoch die Tassen. Der
Mann hatte getrunken. Viel getrunken.

Heinz Schmitz sagte immer noch nichts, starrte weiterhin düster
auf den Tisch. Anja wusste nicht, ob sie mit ihrer Version des
Schützenfestes richtig lag, aber einen weiteren Versuch war es
wert. »Es gab schon vorher Streit«, fuhr sie fort, »weil Maureen
nicht mitgehen wollte.« Anja sah, wie er wieder nickte, und wagte
sich weiter vor. »Sie haben das nicht verstanden. Früher ist sie
doch immer gerne mitgekommen, und plötzlich hat sie alles in
den Dreck gezogen. Hat sie sich über Sie lustig gemacht oder Ihre
Schützenbrüder? Sie haben zu viel getrunken, nicht wahr?«

»Meine Frau ist schon früher gegangen, hat schon tief und fest
geschlafen, war auch sehr spät, bestimmt schon gegen 4 Uhr.
Maureen war aber noch nicht zu Hause. Das Madämchen hat mal
wieder die Biege gemacht, habe ich gedacht. Erst geht sie nicht
mit auf das Fest und dann kommt sie nicht mal pünktlich nach
Hause. Ich hatte so einen Hals auf sie! Ich bin noch mal in den
Keller, wollt mit einem Schnaps den Ärger runterspülen ...«

»Sie versaut Ihnen das Fest, sie kommt nicht pünktlich nach
Hause, sie hört einfach nicht mehr auf Sie ...«

Wieder nickte er. »Ich hab mir also einen Schnaps eingeschüttet,
und dann habe ich den Waffenschrank aufgeschlossen, alle Waffen rausgeholt und angefangen sie zu polieren. Schwachsinnige

Idee, geb ich zu, aber ich war wirklich ziemlich besoffen, da macht man Sachen ohne Sinn und Verstand.« Er stockte wieder, hoffte, dass sie es ihm ersparten, weiterzureden.

»Und dann ist Maureen nach Hause gekommen«, drängte Anja weiter.

»Hat sich durch die Kellertür ins Haus geschlichen, wie ein Dieb in der Nacht. Stand plötzlich vor mir. Wir haben uns beide erschrocken. Sie hat sich zuerst eingekriegt. Hat mich von oben herab angeguckt und dann auf die Schnapsflasche gedeutet: ›Haste im Festzelt nicht genug gesoffen‹, hat sie gefragt und dann noch: ›Musste wieder mit deinen Waffen spielen? Lässt Mama dich nicht ran?‹ Da bin ich ausgerastet. Ich habe die Pistole genommen und habe auf sie geschossen.« Er blickte starr auf den exakt geschnittenen Rasen.

»Die Verletzung an der Schulter haben Sie ihr beigebracht?«, fragte Anja.

»Nein, nein«, wehrte er ab. »Ich habe nicht getroffen, meine Kugel steckt dahinten.« Er deutete auf einen Hängeschrank. »Eine Weile haben wir uns nur angestarrt. ›Leg das Ding weg‹, hat sie ganz leise gesagt, und ich hab's getan. Ganz langsam ist sie zum Tisch gekommen und hat sich die Pistole gegriffen. ›Ich behalt sie besser‹, hat sie gesagt. Dann ist sie gegangen.«

Anja ließ ihren Blick über den Vorrat der kleinen Bar in dem Hängeschrank gleiten. Korn, Kabänes, Persiko. Es war egal, was Schmitz an jenem Abend getrunken hatte. Es war nur zu viel gewesen. Wie fühlte sich ein Vater, der auf seine Tochter geschossen hatte? Wie lebte es sich damit, so von seinem Kind gedemütigt worden zu sein? Die Geschichte war noch nicht zu Ende, er musste noch den Schluss erzählen. »Und dann?«, fragte sie.

»Gar nichts. Bin sitzen geblieben, eingeschlafen. Als ich aufgewacht bin, hat keine der Waffen mehr auf dem Tisch gelegen. Maureen hat sie mitgenommen oder in den Schrank zurückgestellt. Was weiß ich?«

Wieder legte sich ein Schweigen über die kleine Runde, aber diesmal musste Anja nicht nachhaken, damit er weitererzählte.

»Wir haben nie darüber gesprochen«, sagte er. »Kein Wort. Auch meiner Frau habe ich das nie erzählt und den Waffenschrank habe ich gemieden wie die Pest. Erst als Sie mir erzählt haben, dass

Maureen mit einer Walther angeschossen wurde, habe ich nach-
gesehen und festgestellt, dass sie die Pistole nicht zurückgelegt
hat. Aber da war schon alles zu spät.«

»Konnte Maureen mit einer Waffe umgehen?«, meldete sich Daniel, der endlich nach Fakten fragen konnte. »Wusste sie, wie man
eine Waffe sichert und entsichert?«

»Vor ein paar Jahren habe ich es ihr mal gezeigt. Aber sie hatte
keine Übung darin, wenn Sie das meinen.«

Jetzt blickte er Anja und Daniel zum ersten Mal an, um Verständ-
nis bettelnd. Ein gebrochener Mann, dachte Anja. Einer, der nicht
nur damit leben musste, auf seine Tochter geschossen zu haben,
sondern den auch eine Mitschuld an ihrem Tod traf. Weil er zu
feige gewesen war, mit seiner Tochter zu reden, zu feige gewesen
war, die Waffe zurückzufordern. Unmöglich fand Anja das. Natürlich konnte die Pubertät auch für Eltern die Hölle sein. Aber sie
sollten doch anders mit Konflikten umgehen können als Jugendliche, die zum ersten Mal den Aufstand probten. Weiser, geduldi-
ger, ehrlicher oder so.

Daniel stand auf, Anja ebenfalls. Ohne ein Wort des Abschieds
gingen sie durch die Kellertür nach draußen. Dieses Mal setzte
sich Daniel hinter das Steuer. Sie ließen die schmalen Straßen mit
den properen Vorgärten hinter sich und fuhren auf die breite Straße, die am Rhein entlang zurück in die Innenstadt führte. Der
Blick auf den mächtigen Fluss mit den gemächlich stromaufwärts
kriechenden Containerschiffen tat Anja gut.

»Woher hast du gewusst, dass Maureen nicht auf dem Schützenfest war?«

»Ich hab's nicht gewusst.«

Daniel pfiff anerkennend durch die Zähne. »Ganz schön gewagt,
Anja. Aber du hast ihn geknackt. Nicht schlecht für so einen jungen Hüpfer.«

Anja grinste leicht. Junger Hüpfer! Ein Lob von Daniel konnte einfach nicht perfekt sein. »Ja«, sagte sie, »jetzt wissen wir, wie sie an
die Waffe gekommen ist, aber immer noch nicht, wer auf sie
geschossen hat und wo die Waffe jetzt ist.«

»Wir müssen uns diesen Mike noch mal vornehmen. Er ist die einzige konkrete Spur.«

Kitty erinnerte sich genau an ihr Kinderrad. Rot wie Pumuckls Haare, eine Quietsche-Ente als Klingel. Zuerst fuhr sie mit Stützrädern, aber die montierte Tom irgendwann ab. Dann hielt er ihr Fahrrad zum Aufsteigen fest und ließ los, sowie sie halbwegs das Gleichgewicht hielt. Immer wieder hatten sie auf diese Weise den Spielplatz umrundet. Und dann lag da plötzlich dieser Stock auf der Straße. Ihr Rad sauste direkt auf ihn zu, und sie flog über den Lenker auf das Straßenpflaster. Natürlich hatte sie geheult, aber Tom hatte sie in den Arm genommen, und Anna hatte behutsam die Wunden an Kinn und Knie ausgewaschen und dann Schokoreis für sie gekocht. Nachts hatte sie im großen Bett zwischen den beiden liegen dürfen, in dieser Bettwäsche mit rosa Rosen, die sie immer so geliebt hatte. Sie hatte nach dem Waschmittel geduftet, nach dem ihr Bettzeug immer noch roch, wenn es frisch bezogen wurde.

Das Bett, in dem sie jetzt lag, war nicht mehr dieses Nest zwischen Mama und Papa, nicht mehr der Ort, an dem sie sich geborgen fühlte. Sie grub ihr Gesicht tief ins Kissen und überlegte, wie lange sie hier schon lag. Stunden? Tage? Oder träumte sie? Nein, die Schürfwunden an Knien und Händen waren echt, sie schmerzten, jetzt, wo sich die Haut zur Narbenbildung zusammenzog. Auf der Rennbahn war sie zu schnell in diese Kurve gefahren, hinter der die betonierte Straße in den Sandweg überging, und wie damals mit dem Pumuckl-Rad über den Lenker gestürzt. Sie hatte keinen Schmerz gefühlt und war zu Fuß zur Hütte gerannt. Dort hatte sie die Pistole genau an die gleiche Stelle zurückgelegt. So, als hätte sie sie nie berührt, nie weggenommen. So, als könnte sie damit alles ungeschehen machen. Auf dem Rückweg war sie Adrian Koch begegnet, der mit einigen anderen Reitern vom Training zurückkehrte. Der wollte sie mit zum Rennstall nehmen, um die Wunden zu desinfizieren. Aber sie sagte nur, dass sie ganz schnell nach Hause müsse, und da waren sie auch schon bei ihrem Fahrrad angelangt, das zum Glück keinerlei Schaden genommen hatte.

Sie war tatsächlich nach Hause geradelt, war an Anna vorbei und ohne ein Wort in ihr Zimmer gestürzt, hatte die Tür zugesperrt, sich ins Bett gelegt und die Decke über den Kopf gezogen. Aber immer wenn sie die Augen zumachte, sah sie die Pyramiden von

Gizeh vor sich, dieses riesige Fotoposter aus Sand, Pyramiden und blauem Himmel, das hinter Sabines Schreibtisch hing. »Machen Sie eine Reise in die Vergangenheit« stand darunter. Sie sah den blauen Himmel, die ockerfarbenen Pyramiden, den gelben Sand, die schwarze Schrift. Und dann das Rot von Sabines Blut. Wild, ohne Sinn und Verstand verteilte es sich über das Bild. An einer Stelle nur winzige, an einer anderen größere Punkte, auf der rechten Seite ein dicker Klecks, zwischen den kleineren Pyramiden ein zartes Rinnsal, das an der weißen Wand weiter nach unten floss. Es passte zu ihrem Bild von Sabine, dass diese ausgerechnet Ägypten mochte! Kitty fand Pyramiden genauso öde wie Geschichten über Grabräuber und lebende Mumien.

Natürlich hatte Anna geklopft, gefleht, gehämmert, gebrüllt, dass sie endlich die Tür aufmachen soll, aber sie hatte sich nicht aus dem Bett bewegt. Kitty hatte gehört, wie das Telefon klingelte, wie Anna heulte und schluchzte, wie Tom kam. Tom, der auch gegen ihre Tür polterte und damit drohte, die sofort einzutreten, wenn Kitty nicht aufmachte. Anna, die ihn irgendwie beruhigte und von der Tür wegzog. Dann war es still geworden. Sie musste eingeschlafen sein. Als sie wieder aufwachte, zeigte ihr Wecker 4 Uhr morgens an. Jetzt war es so leise in der Wohnung, dass sie sich aus ihrem Zimmer traute. Sie musste pinkeln und holte sich danach eine Flasche Wasser aus der Küche. Im Wohnzimmer lief der Fernseher ohne Ton, auf dem Sofa waren Anna und Tom eingeschlafen. Kitty betrachtete sie eine Weile. Es war lange her, dass ihre Eltern gemeinsam auf einem Sofa gesessen hatten. In dem schmalen Spalt zwischen ihnen lag eine Box Papiertaschentücher. Kummer-Wegwisch-Box hatte Anna das Ding früher genannt. Jetzt brauchten die Eltern die Papiertücher selbst, weil Kitty ihnen so viel Kummer bereitete. Kummer, der sich aber nicht mit Papiertaschentüchern wegwischen ließ. Sie hatte auf Sabine geschossen. Schnell schlich sie in ihr Zimmer zurück und verriegelte wieder die Tür. Unter dem Bett kramte sie die Kiste mit den Barbie-Sachen hervor und begann auf dem Boden eine Wohnung aufzubauen, so wie sie es früher oft getan hatte. Sie zog Barbie und Ken an und um, verschönerte die Wohnung mit klitzekleinen Kunstblumensträußen und schmalen Spiegelchen, deckte den Tisch mit winzigen Tellerchen. Während sie das tat, wünschte sie, selbst wieder klein zu sein und hier mit der gleichaltrigen Karla zu sitzen. Stundenlang hatten sie in dieser Kunstwelt gelebt, hatten sich das wunderschöne Leben von Barbie und Ken vorgespielt. Und genau so hatten sie sich ihr eigenes Leben vorgestellt. Ein Leben mit begrenzten Gefahren und überschaubaren Abenteuern, bei dem nichts wirklich schiefgehen konnte. Ein Leben, bei dem Schönheit und Harmonie alles überstrahlten und Probleme sich darin erschöpften, ob Barbie die rote oder die blaue Mütze tragen sollte.

Kitty war sehr müde. Aber wenn sie die Augen schloss, tauchte sie nicht in die freundlich-bunte Barbie-Welt ein, sondern sah wieder die mit Sabines Blut gesprenkelten Pyramiden.

Dabei hatte Kitty sie doch nur ordentlich erschrecken wollen. Damit Sabine kapierte, dass sie sich ihren Vater nicht so einfach wegnehmen ließ. Jede Tochter, die an ihrem Vater hing, würde so etwas tun. So wie man bei einem Knallfrosch an Silvester zur Seite hüpft, hatte sie Sabine mit einem Schreckschuss aus der Fassung bringen wollen. Aber dann sah sie plötzlich dieses Blut auf den Pyramiden, und Sabine, die einen leisen Schrei ausstieß, nach hinten torkelte und zu Boden ging. Und ihre Ohren, taub vom dem harten, lauten Knall der Waffe. Sie kapierte das nicht. Wie war die echte Munition in die Schreckschusspistole gelangt? So was ging doch nicht! Oder war die Waffe echt? Warum hatte Enno dann Karla angelogen? Als Sabines Angestellte hereingestürzt kam, schoss sie noch einmal, diesmal in die Decke, und nutzte den kurzen Moment, als die Frau erstarrte, um aus dem Laden zu rennen und sich auf ihr Fahrrad zu schwingen.

Die Welt konnte sich innerhalb von Sekunden komplett verändern. All die Probleme, die ihr bis gestern so viele Sorgen bereitet hatten, kamen ihr jetzt klein und nichtig vor. Kinkerlitzchen, alles Pipifax. Sie hatte einen Menschen angeschossen, vielleicht sogar erschossen! Für den Rest ihres Lebens würde dieses Zimmer ihr Kerker sein, weil sie sich draußen in der Welt überhaupt nicht mehr zeigen konnte. Tausendfach hatte sie das schon gesehen, was passierte, wenn so etwas geschah. Dann kam das Fernsehen und zeigte Bilder von ihrer Wohnung und Fotos von ihr, als sie noch keine Mörderin war. Und die Zeitungen schrieben »Aus Wut erschießt Fünfzehnjährige die Freundin ihres Vaters« oder so ähnlich, und alle würden wissen, dass sie gemeint war. Man würde hinter ihrem Rücken über sie reden, sie meiden. Alle würden sich von ihr abwenden. Wer wollte schon etwas mit einer Mörderin zu schaffen haben?

Als sie den Wagen auf dem Parkplatz vor dem Präsidium abstellten, merkte Anja, wie sehr das Gespräch mit Heinz Schmitz sie angestrengt hatte. Sie brauchte einen starken Kaffee, sonst würde sie den Rest des Tages nicht durchstehen.

»Gut, dass ihr zurück seid«, rief Meier ihr im Büro entgegen. »Ihr müsst sofort Gerd Baltus von der Ballistik anrufen. Es gibt was Neues von der Waffe!«

»Erledigst du das, Anja?«, fragte Daniel und wühlte geschäftig in einem Stapel Papiere auf seinem Schreibtisch. Achtlos nahm er einen Schluck von dem Kaffee, den sie ihm mitgebracht hatte. »Nächstes Mal geb ich dir einen aus!«, sagte er, ohne aufzublicken.

»Wer's glaubt, wird selig«, murmelte sie und wählte die Nummer der Ballistikabteilung. Gerd Baltus war sofort am Apparat.

»Du hast was für uns? Good news or bad news?«

»Kannst du dir aussuchen. Mit eurer Waffe ist ein weiteres Mal geschossen worden. Auf die Chefin eines Reisebüros am Ring. Die Munition ist identisch mit der, die der Gerichtsmediziner aus der Schulter des toten Mädchens geholt hat.«

»Bad news, eindeutig bad news«, murmelte Anja. »Ist sie tot?«

»Sie liegt auf der Intensivstation der Uniklinik«, antwortete Baltus. »Die nächsten Tage und Nächte entscheiden, ob sie durchkommen wird.«

»Furchtbar … Gibt es eine Spur von dem Schützen?«

»Mehr als eine Spur«, berichtete Baltus. »Wir wissen, wer es ist. Ein junges Mädchen, deren Vater mit der Reisebürochefin liiert ist.«

»Na prima! Das sind doch good news! Name, Adresse?«

»Kitty Delaste. Wohnt mit ihrer Mutter am Erzberger Platz 8.«

Anja, die bisher gestanden hatte, musste sich setzen. Das Mädchen, das Maureen angeblich nur einmal kurz in der Straßenbahn gesehen hatte. In ihrem Kopf lief das Gespräch mit Kitty ab. Das Mädchen hatte sich gemeldet, nachdem sie Maureens Foto in der

Zeitung erkannt hatte. Sie hatte absolut glaubwürdig gewirkt. Eine zufällige Zeugin, die sich an Maureen erinnerte, weil sie neben ihr in der Bahn gesessen hatte. Sie hatte von Maureen wie von einer ihr völlig Fremden gesprochen. Aber Anja hatte sie auch auf der Rennbahn mit Mike Pflüger gesehen. Eine Spur, die sie nicht weiterverfolgt hatte. Wenn Kitty Mike kannte, wieso hätte sie dann nicht auch Maureen kennen können? Anja zweifelte an ihrer Wahrnehmung.

Hatte Kitty auf Maureen geschossen?

Und wenn nicht, wie war sie in den Besitz der Waffe gekommen?

»Anja?«, fragte Baltus. »Bist du noch da?«

»Ich rede mit dem Mädchen«, erwiderte sie. »Sofort.«

»Alles klar! Wenn's was ruhiger wird, gehst du dann mal mit mir einen Kaffee trinken?«

Anja antwortete nicht. Sie legte den Hörer auf und griff nach ihrer Jacke. »Ich muss noch mal weg«, rief sie Eddie zu, der gerade hereinkam, »ist dringend.«

Sisyphos war von den Göttern zu einer absurden Existenz verurteilt, da sein Dasein nur mit unnützer und sinnloser Arbeit erfüllt war. Er musste immer wieder einen Stein den Berg hinaufrollen. In dem Bewusstsein, nie den Gipfel zu erreichen oder zu überwinden, rollte er den Stein dennoch immer und immer wieder nach oben. Für Camus das Sinnbild für die Absurdität des Lebens. Warum gab Sisyphos nicht auf? Warum ließ er den Stein nicht einfach unten liegen, hatte Jan sich gefragt. Weil man sich nicht unterkriegen lassen durfte, sagte er sich heute. Und genau deshalb musste er weiter nach der Waffe suchen. Die Waffe war jetzt irgendwie sein Stein, auch wenn Camus das vielleicht nicht so sehen würde. Heute Morgen auf dem Rennplatz hatte er ihn das erste Mal nach oben geschoben und in der Schule war er dann zum ersten Mal wieder nach unten gekullert. Und nun packte er sich den Stein erneut, um ihn wieder nach oben zu rollen. Er würde weiter nach der Waffe suchen.

Dass jemand die Waffe zufällig gefunden und an sich genommen hatte, schloss er aus. Und Enno glaubte er. Kamen also weiterhin nur Florian, Kitty und Karla in Frage. Karla konnte er eigentlich auch ausschließen, so wie die reagiert hatte. Blieben Kitty und

Florian, die heute beide nicht in der Schule gewesen waren. Interessant, oder? Hatten die eigentlich was miteinander? Undeutlich erinnerte sich Jan daran, wie Florian und Kitty auf der Rennbahn zusammen hinter einem Baum gestanden hatten. Ob die zwei gemeinsam die Schule geschwänzt hatten? Wie auch immer, er würde zunächst Kitty anrufen.

Im Hause Delaste ging keiner ans Telefon, und Kittys Handy war ausgeschaltet. Da kullerte der Stein schon nach unten, kaum dass er ihn angeschoben hatte! Jetzt Florian. Das gleiche Spiel: Anrufbeantworter, Mailbox. Also klingelte er bei Karla durch. Sie war nicht zu Hause, teilte ihm ihre Mutter mit, sie hatte sich grade auf den Weg zu Enno in den Rennstall gemacht. Jan zögerte nicht lange. Er griff sich seine Jacke, holte sich sein Fahrrad vom Hof und radelte zur Rennbahn.

Karla kam ihm auf dem Hof entgegen, als er sein Fahrrad abschloss. Schon von Weitem sah Jan, dass sie noch viel wütender war als morgens in der Schule.

»Ihr seid solche Arschlöcher«, schimpfte sie. Dann ließ sie ihn wie heute Morgen stehen, kickte auf der Höhe des Misthaufens einen Pferdeapfel zur Seite, drehte sich noch mal um und brüllte ihm über den Hof hinweg zu: »Ihr habt mehr Mist gebaut, als die ganzen Pferde hier ein Leben lang scheißen werden.«

Zwei Stallburschen, die gerade Mist abluden, grinsten Jan an. Der klebte mit herunterhängenden Armen neben seinem Fahrrad fest und fragte sich, ob der Stein des Sisyphos nicht nur zurückrollen, sondern möglicherweise in ein unberechenbar tiefes Loch fallen konnte. Dann riss er sich von seinem Platz los und stolperte in den Stall, um nach Enno zu suchen. War es Karlas Wut oder die warme, nach Heustaub riechende Stallluft, die ihn schwindelig machte? Jan suchte an einer Wand Halt und atmete tief den vertrauten Geruch von Pferd, Heu und Hafer ein, lauschte dem friedlichen und beruhigenden Schnauben der Pferde. Dann tastete er sich langsam an den Boxen entlang. Er fand Enno auf einem Strohballen sitzend, den Kopf zwischen den Händen vergraben. »Was ist passiert?«

»Kitty«, murmelte Enno und hob mühsam den Kopf. »Sie hat die Waffe aus dem Versteck genommen.«

»Kitty?« Jan setzte sich langsam auf einen anderen Strohballen.

»Sie wollte der Freundin von ihrem Alten einen Schreck versetzen ...«

»Hat sie abgedrückt?«

Enno nickte.

»Und?«

»Eine Sache auf Leben und Tod. Man weiß nicht, ob die Frau durchkommt.«

Jan ließ sich nach hinten auf den Strohballen fallen und konnte nichts sagen. Auch Enno schwieg. Durch die dreckigen Stallfenster fiel milchiges Licht in den Raum, in der Luft schwebte der Heustaub. Gelegentlich schnaubte eines der Pferde, von draußen hörte man das Lachen der Stallburschen. Jan fühlte sich so schwer und unbeweglich, als würde der Stein, den er den Berg hinaufrollen musste, direkt auf ihm liegen.

»Hast heute Morgen mit der Waffe den richtigen Riecher gehabt«, sagte Enno dann.

»War nur zu spät«, murmelte Jan.

»Ist alles eine ziemliche Scheiße!«

»Weißt du, zuerst fand ich deine Idee mit der Schreckschusspistole gar nicht schlecht. Keiner konnte auf die Idee kommen, dass Kitty ...«

»Vergiss es«, unterbrach ihn Enno. »Seit der Sache mit Maureen hätten wir wissen müssen, dass alles möglich ist. Wir hätten die Waffe direkt verschwinden lassen sollen.«

»Hat Kitty die Pistole noch?«

»Wer sonst?«, fragte Enno zurück.

Die Bullen, ihre Mutter, ein Fremder, der das Ding im Müll gefunden hatte, zählte Jan in Gedanken auf. Und wer weiß, was für Möglichkeiten es noch gab. Wenn die Waffe nicht sicher auf dem Grund des Rheins oder in der Asservatenkammer der Polizei lag, dann war sein Auftrag nicht erfüllt. Er musste die Waffe finden, den Stein wieder noch oben wälzen.

Die Frau, die Anja die Tür öffnete, sah blass und übernächtigt aus.

»Anja Kraft, Kripo Köln. Ich muss mit Kitty reden.«

Frau Delaste führte sie in die Küche, räumte fahrig einen Stapel Schulhefte von einem Stuhl. »Sie hat sich in ihrem Zimmer eingeschlossen und weigert sich herauszukommen.«

»Seit wann?«

»Gestern, früher Abend. Ich habe gar nicht gewusst, was los war. Erst später, als dann mein Ex-Mann anrief …«

»Hat sie die Waffe noch?«

»Keine Ahnung, sie öffnet die Tür nicht!«

Kittys Mutter sprach leise, um Sachlichkeit bemüht. Aber Anja spürte, wie sehr die Frau sich zusammenriss. Sie fragte weiter, wollte wissen, was die Mutter, was der Vater unternommen hatte, damit Kitty die Tür öffnete, wie Kitty darauf reagiert hatte. In den Antworten spiegelte sich die ganze Palette aus Verzweiflung, Hilflosigkeit, Angst und Wut wieder, die Eltern in einer solchen Situation durchlaufen mussten.

»Was hat sie gesagt, als Ihr Ex-Mann gedroht hat, die Tür einzutreten?«

»Ich spring aus dem Fenster.«

Das konnte ein Hinweis sein, dass sie die Waffe nicht mehr bei sich hatte, weil sie dann eher damit gedroht hätte, sich zu erschießen, aber sicher durfte man in einem solchen Fall nie sein. Anja überlegte, was für eine Maschinerie sie in Bewegung setzen müsste, um das Mädchen gewaltsam aus ihrem Zimmer zu holen: ein Sondereinsatzkommando für die Tür, den Polizeipsychologen, möglicherweise die Feuerwehr. Wenn alles gut ging, stand sie am Ende vor einem befreiten, aber völlig verschreckten Mädchen. Es war die schlechteste aller Lösungen. Sie musste einen Weg finden, dass Kitty selbst die Tür öffnete.

»Weiß Kitty, dass die Frau noch lebt?«

Frau Delaste zuckte hilflos mit den Schultern. »Ich weiß nicht mehr, was ich schon alles durch diese verschlossene Tür gerufen habe«, murmelte sie. »Ich habe mit ihrer Freundin Karla telefoniert«, fuhr sie leise fort. »Die ist sofort gekommen. Mit ihr hat Kitty geredet, aber mich hat sie derweil weggeschickt.«

Anja rief Karla und Kittys Vater an, sammelte Fakten. Dass Kitty mit ihrer Freundin sprach, wertete Anja als gutes Zeichen. Vielleicht musste Karla noch mal kommen. Vielleicht würde Kitty aber auch mit ihr reden. Reden half fast immer.

Anja fragte nach Papier und Bleistift und schrieb: »Iced Café Mokka bei Starbucks, du erinnerst dich? Ich würde gerne mit dir reden. Gib mir ein Zeichen, ob das okay ist. Anja Kraft.« Damit ging sie in den Flur und schob den Zettel unter Kittys Tür durch. An der Tür klebte das mannshohe Plakat eines Ritters mit Schild und Schwert. Kitty erkannte Aragorn aus dem »Herr der Ringe.« »Ein unbesiegter König also bewachte Kittys Festung. Sie hoffte, ein Sesam-öffne-dich zu finden, um ihn ausschalten zu können, und ließ sich neben der Tür nieder. Ein leichtes Rascheln verriet ihr, dass Kitty den Zettel vom Boden aufhob. Dann passierte nichts. Anja sah sich im Flur um. Eine Garderobe, sehr vollgehängt, ein Schuhregal, eine Pinnwand mit Postkarten von überall her, eine hässliche Bodenvase. Aus der Küche hörte sie das Schwingen eines Schnee-besens. Sie hatte Frau Delaste gebeten, Kittys Lieblingsessen zu kochen. Es war einen Versuch wert. Vielleicht schaffte es der Duft von Schokoladenmilchreis, sie aus ihrem Zimmer zu locken.

Hinter dem Ritter mit Schwert und Rüstung herrschte wieder Stil-le. Kein Papierrascheln mehr, kein Quietschen eines Stiftes, das auf eine Antwort hoffen ließ. Anja hielt ihr Ohr an Aragorns Schwert und lauschte. Nichts. Sie klopfte ganz sachte an die Tür: »Hast du meinen Zettel gelesen? Soll ich einen Kaffee besorgen?«

Ein kleiner Schluchzer war zu hören, sonst nichts. Anja überlegte, wie viel Zeit sie sich geben konnte, bevor sie die Kollegen rief. Eine Stunde gestand sie sich zu, eine Stunde. »Öffne endlich die Tür, Mädchen«, flüsterte sie. Wieder bekam sie keine Antwort. Mit was konnte sie Kitty aus ihrer Festung locken? Von der Küche zog der Duft von heißer Schokolade in den Flur, Frau Delaste stellte einen dampfenden Teller davon direkt vor Kittys Zimmertür. Der Brei roch so verlockend nach Kindheit, dass Anja hoffte, Kitty würde wie eine junge Katze unwiderstehlich davon angezogen werden. Aber hinter dem unbesiegbaren König regte sich nichts. »Kitty«, rief Anja leise. »Falls du Hunger hast, es steht ein Teller Schoko-milchreis vor deiner Tür.« Wieder hörte sie ein leises Schluchzen, das nach ein paar Sekunden erstickte. Sie hat sich die Decke über den Kopf gezogen, vermutete Anja. Das Mädchen war ein harter Brocken! Vielleicht entspannt sie sich, wenn sie hört, dass die Frau nicht tot ist, dachte Anja und stand auf. Gehört hat sie es wahrscheinlich schon, aber sie glaubt es nicht, überlegte Anja weiter.

Anja ging in die Küche, rief im Krankenhaus an, ließ sich mit dem behandelnden Arzt verbinden, eilte mit dem Telefon zurück vor Kittys Tür, die Mutter folgte ihr. Anja stellte das Telefon auf Mithören. »Kitty, ich spreche gerade mit Sabine Jansens Arzt«, rief sie durch den unbesiegbaren König hindurch, »ich stelle auf laut, dass du hören kannst, was er sagt.« Anja hörte leise Schritte, die in Richtung Tür tapsten.

»Es gibt Hoffnung, dass sie überleben wird«, knisterte eine fremde Stimme durchs Telefon. »Die Chancen stehen sechzig zu vierzig.«

»Kitty«, flehte Frau Delaste, »komm raus! Du hast sie nicht umgebracht.«

Keine Reaktion.

Dann ein Schluchzen und leise Schritte, die sich wieder entfernten. Kittys Mutter sah Anja an, der Blick pure Verzweiflung. Anja gingen langsam die Ideen aus, die Zeit lief ihr davon, und jetzt klingelte auch noch ihr Handy. Sie holte es aus der Tasche, es war Eddie, sie lächelte weiter die verzweifelte Mutter an, machte ihr ein Zeichen, dass sie sich zum Telefonieren ins Badezimmer zurückzog.

»Verdammt, Anja, wo steckst du?«, maulte Eddie. »Daniel will wissen, was der Ballistiker gesagt hat.«

»Kitty Delaste, das Mädchen, das Maureen in der Bahn gesehen hat, hat mit ihrer Waffe geschossen. Ich bin bei ihr zu Hause, leider hat sie sich in ihrem Zimmer verbarrikadiert«, erklärte Anja leise.

»Das ist wieder so ein dämlicher Alleingang von dir«, schimpfte Eddie. »Daniel reißt dir den Kopf ab, wenn er davon erfährt.«

»Er reißt mir auch den Kopf ab, wenn er erfährt, dass ich Kitty als harmlose Zeugin eingestuft habe, die nichts mit dem Tod von Maureen zu schaffen hatte«, antwortete Anja. »Ich muss rausfinden, ob ich mich so geirrt habe. Gib mir noch eine halbe Stunde, damit ich das Mädchen zum Reden bringen kann!«

»Hat sie die Waffe noch?«

»Das weiß keiner.«

»Du spinnst, Anja! Willst du riskieren, dass sie schießt? Auf dich, auf sich, auf weiß der Henker wen?«

»Sie schießt nicht, glaub mir! Eine halbe Stunde, Eddie, bitte!«

Eddie schnaubte, und Anja hielt den Atem an, wartete ungeduldig.

»Zehn Minuten«, gestand er ihr zu. »Wenn du dich in zehn Minuten nicht bei mir gemeldet hast, dann trommele ich das Sondereinsatzkommando zusammen.«

Anja rieb sich die Stirn, packte das Handy weg, ging zurück in den Flur. Frau Delaste stand immer noch vor der Tür, Auge in Auge mit Aragorn, aber er gab den Weg zu ihrer Tochter nicht frei. Aragorn und Arwen, fiel Anja ein, Arwen, die aus Liebe für Aragorn auf die Unsterblichkeit im Elbenreich verzichtet hatte.

»Hat Kitty einen Freund?«

»Ich vermute es«, antwortete Frau Delaste unsicher, »in letzter Zeit gab es viele Zeichen, die dafür sprachen.«

»Fragen Sie Karla und andere Freunde danach«, befahl ihr Anja. Dann klopfte sie energischer an die Tür. »Kitty«, drängte sie, »es ist besser für dich, du verlässt das Zimmer aufrecht und aus freien Stücken. Aragorn würde dir nichts anderes raten!«

Keine Reaktion, nicht mal ein Schluchzen. Sie sah auf die Uhr. Fünf Minuten noch, dann würde Eddie die Rettungsmaschinerie in Gang setzen. Es würde viel zu lange dauern, bis Frau Delaste oder Karla Kittys Freund aufgetrieben hatten. Ihr musste jetzt etwas einfallen, etwas Überraschendes, etwas Schockierendes, etwas, das Kitty aus ihrer Festung vertrieb. Noch einmal blickte sie in die entschlossenen blauen Augen des unbesiegbaren Königs. »Lass mich endlich durch, du Arsch!«, drohte sie ihm. Er wich keinen Zentimeter. Sie löste ihren Blick, kreiste damit durch den kleinen Flur, blieb für einen winzigen Augenblick an der Bodenvase hängen.

Vorsichtig zog sie ihre Dienstpistole aus dem Halfter. Sie wollte sich gar nicht ausmalen, was passierte, wenn ihr Plan schiefging. Überraschung, Schock, betete Anja wie ein Karma herunter. Sie versicherte sich, dass Frau Delaste immer noch in der Küche telefonierte. »Du bist nicht unbesiegbar, Aragorn«, raunzte sie dem Ritter an Kittys Tür zu. Dann zögerte sie nicht länger. Sie entsicherte die Waffe und schoss.

Mit einem Schlag stand Kitty senkrecht im Bett. Ein Schuss, ein Klirren, die Schreie ihrer Mutter. Im Nachhinein hätte sie nicht sagen können, wie sie in den Flur geraten war. Die Polizistin schob ihre Waffe zurück ins Halfter, die Bodenvase lag zersplittert am

Boden, und ihre Mutter hielt sich vor Schreck die Hand vor den
Mund.

»Hallo, Kitty.« Anja Kraft atmete erleichtert auf.

Wieder kamen die Tränen. Sie flüchtete sich in Annas Arme und heulte, was das Zeug hielt. Zwischendurch holte sie kurz Luft und öffnete die Augen. Der Schokoladenmilchreis stand immer noch neben ihrer Zimmertür. Sie schniefte den Rotz ein, machte sich von Anna los, griff sich den Teller und löffelte, unter den besorgten Augen von Anna – die Polizistin telefonierte – den Kinderbrei bis zum letzten Reiskorn auf.

»Können wir jetzt reden?«, fragte die Polizistin dann.

Und da erzählte sie alles. Wie zuvor die Tränen, flossen jetzt die Worte aus ihr heraus. Immer wieder wollte sie wissen, ob Sabine wirklich noch lebte, wollte bestätigt haben, dass sie sie nicht getötet hatte. Schwer verletzt, sehr schwer verletzt, erzählte ihr Tom, von dem sie es direkt hören wollte. Das war immer noch schlimm, aber doch nicht mehr ganz so schlimm, wie einen Menschen getötet zu haben. Es gab Hoffnung.

»Kitty.« Anja Kraft packte sie an beiden Schultern, nachdem sie alle Fragen beantwortet hatte, »wir müssen die Waffe sicherstellen. Führst du mich zu dieser Hütte auf der Rennbahn?«

Immer noch wie in Trance schlüpfte sie in Jeans und Jacke, schüttete sich kaltes Wasser ins aufgequollene Gesicht, packte ihre Haare mit einem Gummi zusammen. Dann stolperte sie hinter der Polizistin durchs Treppenhaus, plumpste auf den Beifahrersitz. Keine fünf Minuten später hielten sie an der Rennbahnstraße. Der vertraute Weg am Rennstall Morgentau vorbei, der sandige, mit Abdrücken von Pferdehufen übersäte Weg zur Hütte, an dem sie sich früher oft als Fährtenleser versucht hatten, kam ihr unwirklich, wie in einem Traum vor. Sogar Hektor, an dessen Stall sie vorbeieilten, schien aus einer anderen Welt zu sein. Nichts war mehr wie vor dem Schuss. Bei der Hütte angekommen, zeigte Kitty der Polizistin die losen Latten und hielt sie hoch, während Anja Kraft ins Innere griff. Sie zog die Wasserpfeife und die rote Plastiktüte heraus. Sonst fand sie nichts. Die Waffe war verschwunden.

Kitty schoss ein Gedanke durch den Kopf. »Adrian Koch. Das ist ein Jockey aus dem Rennstall Morgentau. Er hat mich gesehen, nachdem ich die Pistole zurückgelegt habe. Vielleicht ist er noch im Rennstall.«

»Versuchen wir's!«, schlug Anja Kraft vor.

Sie hatten Glück. Adrian Koch war gerade von einem Trainingsritt zurück und vertraute einem der Stallburschen sein Pferd an. »Kitty! Was macht dein Fuß? Wieder besser?«, begrüßte er sie. »Solltest dir für den Sandweg mal ein Mountainbike wünschen.« Er versicherte, dass er Kitty nach seinem Nachmittagsritt gesehen habe. So gegen 16 Uhr. Dass er angeboten habe, die Wunde zu versorgen. »Aber die junge Dame hatte es sehr eilig.« Er zwinkerte Kitty zu, bevor er sich verabschiedete.

Anja Kraft entfernte sich ein paar Schritte und telefonierte. Als sie zu Kitty zurückkam, sagte sie: »Das stimmt mit der Aussage der Angestellten des Reisebüros überein. Gehen wir also davon aus, du hast die Waffe wirklich zurückgelegt. Jetzt überleg mal genau: Kann dich dabei noch jemand anderer als der Jockey gesehen haben?«

Kitty erinnerte sich nur an die aufgeschreckten Karnickel, und zum ersten Mal fragte sie sich, was Jan, Enno und Florian mit der Waffe zu schaffen hatten. Auch die Polizistin fragte sich das und ließ sich von Kitty Adressen und Telefonnummern der drei Jungen geben.

»Nach Hause?«, wollte sie wissen, als sie wieder im Auto saßen.

»Ins Agrippabad«, sagte Kitty, ohne nachzudenken.

Ein kritischer Blick der Polizistin.

»Sie können mich allein lassen, ganz bestimmt«, versicherte Kitty.

»Ruf deine Mutter an!«

Anna redete mit der Polizistin, erzählte ihr von Kittys Schwimmleidenschaft und versprach, ihre Tochter abzuholen.

Die Polizistin stoppte vor dem Eingang der Schwimmhalle. »Wir sprechen uns noch!«

Diesen letzten Satz hörte Kitty nicht mehr, sie war mit jeder Faser ihres Körpers schon im Wasser.

Jan hasste den Geruch von Chlor. Schon als kleiner Junge, als ihn sein Vater hierher zum Schwimmkurs schleppte, hatte er diesen Geruch gehasst. Und genau wie damals und später dann, als er in der Schule Schwimmunterricht hatte, wollte er das Schwimmbad überhaupt nicht betreten. Aber Frau Delaste hatte ihm gesagt, dass Kitty hier schwimmen war. Hinter der Kasse des Agrippabades konnte man durch eine Glasfront auf die Schwimmbecken und den furchterregenden Zehnmeterturm blicken, von dem er noch heute Nacht geträumt hatte. Dort suchte er zuerst nach Kitty, er wusste, dass sie eine klasse Springerin war. Aber sie gehörte nicht zu dem kleinen Grüppchen, das sich oben auf dem Sprungbrett wichtig tat und aus dem gelegentlich einer in die Tiefe sprang. Im Schwimmbecken war es nicht so leicht, jemanden ausfindig zu machen. Jan meinte Kittys braune Haare auf der zweiten Bahn zu erkennen und winkte ihr eifrig zu. Er hampelte so heftig hinter der Glasscheibe hin und her, dass ein paar Kinder am Beckenrand kichernd seine Bewegungen nachahmten. Aber Kitty reagierte nicht, sah überhaupt nicht auf, tauchte, kaum dass sie Luft geholt hatte, wieder unter, schwamm Bahn um Bahn. Er hatte keine Ahnung, wie lange Kitty dieses Spielchen treiben wollte. Es blieb ihm nichts anderes übrig, als eine Eintrittskarte zu lösen, sich in seine Sporthose zu schmeißen und darin seinen blassen Körper zur Schau zu stellen. Das hasste er mindestens genau so sehr wie den Geruch von Chlor.

Er beeilte sich, ins Wasser zu steigen, sodass nur noch sein Kopf zu sehen war. Mit hektischen Bewegungen näherte er sich Kittys Bahn. Er versuchte, neben ihr herzuschwimmen, aber sie war viel zu schnell und hörte sein Rufen nicht. Er folgte ihr zum Beckenrand, wartete, bis sie zurückkam, griff nach ihrem Handgelenk. »Kitty!«, rief er.

»Noch fünf Runden!«, stieß sie beim Luftholen heraus, dann war sie wieder weg.

»Du kannst Schwimmbäder doch auf den Tod nicht ausstehen.«, presste sie zwischen zwei Atemzügen heraus, als sie endlich am Beckenrand Halt machte.

»Ich muss mit dir reden!«

Jan merkte, dass seine Zähne klapperten.

»Schlechte Nachrichten verbreiten sich schnell. Komm mir bloß nicht mit so der Mitleidsnummer. Dann fang ich sofort an zu heulen, und das habe ich in den letzten vierundzwanzig Stunden genug getan.«

»Es ist wegen der Pistole, ich muss wissen, wo die Pistole ist.«

Kitty sah ihn eine Weile stumm an, bevor sie sagte:»Du hast ganz blaue Lippen. Komm, wir gehen nach draußen in den Whirlpool. Dort ist es leerer und das Wasser ist warm.«

Jan folgte ihr brav, ließ sich neben ihr in das warme Wasser sinken. Sie waren die einzigen Benutzer. Da die Luft kälter als das Wasser war, hüllten sie feuchte Nebelschwaden ein. Jan sah Kittys Gesicht wie durch einen Schleier.

»Zuerst will ich wissen, wie ihr an diese Scheißpistole gekommen seid!«, befahl Kitty.

Und Jan erzählte. Zum ersten Mal erzählte er jemandem, der nicht dabei gewesen war, was auf dem Spielplatz geschah. Einiges ließ er weg – dass er mit Maureen geschlafen hatte, seine Eifersucht auf Florian –, aber er schonte sich nicht, sprach von Angst, Feigheit und Verzweiflung. Das gleichmäßige Geplätscher des Wassers und der sanfte Nebel machten ihm das Reden leichter. Und hier draußen störte ihn seltsamerweise das Chlor nicht.

»Ich hab Maureen ziemlich cool gefunden«, unterbrach ihn Kitty einmal. »Weißt du, sie hat mir einen Papierfrosch geschenkt. Dass sie diese zarten Figuren falten konnte, passte gar nicht zu ihrem herben Outfit.«

Und so erfuhr Jan, dass ausgerechnet Kitty Maureen in der Bahn begegnet war, kurz bevor er sie auf der Rennbahn kennengelernt hatte. Seine Sandkastenfreundin stand plötzlich mit seiner ersten Liebe in Verbindung. Echt wirre Schicksalsfäden. Was hatte Maureen eigentlich auf der Rennbahn gesucht? Gab es jemanden, der diese Frage beantworten konnte? Er wusste es nicht. »Ich habe einen kleinen Vogel bekommen«, gestand er in den Nebel hinein.

»Die Polizistin hat gesagt, dass sie nicht an den Schussverletzungen gestorben ist«, erklärte ihm Kitty. »Sie ist von einem Auto überfahren worden, draußen am Militärring. Wie ist sie denn da hingekommen?«

Auch das wusste Jan nicht. Seine Erinnerung an Maureen endete mit der Flucht vom Spielplatz.

»Wieso habt ihr das blöde Ding nicht vernichtet?« Kitty hieb ein paarmal wütend mit der flachen Hand auf das Wasser. »Wieso habt ihr diese tickende Zeitbombe in eure Hütte gelegt?«

»Die Sache ist mir echt aufs Hirn geschlagen. Man funktioniert dann irgendwie nicht mehr richtig. Dass du glauben musstest, es ist eine Schreckschusspistole, tut mir ...«

»Weißt du was?«, unterbrach ihn Kitty. »Ich war so wütend auf Sabine, dass ich mir gewünscht habe, die Waffe wäre echt.«

»Scheiße aber auch.«

»Aber es ist natürlich ein Unterschied, ob man sich etwas wünscht und davon ausgeht, dass es nie so sein kann, oder dass man sich etwas wünscht, von dem man weiß, dass es möglich ist, verstehst du? Ich hätte doch nicht geschossen, wenn ich gewusst hätte, dass die Waffe echt ist. Aber dass ich es mir gewünscht habe, macht alles viel schlimmer ...«

»Soll ich dir mal sagen, wen ich in meiner Fantasie schon alles umgebracht habe? Den Zabler, den wir in der Grundschule im Sport hatten, Kaminski natürlich, Tante Waltraud, Florian ...«

Aus dem Nebel drang keine Antwort zu ihm durch.

»Wird sie durchkommen?«, fragte Jan.

»Weiß man noch nicht.«

Jan meinte neben sich ein leises Schluchzen zu hören. Kurz nur, dann wieder das gleichmäßige Blubbern des Wassers.

»Kitty?«, fragte er. »Wo ist die Pistole?«

Verschwunden. In Luft aufgelöst. Jan sah den Stein, den er meinte, grade ein beträchtliches Stück in Richtung Gipfel geschoben zu haben, wieder den Berg hinunterrollen. Wer hatte sich die Waffe aus dem Versteck geholt, nachdem Kitty sie zurückgelegt hatte? Und was plante derjenige damit?

Vor dem Schwimmbad wartete Frau Delaste auf Kitty, sie bot an, ihn im Auto mitzunehmen. Jan lehnte ab, er musste allein sein. Er schlurfte zur U-Bahn-Station am Neumarkt. In sich selbst versunken wartete er in einer Menschentraube auf eine Bahn in Richtung Norden. Waren Enno und Florian wie er in der Nacht nach Hause gegangen? Wie war Maureen zum Militärring gekommen? Vor wem war sie in Panik davongelaufen? Er schob sich mit anderen in eine Bahn, stand dort eingequetscht zwischen einem bulligen Türken und einer schicken Bürolady und hätte fast seine Haltestelle verpasst. Als er wenig später von der Rolltreppe auf die Neusser Straße stolperte, stieß er mit Sergio zusammen.

»Sorry«, entschuldigte sich Sergio, »war grad ganz woanders.«

»Ich auch«, stimmte Jan zu. »Alles okay bei dir?«

»Passt schon.«

»Immer noch Ärger mit Florian?«

»Nein, nein«, wehrte er schnell ab. »Stella geht's Scheiße, da macht man sich so seine Gedanken, weißt du? Die Sache mit dem Geld haben Florian und ich geregelt. Was das angeht, alles paletti.«

Jan sah, wie er langsam mit der Rolltreppe zum U-Bahnhof hinunterfuhr. Es überraschte ihn, dass Florian so schnell seine Schulden bezahlt hatte. Sechshundert Euro waren kein Pappenstiel. Wo hatte der plötzlich so viel Geld her?

21. April Sie saßen wieder im Besprechungszimmer. Vor jedem
dampfte ein Becher Kaffee, die Köpfe rauchten. Je länger eine
Ermittlung lief, je mehr Indizien sich fanden, je mehr Informatio-
nen gesammelt wurden, desto schwieriger wurde es, den Über-
blick zu behalten. Daniel hatte gerade eine Zusammenfassung der
bisherigen Ergebnisse vorgetragen. Ziemlich gut, fand Anja. Es war
eine seiner Stärken, dass er viele verschiedene Fäden zusammen-
halten konnte. Während Anja über den Besuch bei Kitty Delaste,
und den Schreckschuss berichtete, hatte er zwar die Stirn gerun-
zelt, sie aber nicht dafür gerügt. Und Eddie meinte, dass das eine
ziemlich klasse Idee gewesen sei.
»Machst gerne ein bisschen auf Risiko, Anja, das kann auch mal in
die Hose gehen. In Zukunft will ich von solchen Aktionen vorher
hören«, meckerte Daniel jetzt doch und fragte dann zweifelnd:
»Und du bist sicher, dass diese Kitty die Wahrheit sagt, was die
Pistole betrifft?«
»Ja!« Davon war Anja wirklich überzeugt, und als Daniel weiterhin
die Stirn runzelte, ergänzte sie: »Überleg doch mal! Laut Aussage
der Angestellten hatte Kitty die Pistole bei sich, als sie aus dem
Reisebüro gestürmt ist. Ihr Zimmer und die gesamte Wohnung
Delaste haben wir gründlich durchsucht, da war die Pistole nicht.
Also gibt es nur zwei Möglichkeiten: Entweder sie hat die Waffe
auf dem Nachhauseweg weggeworfen oder sie hat sie wieder ins
Versteck zurückgelegt. Und durch die Aussage des Jockeys wissen
wir, dass sie noch mal auf der Rennbahn war. Warum sollte sie in
diesem Punkt lügen? Psychologisch lässt sich dieser Schritt gut
erklären. Sie will die Tat ungeschehen machen. Indem sie die
Waffe in das Versteck zurücklegt, erweckt sie den Anschein, sie sei
nie weg gewesen.«
Daniel nickte ein bisschen ungeduldig, wie immer, wenn er das
Wort Psychologie hörte. »Die Waffe lag also wieder in dem Ver-
steck. Kann sie, abgesehen von den drei Jungen, noch jemand ent-
wendet haben?«, fragte er.
»Zufallsfund ist eher unwahrscheinlich«, brummte Meier.
»Was ist mit diesem Jockey?«, fragte Eddie. »Den hatte Kitty doch
ganz in der Nähe der Hütte getroffen.«
»Der weiß aber nichts von der Waffe. Sollten wir aber trotzdem im
Hinterkopf behalten«, vermerkte Daniel. »Vorrang hat aber die

Befragung der Jungen. Was ist mit Mike Pflüger, Eddie? Hat er noch was ausgeplaudert? Und Meier, hast du sein DNA-Ergebnis schon?«

»Das Labor ist überlastet. Vielleicht heute Nachmittag.«

»Mach Druck! Die werden nicht zum Däumchendrehen bezahlt«, befahl Daniel. »Also Eddie, was Neues?«

»Der wird sein Hochbett so schnell nicht zu Ende zimmern«, berichtete Eddie. »Das hat er nämlich für sich und Maureen bauen wollen. Für ihn war es 'ne klare Sache, dass sie über kurz oder lang zu ihm auf den Bauwagenplatz zieht. Von wegen, die schneite gelegentlich vorbei! Für ihn war's auf alle Fälle mehr. Große Liebe sagt ein Typ wie Mike nicht, hat aber danach geklungen. Der Typ ist dreiunddreißig und Maureen war sechzehn. Bisschen pervers, oder? Er war an dem Tag lose mit ihr auf der Rennbahn verabredet, weil er ihr ein bestimmtes Pferd beim Training zeigen wollte. Sie war aber nicht da, als er auf die Rennbahn kam. Hat ihn aber nicht beunruhigt. Das hat sie wohl öfter gemacht. Ist gekommen und gegangen, wann sie wollte. Hat sich nicht in die Karten gucken lassen ...«

»Hat er in der Nacht davor mit Maureen geschlafen?«, wollte Anja wissen.

»Er sagt nein«, antwortete Eddie. »War ein ziemliches Chaos in seinem Bauwagen, das haben wir ja gesehen, als wir da waren. Durch die Bauarbeiten hat er kein Bett gehabt. Deshalb hat Maureen bei einem Mädchen in einem anderen Bauwagen geschlafen.«

»Sie war also mit jemand anderem im Bett«, folgerte Daniel.

»Er war in sie verliebt, er war auf der Rennbahn, sie hat mit einem anderen Mann geschlafen«, zählte Anja laut auf. »Es stimmt vielleicht, dass er sie auf der Rennbahn nicht getroffen hat, aber gesehen hat er sie. Mit einem anderen Typen. Eifersucht ist ein verdammt starkes Tatmotiv. Er hat sie beschattet, ist ihr gefolgt, er wusste, dass und wo sie die Waffe hat. Er ist ausgerastet ...«

»Eifersucht, na klar, so ergibt das Ganze einen Sinn«, bestätigte Daniel ihre Sicht der Dinge. »Aber hat er geschossen? War er der Typ vom Militärring? Wir brauchen unbedingt seine DNA-Ergebnisse! Meier, ruf doch mal direkt da an und mach den Laborratten Feuer unterm Hintern. Ach ja, und dann check doch direkt, ob dieser Mike ein Auto hat!«

»Apropos Auto«, meldete sich Meier. »Wir haben dem Typen, dem Maureen vors Auto gelaufen ist, verschiedene Automodelle gezeigt. Ihr erinnert euch doch, dass er einen blauen Wagen gesehen haben will, der vom Waldparkplatz auf die Geestemünder Straße gefahren ist. Das war ein Ford Capri, ein blauer Ford Capri.«

»Sehr gut«, lobte Daniel. »Das ist kein Auto, das jeder fährt. Check doch mal, ob dieser Mike einen Ford Capri besitzt. Und danach checkst du das bei allen Zeugen, die wir in der Sache befragt haben. Aber die DNA hat Vorrang, klar?«

Daniel war in seinem Element, versprühte Energie und Kampfgeist. Er vermittelte den Eindruck, dass sie die Lösung fast gefunden hatten, trieb sie zu weiteren Schritten an. Auch das gefiel Anja.

»Eddie«, fuhr Daniel fort, »du nimmst dir noch mal Mike vor, konfrontier ihn mit der Eifersuchtstheorie …«

»Meinst du nicht, wir sollten abwarten, bis Meier die Daten zu seiner DNA hat?«, warf Eddie ein. »Dann können wir ihn doch ganz anders unter Druck setzen.«

»Hängt davon ab, wie schnell die Laborratten sind!« Daniel wog die Argumente ab. »Ich will, dass du ihn heute noch mal zur Brust nimmst! Wir entscheiden das heute Nachmittag. Was ist mit den Jungen, Anja?«

»Mit zweien hab ich telefoniert, Jan Weller und Enno Kreuzmann. Die hab ich für 12 Uhr hier ins Präsidium bestellt. Den dritten, Florian Haller, habe ich nicht erreicht. Angeblich weiß auch sein Vater nicht, wo er steckt.«

»Okay, dann nehmen wir uns erst mal die zwei vor! Anja, mal sehen, ob so eine hübsche junge Polizistin wie du nicht deren Hormone zum Sprudeln bringt!«

Blödmann, dachte Anja und zog scharf die Luft ein.

Die Nacht war schwarz und traumlos, ein unendlich tiefes Loch. Wie betäubt fühlte sich Kitty, als sie die Augen aufmachte. Sie sah den alten Teddy auf ihrem Kopfkissen, die Pinnwand mit den Fotos, das Handy auf dem Fußboden, die Yuccapalme. Alles vertraute Gegenstände in ihrem Zimmer. Dann setzte sie die Füße auf den Boden und taumelte langsam zur Tür. Viel kaltes Wasser brachte ihren Kreislauf langsam in Fahrt und die Erinnerung an die Schläge zurück, die Florian ihr gestern Abend verpasst hatte.

Sie hatte ihn nach der Rückkehr vom Schwimmbad angerufen. Nachdem sie in den letzten Tagen durch die Hölle gegangen war, sehnte sich nach dem Schwung der Affenschaukel am Hansemannspielplatz, wo sie dem Himmel so nah gewesen war.

»Lang nichts von dir gehört, Prinzessin!«

Sofort spürte Kitty den Wind auf der Schaukel, den Fliederduft über dem Platz und Florians warmen Atem an ihrem Hals. Luftige Erinnerungen an glückliche Augenblicke. Sie hatte eigentlich nicht nah am Wasser gebaut, sie weinte wirklich nicht oft, aber die letzten Tage mussten irgendwelche Schleusen in ihr geöffnet haben. Es ging einfach nicht anders, sie fing plötzlich an zu heulen.

»Hey hey, Prinzesschen! Was denn los?«, sorgte sich Florian, und da erzählte sie alles mit viel Geschniefe und wild durcheinander.

»Und du hast den Bullen tatsächlich meinen Namen genannt?« Seine Stimme klang alarmiert, gar nicht mehr freundlich.

Was hätte sie denn tun sollen? Sie musste der Polizistin doch erzählen, wie sie an die Waffe gekommen war.

»Du hast tatsächlich vergessen, in was für einer beschissenen Situation ich stecke?« Florians Stimme wurde lauter, ärgerlicher. »Dass ich Bewährung habe? Dass ich im Knast landen kann?«

Bumm, bumm, bumm. Kitty heulte nur noch. In der Nacht, in der sie sich eingesperrt hatte, glaubte sie, nichts Schlimmeres mehr erleben zu können. Aber sie hatte sich getäuscht. Florian prügelte sie in ein noch finstereres Loch.

»Du bist so ein kleines Daddy-Töchterchen, verwöhnt und verhätschelt, eine, die sofort anfängt zu plärren und mit dem Finger auf andere zeigt, wenn's mal ein bisschen ungemütlich wird«, belferte Florian weiter. »Weißt du was, Kitty Delaste? Du kannst mich mal!«

Dass Florian aufgelegt hatte, merkte Kitty erst, als ihre Heulanfälle verebbten. Er hatte sie übel beschimpft, nicht ein Wort des Trostes, nicht ein Funken Mitleid. Sie wollte es nicht glauben. Dabei hätte sie es wissen müssen. Jess-Typen, von denen sollte man die Finger lassen.

Ein Blick in den Spiegel zeigte ihr die Höllenfahrt der letzten Tage. Ringe unter den Augen, blasse Haut, stumpfe Haare, zwei neue Pickel am Kinn. Die Schönheitskur aus dem Neptunbad auf Nimmerwiedersehen verschwunden.

In der Küche fand sie einen Zettel ihrer Mutter. Anna war heute wieder arbeiten gegangen und schrieb, dass Kitty sie jederzeit anrufen könnte. »Jederzeit« dick unterstrichen. Kitty atmete erleichtert durch. Sabine lebte noch. Denn wenn sie heute Nacht gestorben wäre, wäre Anna niemals arbeiten gegangen. Aber gut ging es ihr deshalb bestimmt noch lange nicht. Ein paarmal hatte sich Kitty Sabine im Krankenhausbett vorgestellt. Ohne Bewusstsein, nur leise atmend, mit der Schusswunde im Herzbereich, mal dem Tod näher als dem Leben, mal umgekehrt. Natürlich wünschte sie sich, dass Sabine überlebte und wieder gesund würde, aber mögen tat sie sie deshalb trotzdem nicht. Es war doch Sabine gewesen, die sie mit dieser Drohung im Neptunbad so wütend gemacht hatte. Ohne ihre Kampfansage wäre ihr gar nicht die Idee mit der Pistole gekommen. Jetzt denke ich schon wie Florian, fiel Kitty auf. Schiebe den anderen die Schuld in die Schuhe und packe mir nicht selbst an die Nase. Ein bisschen Anteilnahme sollte sie schon zeigen. Sie holte sich das Telefon und rief ihren Vater an. Sabine habe die Nacht überstanden, sei aber immer noch nicht überm Berg. Er klang verdammt müde. Kitty drückte schnell die Off-Taste. Die unbeschwerten Daddy-Days für immer dahin, und Zuckerschnecke hatte er sie, seit Sabine im Krankenhaus lag, auch nicht mehr genannt.

Jetzt fang nicht schon wieder an zu heulen, befahl sie sich, kümmere dich um dein Frühstück! Sie sah, dass Anna eine ganz teure Cornflakes-Sorte für sie gekauft hatte, die es höchstens dreimal im Jahr gab. Anna würde sie nie im Stich lassen, dachte Kitty, während sie eine Schale davon aß. Wenn es etwas Gutes an diesen letzten zwei Tagen gab, dann Anna. Kitty bereute all die Streitereien, die sie mit ihrer Mutter angezettelt hatte, und wollte nur noch eine gute Tochter sein. War natürlich Schwachsinn, Zoff würden sie immer wieder kriegen, das hatte Kitty gestern Abend gemerkt. Heute und morgen noch, zwei Tage schulfrei hatte Anna ihr zugestanden. Dabei wusste Kitty genau, dass sie, nach dem Artikel »Familiendrama im Reisebüro« in der gestrigen Zeitung, niemals mehr in ihre alte Schule zurückkehren würde.

In ihrem Zimmer warf sie Barbie und Ken, die Zeugen ihrer Verzweiflung in der vorletzten Nacht, mit den Puppenmöbeln in die Kiste und schob diese unters Bett zu dem anderen Kinderkram

172 zurück. Während sie überlegte, ob sie sich anziehen oder den Tag in einer Jogginghose verbringen sollte, klingelte das Telefon. »Ein Milchshake bei Engeln, was hältst du davon?«, fragte Karla. »Schwänzt du die Schule?«
»Manchmal gibt es echt Wichtigeres. Also, kommst du?«
»Gib mir eine halbe Stunde. Muss ein bisschen Schminke auflegen, bevor ich mich aus dem Haus traue.«

Sie klammerten sich beide an ihren Milchshakes fest, Karla an Erdbeer, Kitty an Schokolade. Um sie herum alte Omas und junge Mütter, deren Bälger mit eisverschmierten Mündern zwischen den Tischen herumkrabbelten.
»Und? Zerreißen sich in der Klasse alle schon das Maul über die Sache?«
»Denk schon. Gestern hat so ein Reporter von RTL vor der Schule gestanden. Und nach dem Zeitungsartikel wird die Altaner heute Morgen bestimmt eine kleine Ansprache halten.«
Kitty nickte. Nie mehr würde sie in diese Schule zurückkehren. »Das legt sich wieder«, tröstete sie Karla. »Klar, der erste Tag wird hart, aber zusammen kriegen wir das schon geregelt. Und ein paar Tage danach interessiert sich kein Mensch mehr für die Sache. ›Sensationsmeldungen‹, hatten wir mal in Sowi, erinnerst du dich?, ›sind immer nur eine kurzzeitige Angelegenheit und werden schnell von neuen Sensationsmeldungen abgelöst.‹ Also, Kopf hoch! Wann kommst du denn wieder?«
»Kann ich noch nicht sagen«, antwortete Kitty ausweichend. Sie wollte jetzt nicht mit Karla diskutieren, dass sie überhaupt nicht mehr zurückkam. »War Jan heute in der Schule?«, fragte sie stattdessen.
Karla schüttelte den Kopf. »Die müssen um 12 Uhr zum Polizeipräsidium. Enno hatte schon beim Frühstück Muffensausen.«
»Nur Jan und Enno?«
»Florian auch, aber der ist wie vom Erdboden verschluckt«, wusste Karla. »Weißt du, wo er steckt?«
Karla zog hastig an ihrem Milchshake-Strohhalm, und Kitty kämpfte eine neue Heulattacke hinunter. »Was wir immer gesagt haben«, murmelte sie dann, »von Jess-Typen sollte man die Finger lassen.«

»Er hat dich also abserviert!« Karla sagte es ohne Schadenfreude oder Triumph, als nüchterne Feststellung.

»Wegen der Pistole! Weil ich der Polizistin seinen Namen genannt habe. Er ist so was von ausgeflippt, das kannst du dir nicht vorstellen.« Kittys Stimme zitterte, und sie war froh, dass eines der Krabbelkinder ihr Bein betatschte und sie vom Weinen ablenkte.

»O doch, kann ich«, antwortete Karla. »Weißt du, was er zu mir gesagt hat, als ich ihn auf Yasmina aus der 9c angesprochen hab? Ich sei eine eifersüchtige Zicke, ich würde immer nur an mich denken, ich würde wie ein Bleigewicht an seiner Brust dranhängen.«

»Er ist so ein Arschloch!« Kitty merkte, wie gut es tat, auf Florian zu schimpfen. »Dabei hat er am Anfang so auf sensibel und offen gemacht. Die Geschichte mit seiner Mutter, das hat mich umgehauen, da ist er mir plötzlich so verletzlich und verwundbar vorgekommen.«

»Hat er dir auch erzählt, dass sie nach Amerika abgehauen ist und ihn im Stich gelassen hat?«

»Ja, und er fährt einmal im Jahr nach Chicago und lässt sich von ihr verwöhnen und so.«

»Alles gelogen! Hab ich auch erst später durch Enno erfahren. Sie wohnt in Köln auf der anderen Rheinseite, irgendwo in Richtung Leverkusen. Wie man an uns beiden sieht, hat er mit dieser erfundenen Amerika-Nummer echt Erfolg.«

»So ein abgewichster, hundsgemeiner Scheißtyp!«, fluchte Kitty. »Und der hätte uns beinahe auseinandergebracht!«

»Liebe halt«, unkte Karla.

»Es war so schrecklich, dich in der Pause nicht an unserem Platz unter dem Holunderbusch zu finden«, gestand Kitty Karla. »Stattdessen hast du mit dieser Stella gequatscht, so innig, als wärt ihr die besten Freundinnen. Hat die eigentlich geheult?«, fiel Kitty ein. »Was hatte die denn?«

»Da ist auf der Rennbahn am Sonntag 'ne üble Sache passiert ...«

»Was denn für eine üble Sache?«

»Ich habe es Stella in die Hand versprechen müssen, mit niemandem darüber zu reden«, antwortete Karla. »Ich sag nur: Treib dich nicht zu nah bei den Ställen rum!«

»Jetzt red mal nicht in Rätseln. Du weißt, dass ich dichthalten kann.«

»Ehrlich, Kitty. Ich hab's ihr bei dem Bild ihrer Mutter schwören müssen. Und ich halte mein Wort, das weißt du.«

Ja, das wusste Kitty. Und sie wusste auch, dass etliche Mädchen aus ihrer Klasse bei Karla, wenn sie Stress hatten, gerne Trost und Rat suchten. Weil alle wussten, wie verschwiegen und ehrlich sie war. Stellas Geheimnis war bei ihr gut aufgehoben. Selbst sie würde es nicht erfahren.

»Wie geht's denn der Freundin von deinem Vater?«, wechselte Karla das Thema.

Kitty erzählte es.

»Musst du da nicht mal hin? Sie im Krankenhaus besuchen oder so?«

»Auf die Idee ist zum Glück noch keiner gekommen. Stell dir nur mal vor, der setzt vor Schreck das Herz aus, wenn sie mich sieht! Da muss die schon wieder richtig gesund sein, bevor ich vor ihr auf dem Boden robbe und mich entschuldige.«

»Du wirst ihr wahrscheinlich immer ein bisschen unheimlich bleiben, selbst wenn sie jetzt weiß, dass du nicht in echt auf sie schießen wolltest«, orakelte Karla.

»Ich sage dir, Karla, dieser Schuss hat mein Leben verändert!«

Karla nickte, und ihr Blick war voller Mitgefühl.

Wenn man im Dreck landet, trennt sich bei den Freunden die Spreu vom Weizen, dachte Kitty. Florian konnte sie knicken, aber Karla, die saß hier mit ihr, die fühlte mit ihr, die war für sie da. Eine echte Freundin. Und wieder nahte eine Heulattacke, und diesmal ließ Kitty die Tränen laufen.

Um 12 Uhr, hatte die Polizistin gesagt, sollten sie auf dem Polizeipräsidium sein. »Es geht um die Waffe, die ihr auf der Rennbahn versteckt habt. Wir wollen wissen, wo ihr sie herhabt und wo sie jetzt ist.« Die Polizistin hatte auch gefragt, ob er wisse, wo Florian steckt, was nur heißen konnte, dass sie ihn nirgendwo erreicht hatten. So allmählich wurde Jan die Sache unheimlich, er bekam ein ganz mieses Gefühl, wenn er an die Kombination von Florian, Verschwinden, Pistole und sechshundert Euro dachte. Deshalb wollte er noch zwei Dinge erledigen, bevor er mit Enno zur Polizei fuhr. Bei Florian zu Hause vorbeischauen, und falls er da nicht sein sollte, Sergio in der Schule ausfragen.

Er machte sich auf den Weg zur Bahn und fuhr die eine Station bis zu Florians Straße. Der Vater öffnete die Tür, was Jan für einen Moment ziemlich aus dem Konzept brachte, aber dann fiel ihm ein, dass er bei Ford Schicht arbeitete und deshalb an einem normalen Vormittag zu Hause war.

»Ja?« Er musterte Jan kühl und misstrauisch, als wäre er ein Schwerverbrecher.

»Ist Florian da?«

»Schuldet er dir Geld? Hat er dir die Freundin ausgespannt? Dein Auto zu Schrott gefahren?«

Jan verschlug es die Sprache. Dass ein Vater so abfällig über seinen Sohn sprach, hatte er noch nie erlebt. »Ich will mit ihm reden«, stotterte er.

»Er ist nicht da, und wenn du wissen willst, wann er zurückkommt, ich kann es dir so wenig sagen wie der Polizei, die auch nach ihm sucht!«

»Ist er von zu Hause abgehauen?«

»Bisher ist er immer wieder aufgetaucht.«

Er sagt das, als ob es ihm lieber wäre, er bliebe verschwunden, dachte Jan. »Er soll sich bei mir melden, bei Jan. Es ist dringend«, sagte er. Dann drehte er sich um, lief eilig die Treppen hinunter und war froh, als die Haustür hinter ihm zuschlug. Gott, war der Typ grauenvoll! Fast empfand er so etwas wie Mitleid, weil Florian mit so einem Vater zusammenleben musste. Aber mit siebzehn, verdammt, konnte man nicht mehr alle Probleme den Alten zuschieben, da musste man anfangen, den Karren selbst aus dem Dreck zu ziehen.

Seit dem Treffen in der Jockeyschule befand sich Florian auf Tauchstation. Er hatte in der Zeit einmal mit Kitty telefoniert und irgendwoher für Sergio das Geld besorgt. Jan wurde den Verdacht nicht los, dass Florian die Pistole verkauft und auf diesem Weg das Geld für Sergio beschafft hatte. Sein Vater hatte ihm das Geld bestimmt nicht gegeben. Aber wem hatte er die Waffe vertickt? Das war nicht so leicht, wie ein Handy oder einen iPod loszuwerden.

Er sah auf die Uhr. Viertel vor zehn. Wenn er sich beeilte, konnte er Sergio in der großen Pause abpassen. Er lief zurück zur U-Bahn-Station, erwischte mit einem schnellen Sprint die Linie 12, hastete die fünfhundert Meter vom Ebertplatz bis zur Schule. Das Pausen-klingeln ertönte, als er die schwere Eingangstür aufstieß. Die Räume der 13er waren im zweiten Stock. Er schlängelte sich an den nach unten stürmenden Unterstuflern vorbei nach oben, wo er jeden, der ihm begegnete, nach Sergio fragte. Dann sah er, wie Sergio, Arm in Arm mit Stella, das andere Treppenhaus hinun-terging. »Hey, Sergio, warte mal!«, brüllte er hinter den beiden her.

»Was ist denn los?«

»Weißt du, wo Florian ist?« Jan keuchte noch, versuchte seine Atmung auf Normalgeschwindigkeit herunterzufahren.

»Was hab ich mit Florian zu schaffen?«

»Du bist der Letzte, der ihn gesehen hat. Danach ist er ver-schwunden.«

»Hä?« Sergio wirkte misstrauisch. »Was heißt hier verschwunden? Und was hat das mit mir zu tun?«

»Hat er erzählt, wo er hinwollte?«

»Hat er nicht.«

»Und das Geld?«

»Was für Geld?«

»Für deinen Roller. Hast du ihn nicht gefragt, woher er es so plötz-lich hatte?«

»Hör mal, Jan! Was ziehst du denn hier für eine Nummer ab? Ich glaub nicht, dass es dich irgendwas angeht, was ich mit Florian für Geschäfte mache. Also hau ab!« Sergio zog Stella hinter sich her weiter die Treppen hinunter.

Jan folgte ihnen. »Es geht mich was an, weil Florian wahrschein-lich eine Pistole vertickt hat.«

Sergio wurde blass, und Stella stieß einen kleinen Schrei aus.

»Sorry, Mann, aber davon habe ich nicht den leisesten Schimmer.« Sergio zuckte bedauernd mit den Schultern und lief weiter.

Jan sah ihnen nach. Ihm war, als würde er bei der Suche nach der Pistole immer wieder gegen eine Wand rennen. Wieder dachte er an Sisyphos, an den schweren Stein, den er den Berg hinaufschob. Und das Leben schien ihm plötzlich viel mehr zu sein als ein Rauf und Runter. Es war ein Kreuz und Quer, ein Vor und Zurück, ein

labyrinthischer Wirrwarr. Nicht aufgeben, sagte er sich, trotzdem
nicht aufgeben.

Eine Dreiviertelstunde später traf er sich mit Enno am Neumarkt.
Zwei, drei Bahnen, die sie hätten nehmen können, ließen sie weiterfahren ohne einzusteigen. Auch Enno hatte nichts von Florian
gehört. Er machte sich Sorgen. Wegen des Verhörs, um sich, um
Jan, um Florian, ungefähr in dieser Reihenfolge.
»Er ist völlig abgetaucht«, erzählte Jan. »War seit Tagen nicht in
der Schule, nicht zu Hause, nicht auf der Rennbahn.« Sogar im
Lohse-Park, wo Florian gelegentlich skatete, hatte er nach ihm
gefragt.
»Vielleicht bei seiner Mutter?«, fiel Enno ein. »Die hasst er eigent-
lich, weil sie ihn im Stich gelassen hat. Wäre aber 'ne Möglichkeit.
Die wohnt irgendwo weit draußen auf der anderen Rheinseite.«
»Das ist ja eine super exakte Ortsangabe«, maulte Jan. »Wie viele
Leute wohnen im Rechtsrheinischen? Hunderttausend? Zweihun-
derttausend? Dreihunderttausend?«
»Telefonbuch«, schlug Enno vor.
»Ich wette, da stehen mindestens drei Seiten ›Haller‹ drin.«
»Sie heißt nicht Haller, sie hat einen ziemlich ausgefallenen Nach-
namen«, erinnerte sich Enno. »Irgendwas mit einem Kinderlied«
»Hänschen klein? O du lieber Augustin? Schlaf Kindlein schlaf?«
»Irgendwas mit Tieren.«
Jan stöhnte und sah auf die Uhr. »Die nächste Bahn müssen wir
nehmen«, sagte er, und Enno nickte.
Sie fuhren schweigend über den Rhein, liefen wenig später an
einem großen Einkaufszentrum vorbei zu dem nüchternen Neu-
bau des Kölner Polizeipräsidiums. Auf Jans Uhr war es zehn vor
zwölf. Sie hatten noch ein paar Minuten. Die Hände in den Hosentaschen, standen sie bei den runden Steinen, die vor dem Haupt-
eingang lagen. Steine, wie passend, dachte Jan.
»Sollen wir's so machen, wie ich in der Jockeyschule vorgeschlagen habe?«, fragte Enno. »Das würde doch keinem von uns
schaden.«
Jan antwortete nicht.
»Also dann ist alles klar.«
»Nein. Ich erzähl, wie es war.«

Enno stockte, sah ihn düster an. »Damit lieferst du Florian ans Messer.«

»Ich stecke in der Geschichte viel tiefer drin als er. Ich habe die Waffe ins Spiel gebracht. Dass sie losgegangen ist, dass sie Maureen verletzt hat, war ein Unfall. So werde ich es erzählen, und ich werde Florian da nicht rauslassen.«

»Keinen Freundschaftsdienst mehr?«

»Nur noch einen. Ich werde nicht sagen, dass ich glaube, dass er die Pistole genommen hat.«

»Darauf werden die Bullen schon von ganz alleine kommen«, vermutete Enno und kickte ein paar Steinchen zur Seite, bevor er fragte: »Die Wahrheit also?«

»Ja«, bestätigte Jan, »die Wahrheit.«

Enno reichte ihm die Hand, dann stiegen sie Seite an Seite die paar Treppen zum Eingang hoch, sagten dem Mann am Empfang, zu wem sie wollten. Der telefonierte und ließ sie neben dem Aufzug warten.

»Auf der Lauer«, sagte Enno plötzlich.

Jan verstand nicht.

»Die Mutter von Florian heißt Auf der Lauer.«

»Und was hat das mit Kinderliedern und Tieren zu tun?«

»Wanze«, sagte Enno. »Ein sehr kleines Tier. Auf der Mauer, auf der Lauer liegt 'ne kleine Wanze ...«

Sie grinsten sich an. Dann öffnete sich der Aufzug, und vor ihnen stand Anja Kraft.

»Bin mir wie ein Beichtvater vorgekommen«, brummte Daniel und reckte die Arme.

»Ja«, bestätigte Anja und reckte sich ebenfalls. Sie hatten sich erst den kleinen Jockey und dann den langen Jan vorgenommen. »Die zwei wollten reden. Die mussten sich echt die Herzen erleichtern.«

Daniel stand auf, wartete, bis Anja durch die Tür war, und schloss dann ab. »Jetzt wissen wir, mit wem sie geschlafen hat«, meinte er. »Gott, ist der Kerl noch jung! Die haben ja heutzutage immer früher Sex.«

»Er ist siebzehn, Maureen war sechzehn«, warf Anja ein und ging langsam neben Daniel den Flur hinunter. »Findest du das früh? Hast du in dem Alter noch keinen Sex gehabt? Ich schon!«

»Du wirst es nicht glauben, Anja!« Daniel blieb stehen und grinste. »Aber was das angeht, war ich ein echter Spätzünder.«

Das glaubte Anja sofort. Vielleicht musste er deshalb bis heute so blöde Sprüche klopfen. »Ich bring noch die DNA-Probe der beiden weg.« Sie deutete auf die Plastiktüten mit den Haarproben. »Was machen wir mit diesem Florian? Suchmeldung?«

»Wäre gut, wir bekämen schnell auch eine DNA-Probe von ihm.« Daniel eilte schon den langen Flur hinunter. »Fahr später bei ihm zu Hause vorbei und besorg eine. Haarbürste, Kopfkissen oder so. Vielleicht ist er dann wieder aufgetaucht. Aber erst will ich wissen, wie weit Eddie und Meier sind. Wir treffen uns in zehn Minuten!«

Anja ging weiter zum Fahrdienstbüro, bat darum, die Haarproben so schnell wie möglich ins gerichtsmedizinische Institut zu bringen und dort sofort untersuchen zu lassen. Dann dachte sie noch mal an das Gespräch mit Jan und Enno. Hätten sie sich doch bloß früher gemeldet, dann hätte Kitty nicht auf Sabine Jansen schießen können! Immerhin hatten sie bereitwillig ausgepackt, nicht versucht, sich in Lügen zu verstricken oder Verantwortung von sich zu weisen. An der Geschichte werden sie bestimmt noch lange knabbern müssen. So was steckte keiner schnell weg! Anja merkte, dass sie schon eine Weile aus dem Fenster starrte, die Zeit vertrödelte. Sie löste den Blick von Bahnschienen, wo Güterzüge scheinbar sinnlos hin- und her geschoben wurden, und legte einen Schritt zu. Schon von Weitem sah sie Daniel am Kaffeeautomaten stehen

»Willst du auch einen?«, fragte er.

»Latte macchiato«, sagte Anja und dachte: Sieh mal einer an, es geht doch!

22. April Jan schwänzte auch heute. Dabei war er so früh aufgewacht wie nie. Er hatte wieder geträumt. Nein, nicht von dem bescheuerten Zehnmetersprungturm, diesmal von Florian und erneut von der Pistole. Florian hatte damit seine Mutter erschossen. Er, Jan, hatte das nicht verhindern können. Er hatte wieder versagt.

Die roten Ziffern seines Digitalweckers zeigten 6 Uhr 02 an, als er hochschreckte. Sein Herz raste, die Bilder von Florians toter Mutter füllten das Zimmer aus. Es war nur ein Traum, verdammt, nur ein Traum. Und wenn dieser Traum wieder eine Vorahnung war, so wie der letzte? Er dachte an Kitty und ihre Wut auf die Freundin des Vaters und fragte sich, ob Florian seine Mutter so sehr hasste, dass er auf sie schießen würde. Gar nicht so abwegig, fand er. In diesem Zwischenreich zwischen Traum und Wirklichkeit ließ ihn der Gedanke nicht mehr los, an Weiterschlafen war nicht zu denken.

Er schälte sich aus dem Bett und suchte im Wohnzimmer nach dem Telefonbuch. Auf der Lauer, Annette. fand er darin nur einmal und die 51er Postleitzahl sagte ihm, dass die Straße, die er nicht kannte, auf der anderen Rheinseite lag. Er suchte sie auf dem Stadtplan und prüfte, welche Bahn er nehmen musste. Dann duschte er und zog sich an. »Ich treffe mich vor der Schule noch mit Enno«, log er seiner Mutter an, die in dem Augenblick gähnend aus dem Schlafzimmer tapste, als er die Wohnungstür öffnete. Bevor sie den Mund aufmachen konnte, schloss er die Tür hinter sich und hechtete die Treppe hinunter. Die kühle Morgenluft stach ihm in die Lungen, und seine Gehirnzellen spulten die Straßenbahndaten ab. Mit Umsteigen und Warten würde er nicht länger als eine Dreiviertelstunde bis zu der Adresse brauchen. Er würde also spätestens um halb acht dort klingeln können. Nüchtern betrachtet, hatte Florian seine Mutter wohl nicht umgebracht. Aber er könnte sich bei ihr verkrochen haben. Wenn, dann würde er um diese Uhrzeit noch im Bett liegen, und er, Jan, könnte ihn im Schlaf überrumpeln und endlich wegen der Pistole zur Rede stellen.

In der Bahn eingeklemmt zwischen Menschen, die mundfaul und müde in den Tag starteten, überquerte er den Fluss. Nebelschwaden hingen über dem Wasser, an der Rheinuferstraße erloschen die Straßenlaternen. Der Tag löste die Nacht ab. Jan war schon

sehr wach, und je näher er seinem Ziel kam, desto mehr Zweifel
überfielen ihn. Was, wenn Auf der Lauer, A. überhaupt nicht Florians Mutter war? Was, wenn sie es war, ihren Sohn aber in letzter Zeit überhaupt nicht gesehen hatte? Was, wenn Florian tatsächlich bei ihr war, sie ihn aber nicht zu ihm ließ? Was, wenn Florian doch auf sie geschossen hatte? Am Mülheimer Bahnhof überlegte er umzudrehen. Aber dann dachte er wieder an die Waffe und daran, wie wichtig es war, sie zu finden, und beschloss weiterzufahren. Die Straße fand er ohne Probleme. Sehr kleine Häuschen mit winzigen Vorgärten. In dem mit der Nummer 19 hing ein großes Vogelhäuschen an einem Weidenbusch. Wachberg/Auf der Lauer stand auf dem Schild. Mit zittrigen Fingern drückte Jan auf den altmodischen, runden Klingelknopf.

Sekunden später wurde die Tür aufgerissen und ein schrankgroßer Mann füllte den Türrahmen aus. Jan rutschte das Herz noch tiefer in die Hose. Der Riese sah ihn fragend an.

»Könnte ich Frau Auf der Lauer sprechen?«, presste Jan heraus.

»Warum?«

»Ich muss sie etwas fragen.«

»Was?«

»Es geht um Florian.«

»Florian?«

»Ja, Florian Haller.«

»Ah!« Der Riese nickte grimmig, bevor er »Annette« ins Innere des Hauses rief. Er machte Platz für eine große, schlanke Frau, blieb aber hinter ihr stehen.

Die Locken, die Augen, die Nase, dachte Jan. Sie ist ohne Zweifel Florians Mutter. Jan merkte, wie sehr es ihn erleichterte, dass sie lebte.

»Florian«, sagte der Kleiderschrank, und Jan fragte sich, ob er mehr als Einwortsätze sagen konnte.

»Ich bin ein Freund von Florian«, erklärte Jan der Frau. »Ich versuche seit Tagen, ihn zu erreichen. Ist er hier bei Ihnen?«

Der Riese schnaubte, und die Frau schüttelte den Kopf. »Hat sich schon seit Monaten nicht mehr bei mir gemeldet.«

»Besser«, sagte der Riese.

»Sie wissen nicht, wo er ist?«, fragte Jan, der merkte, wie sein Stein wieder nach unten rollte.

»Tut mir leid«, sagte die Frau, und der Mann machte die Tür zu. Jan starrte auf die alte Holztür, dann klingelte er noch mal. Der Riese war nicht erfreut darüber. »Meine Handynummer, ich möchte Ihnen meine Handynummer hierlassen für den Fall, dass Florian sich meldet.«

Der Kleiderschrank schnaubte wieder, aber die Frau holte etwas zum Schreiben und notierte sie schnell.

»Abmarsch«, befahl der Riese und schloss wieder die Tür.

Jan drehte sich um und lief zur Bahnstation zurück. Wieder nichts, wieder nichts, wieder nichts. Er trat wütend gegen eine leere Redbull-Dose, kickte sie kreuz und quer über die Straße, bis sie in einem dornigen Gestrüpp am Straßenrand hängen blieb. Die Bahn hatte zehn Minuten Verspätung. Als er über die Mülheimer Brücke fuhr, klingelte sein Handy.

»Er steckt in Schwierigkeiten, nicht wahr?« Der gleiche samtene Ton wie bei Florian. Jan erkannte die Stimme der Mutter sofort.

»Ja.«

»Ich habe ihn vorgestern in der Stadt getroffen. Er brauchte ein neues Handy. Hatte seines verloren.«

»Er wollte kein Geld von Ihnen?«, wunderte sich Jan.

»Doch, auch. Habe ihm einen Hunderter gegeben. Mehr ging nicht. Weißt du, wofür er das Geld braucht?«

»Er hat den Roller von einem Kumpel zu Schrott gefahren.«

»Wie viel will der dafür haben?«

»Sechshundert.«

»Viel Geld.« Die Frau seufzte schwer und wartete ein Weilchen, bevor sie fragte: »Ist das die einzige Schwierigkeit, in der er steckt?«

»Nein.« Jan war so einsilbig wie vorher der Riese. So wütend er auf Florian war, es käme ihm schäbig vor, mit seiner Mutter darüber zu reden. »Hat er eine neue Handynummer?«, fiel ihm noch ein zu fragen.

»Ja.« Die Frau nannte sie ihm. »Ich bin froh, dass er einen Freund hat, der sich um ihn kümmert«, flüsterte sie. »Pass auf ihn auf, ja?« Dann legte sie schnell auf.

Jan wählte die genannte Nummer, niemand ging ran. »Wenn du dich nicht sofort meldest, erzähl ich den Bullen, dass du die Pistole hast«, sprach er auf die Mailbox und legte auf. Die Bahn fuhr von der Brücke herunter. In fünf Minuten würde sie am Ebertplatz halten. Er könnte noch rechtzeitig zur zweiten Stunde in der Schule sein. Aber die Vorstellung, gleich stillzusitzen, über Don Carlos oder The American Dream nachzudenken und sich Brausers besorgtem Blick zu stellen, drückte ihm auf den Magen. Andererseits konnte er in der Schule vielleicht noch mal mit Karla oder Sergio reden. Die Entscheidung wurde ihm abgenommen. Bevor die Bahn den Ebertplatz erreichte, rief Florian an.

»Was soll der Scheiß? Bist du jetzt von allen guten Geistern verlassen?«

»Wo steckst du?«

»Im Zoo.«

»Wo?«

»Im Zoo. Bei den Löwen.«

»Ich bin in zehn Minuten da!«

Jan wechselte am Ebertplatz zum anderen Bahnsteig und fuhr zum Zoo. Dort folgte er zwei lärmenden Grundschulklassen in Richtung Eingang. Die Kassiererin war durch das Kartenzählen für die zwei Klassen so beschäftigt, dass er sich ohne Ticket nach drinnen mogelte. Der Geruch vom Kameldung stieg ihm in die Nase, ein Stück weiter versammelten sich wie in seiner Kinderzeit die Erdmännchen unter der Rotlichtlampe. Nie im Leben wäre ihm die Idee gekommen, dass Florian ausgerechnet im Zoo abtauchen würde! Bei den Löwen! Er eilte an den Grizzlybären vorbei, sah schon das Affenhaus, wusste noch, dass dahinter die Gehege der Raubtiere lagen. Florian hockte rittlings auf der Rücklehne einer Bank und starrte in das offene Maul eines gähnenden Löwen. Jan tippte ihn an die Schulter.

»Ich will wissen, wo die Waffe ist!«

»Hä?«

»Die Waffe!«

»Ich hab sie nicht!«

»Wer dann?«

»Bin ich Jesus?« Florian zuckte mit den Schultern, sprang von der Bank und ging weiter.

Jan war sofort hinter ihm er, packte ihn und drehte ihn zu sich.

»Hast du sie Sergio für den kaputten Roller gegeben?«

»Nimm deine Finger weg«, zischte Florian. »Keiner packt mich an!«

»Sag's schon!« Jan nahm zwar die Hand von Florians Schultern, baute sich aber direkt vor ihm auf.

Florian drückte ihm beide Hände gegen die Brust und schubste ihn weg. Jan machte schnell wieder zwei Schritte auf ihn zu, Florian schubste ihn heftiger, Jan stolperte, fing sich aber und kam sofort wieder auf Florian zu.

»Hör auf, verdammt! Immer schlägst du sofort zu, anstatt deinen Kopf zu gebrauchen!«

»Hier kannst du sehen, wie gut ich den benutzen kann«, brüllte Florian, tänzelte ein paar Schritte zurück, beugte den Kopf wie ein angreifender Stier und rammte ihn Jan in den Brustkorb. Jan spürte einen stechenden Schmerz und taumelte. Während er nach Luft rang, nahm Florian wieder Anlauf. Diesmal ging Jan zu Boden. Sofort setzte sich Florian auf seinen Bauch und bog ihm die Arme nach hinten. »Und du?«, keuchte er. »Was hat dir dein Kopf und dein intellektuelles Gelaber denn geholfen?«

Jan versuchte zu atmen, jeder Luftzug schmerzte. Beim Fallen war Sand in seinen Mund geraten. Er spuckte ihn aus und sah Florian an. »Wo ist die Pistole? Hast du sie Sergio verkauft?«

»Meine Mutter hat mir das Geld für den Roller gegeben!«

»Deine Mutter hatte nur einen Hunderter für dich!« Jan spuckte weiter Sand aus, merkte wie sich sein Hintern durch Florians Gewicht immer tiefer in den körnigen Sand grub. Die Sandkörner piksten wie feine Glassplitter.

»Woher weißt du das?« Florian drückte Jans Handgelenke fester auf den Boden.

»Sie hat es mir gesagt.«

»Lass meine Mutter aus dem Spiel«, drohte Florian. »Sie lügt, wenn sie den Mund aufmacht, auf sie ist kein Verlass.« Ohne Jans Handgelenke loszulassen, schob Florian seine Knie auf Jans Brustkorb und hämmerte mit Jans Handgelenken auf den Boden.

Das Atmen fiel ihm schwer, wie ein Ertrinkender schnappte Jan nach Luft. »Lass mich los«, röchelte er. »Lass mich los.«

Und tatsächlich. Florian ließ die Handgelenke los und richtete sich auf. Jan keuchte und kam mühsam auf die Beine. Er taumelte zur nächsten Bank und setzte sich. Da sah er, dass es nicht sein

Flehen gewesen war, weshalb Florian ihn losgelassen hatte. Neugierige Kinderaugen schauten sie beide interessiert an. Für die zwei Grundschulklassen waren raufende Jungen interessanter als ein gähnender Löwe. Jan schüttelte sich den Sand aus den Haaren und klopfte sich die Hosen aus.

»Kommt weiter«, drängelte eine der Lehrerinnen, und die Kleinen folgten ihr unwillig. Als das letzte Kind in Richtung Elefantenhaus verschwunden war, kläffte Florian: »Lass mich einfach in Ruhe, ja?«

»Geht nicht«, keuchte Jan und rieb sich den schmerzenden Brustkorb. »Die Pistole, Florian, du weißt, was Kitty damit gemacht hat. Willst du, dass noch mal was passiert?«

Florian kickte Sand in Jans Richtung, sagte aber nichts.

»Du weißt doch, wo sie ist, oder?«

Florian kickte weiter mit Sand und nickte.

»Gibt es eine Möglichkeit, an sie ranzukommen?«

Immer noch Sand kickend nickte Florian und sagte: »Denk schon!«

»Also, pass auf.« Jan hinkte langsam auf Florian zu. Jeder Knochen tat ihm weh. »Wir holen die Waffe, wo immer sie jetzt ist, und legen sie in unser Versteck zurück. Dann rufe ich die Bullen an und sage, dass die Pistole wieder aufgetaucht ist.« Er fand diesen Vorschlag so kindisch und schwachsinnig, dass er schon mit einem weiteren Angriff von Florian rechnete. Aber der sagte erst mal gar nichts. »Wichtig ist, dass die Waffe aus dem Verkehr gezogen wird. Das ist auch das Hauptinteresse der Bullen, verstehst du? Alles andere ist nicht mehr so schlimm, und das kriegen wir irgendwie danach geregelt.«

Florian hörte mit der Kickerei auf und sah wieder dem Löwen zu, der in seinem Gehege eine neue Runde drehte und sich dann, ganz in der Nähe des Zauns, in die Sonne legte. »Ich habe sie Sergio gegeben, zusammen mit den hundert Euro«, sagte er, ohne Jan anzusehen. »Im Gegensatz zu Kitty weiß er, dass die Waffe scharf ist, und wird keinen Unsinn damit anstellen.«

»Hast du eine Ahnung, warum er sie genommen hat? Oder hast du sie ihm aufgedrängt, weil dir die fünfhundert Euro gefehlt haben?«

»Sagen wir mal, wir sind uns auf halber Strecke entgegengekommen. Ich hatte nicht genug Knete, und Sergio kann die Pistole ganz nützlich sein, weil er noch irgendeine Sache wegen Stella klären muss.«

»Was denn genau?« In Jan schrillten Alarmglocken, als er sich daran erinnerte, wie schnell sich Sergio in der Schule verdrückt hatte.

»Hat er sich nicht näher drüber ausgelassen.«

»Irgendein Verdacht?«

»So 'ne Geschichte auf der Rennbahn letzten Sonntag, als wir alle schon weg waren. Mehr weiß ich wirklich nicht.«

Jan sah auf die Uhr. »Wenn wir uns beeilen, können wir ihn in der zweiten Pause abpassen.«

»Hey Mann, ich spiel hier nicht den Rächer der Enterbten. Ich hab dir gesagt, was ich weiß. Der Rest ist dein Bier. Ich verdünnisiere mich wieder.«

»Nichts da«, entfuhr es Jan, und diesem Augenblick brüllte hinter ihnen der Löwe so laut, dass Florian zusammenzuckte. »Sergio muss die Waffe wieder herausrücken. Mich lacht er aus, wenn ich es noch mal bei ihm versuche, ich kann ihm keine Angst machen. Du schon! Deine Fäuste sind berüchtigt.«

»Na ja«, wiegelte Florian ab. »Dich hab ich damit heute nicht kleingekriegt.«

»Stimmt!« Trotz der Schmerzen, die Jan immer noch spürte, freute er sich. Heute hatte er keine Angst vor Florians Wut und vor der Wucht seiner Schläge gehabt. Was war schon ein Faustschlag im Vergleich zum Verlust eines Menschen? Erst in diesem Augenblick merkte er, wie wenig er, seit er begonnen hatte, nach der Pistole zu suchen, an Maureen gedacht hatte. Wenn er damals nicht so feige gewesen wäre, würde sie dann heute noch leben?

»Los, komm jetzt!«, befahl er Florian. Er hatte immer noch eine Aufgabe zu erledigen: die Waffe finden. Und Florian musste ihm dabei helfen. Der Stein rollte endlich wieder nach oben.

»So«, sagte Daniel, »dann fassen wir mal zusammen.«

Sie saßen wieder mit Kaffeetassen und einer Kiste Donuts, die Meier spendiert hatte, im Besprechungszimmer.

»Wir haben jetzt Maureens Todestag bis auf die letzte Stunde rekonstruiert. Gegen 16 Uhr hat Kitty Delaste sie an der Halte-

stelle Neusser Straße/Gürtel aussteigen sehen. Sie ist in Richtung
Rennbahn gelaufen. Dort war sie vage mit Mike Pflüger verabredet, den sie aber nicht getroffen hat. Stattdessen hat sie Jan Weller
kennengelernt. Mit dem ist sie nach Hause gegangen und dort mit
ihm im Bett gelandet. Liegt das DNA-Ergebnis schon vor, Meier?«
»Eindeutig«, brummte der.

»Womit wir die Identität des Mannes, mit dem sie geschlafen hat,
geklärt haben«, fuhr Daniel fort. »Während Maureen geduscht hat,
hat Jan in ihrem Rucksack die Pistole entdeckt. Er hat ihr angeboten, die Nacht bei ihm zu verbringen. Deshalb hat sie ihren Rucksack bei ihm stehen lassen, die Pistole aber in ihre Jackentasche
gesteckt.«

»Warum eigentlich? Warum hat sie die Waffe an dem Abend mitgenommen?« Eddie grapschte schon nach einem weiteren Donut.

»Das ist ein echter Unglücks-Fall, findet ihr nicht?«, pappste Meier
zwischen zwei Bissen. »Ihr wisst schon, wir haben Fälle, da zieht
sich Bösartigkeit durch oder Rachsucht, und andere, da sind die
Leute einfach nur blöd. Aber hier kommt doch ein Unglück zum
anderen. Wenn sie die Waffe an dem Abend in ihrem Rucksack
gelassen hätte, wenn die Jungen nicht davongelaufen wären, und
so weiter.«

»Ich denke, die Waffe war für sie ein Schutz«, vermutete Anja, die
als Einzige keine Donuts aß. »Sie war von zu Hause weg, on the
road again, den Gefahren der Straße ausgesetzt. Durch die Waffe
hat sie sich sicher und unangreifbar gefühlt. Sie konnte nicht
davon ausgehen, dass sie ihr zum Verhängnis wird.«

»Wie auch immer«, Daniel wischte sich ein paar Zuckerkrümel
vom Mund, »sie ist dann abends mit Jan zum Spielplatz gegangen,
wo sie Florian Haller und Enno Kreuzmann getroffen haben. Dort
hat Jan den anderen erzählt, dass das Mädchen eine Pistole hat. In
einer Rauferei hat Florian Haller Maureen die Pistole aus der Jacke
gezogen und damit geschossen. Meier, DNA Florian, haben wir da
auch schon was?«

»Ja, ist identisch mit den tiefer liegenden Hautpartikeln unter
ihren Fingernägeln«, referierte der.

»Womit wir mit Florian den zweiten Mann gefunden haben, der
seine DNA-Spur an Maureens Körper hinterlassen hat«, folgerte
Daniel und schnappte sich den letzten Schokoladen-Donut. »Wei-

ter geht's: Maureen wurde an der Schulter verletzt und hat die Jungen beschimpft. Die sind daraufhin wie die Hasen auf die Rennbahn gelaufen. Als sie etwa fünf bis zehn Minuten später – die genaue Zeit konnten weder Jan noch Enno nennen – zurückgekommen sind, war Maureen verschwunden. Aber sie haben die Waffe gefunden und in ihr Versteck in der Holzhütte gelegt. Sie sind Maureen nicht mehr begegnet, haben aber auch nicht nach ihr gesucht. Ihr erinnert euch, dass es an dem Abend stark geregnet hat. Die Blutspur, die Maureen hinterlassen hat, ist schnell verwischt. Wir wissen nicht, was sie gemacht hat, nachdem die Jungen abgehauen sind. Wem ist sie begegnet? Wie ist sie zum Militärring gekommen? Kurzum: Uns fehlt die letzte Stunde und der dritte Mann.«

»Maureen war nicht der Typ, der in die Ecke sitzt und heult.« Bevor der letzte Donut mit Zuckerstreuseln in einem der Männerbäuche landete, griff Anja zu. »Sie wusste sich zu wehren, sie konnte sich durchsetzen. Diese Grundzüge ihrer Persönlichkeit waren nicht außer Kraft gesetzt, nur weil sie verletzt war und Schmerzen hatte.«

»Warum hat sie eigentlich die Waffe liegen lassen?« Eddie wischte sich die klebrigen Finger mit einem Papiertaschentuch sauber.

»Vielleicht hat sie nach ihr gesucht, sie aber bei dem Regen und der Dunkelheit nicht mehr gefunden«, vermutete Anja und legte den Donut zur Seite. Er schmeckte widerlich. »Sie blutete stark, sie hatte Schmerzen. Was tut sie also?«

»Wieso hat sie niemanden angerufen? Sie hatte doch ihr Handy mit!« Eddie spülte mit Kaffee nach.

»Sie war um diese Zeit schon zwei Tage und zwei Nächte unterwegs. Ihr Ladegerät haben wir bei ihr zu Hause gefunden. Mit Sicherheit war der Akku leer.« Auch Anja griff zum Kaffeebecher.

»Also musste sie sich Hilfe holen«, folgerte Meier.

»Jetzt war aber zu der Zeit und bei dem Regen bestimmt kein Mensch auf dem Spielplatz oder in der Nähe des Spielplatzes«, ergänzte Eddie.

»Sie läuft also entweder auf die Rennbahnstraße oder auf die Neusser und hält dort ein Auto an«, machte Daniel weiter.

»Oder ein Auto hält an, weil sein Fahrer sieht, dass das Mädchen verletzt ist«, warf Anja ein.

»Unwahrscheinlich«, widersprach Eddie. »Bei so einem Regen guckst du nicht nach rechts und links, da bist du voll aufs Fahren konzentriert, da achtest du nicht auf das, was auf den Bürgersteigen passiert.«

»Seh ich auch so.« Daniel warf einen fragenden Blick auf Anjas angebissenen Donut. Sie schob ihn ihm wortlos hin. »Wahrscheinlicher ist, dass sie einen Wagen anhält. Das passt auch besser zu dem Bild, das du von ihr skizzierst, Anja! Sie ist aktiv, sie handelt. Sie hält also einen Wagen an, steigt ein, bittet den Fahrer, sie zum nächsten Krankenhaus zu fahren ...«

»Und unterschreibt damit ihr Todesurteil!« Eddie knüllte die leere Packung zusammen und warf sie in den Müll.

»Was denkt ihr? Ist sie eher auf die Rennbahnstraße oder auf die Neusser gelaufen?« Daniel sprach mit vollem Mund.

»Um diese Zeit ist nicht mehr viel Verkehr auf der Rennbahnstraße«, wusste Eddie. »Wenn sie auf diese Straße gelaufen wäre, hätte sie eine Zeitlang warten müssen, und außerdem hätten sie die Jungen bemerken müssen, als sie zum Spielplatz zurückgekommen sind.«

»Klingt logisch«, stimmte Daniel zu. »Also Neusser Straße, die als Durchgangsstraße ja auch viel befahrener ist. Da ist sie in ein Auto gestiegen, in einen blauen Ford Capri.«

»Apropos Ford Capri, da gibt es interessante Neuigkeiten«, unterbrach ihn Eddie.

Er hatte sofort die Aufmerksamkeit von allen.

»Ich bin heute Morgen noch mal zum Bauwagenplatz gefahren, weil wir ja eine neue DNA-Probe von Mike Pflüger brauchten«, begann er.

»Was brauchtet ihr?«, unterbrach ihn Daniel.

»Das Labor hat geschlampt«, erzählte Meier. »Die konnten plötzlich die DNA-Probe von Pflüger nicht mehr finden.«

»Sauladen«, schimpfte Daniel. »Mach weiter, Eddie!«

»Na ja, und was sehe ich, als ich in die Krefelder Straße einbiege? Da parkt direkt neben dem Bauwagenplatz ein blauer Ford Capri! Ist ja, wie gesagt, kein Allerweltsauto.«

»Auf wen zugelassen?«, fragte Daniel.

»Der Halter heißt Edgar Neumann, wohnt am Krefelder Wall und ist zur Zeit verreist«, berichtete Meier.

»Er kann ihn sich ausgeliehen haben«, spekulierte Daniel.

»Ich also wieder auf den Bauwagenplatz«, erzählte Eddie weiter, »finde Mike, voll wie eine Haubitze, auf seiner Baustelle. Er meckert und schimpft, weil ich schon wieder mit dem Wattestäbchen komme, und spuckt dabei so wild in der Gegend rum, dass ich seine DNA im Überfluss hätte mitnehmen können. Dann frage ich ihn nach dem Auto. Da wird er plötzlich ganz still und fängt an zu heulen. ›Das war Maureens Lieblingsauto‹, sagt er, ›die mochte so Angeberschlitten‹. ›Haste manchmal mit ihr eine Spritztour damit gemacht?‹, hab ich gefragt. ›Never!‹, hat er geantwortet. ›Ich fahr nie Auto!‹«

»Lügt er oder lügt er nicht?« Daniel griff jetzt auch zur Kaffeetasse.

»Er hat einen Führerschein, aber noch nie ein eigenes Auto besessen«, berichtete Meier.

»Das hilft uns jetzt nicht wirklich weiter«, warf Daniel ein.

»Wie tickt einer, der es ›normal‹ findet, mit Anfang dreißig mit einem so jungen Mädchen zusammen zu sein? Der Mann ist völlig durch den Wind, ein psychisches Wrack«, spekulierte Eddie, »und vieles spricht gegen ihn. Er war zur fraglichen Zeit auf der Rennbahn, er hatte ein Motiv, er hat für die Tatzeit kein Alibi, er könnte den Ford Capri gefahren haben.«

»Ja«, spann Daniel den Faden weiter, »er hat sie auf der Rennbahn mit Jan gesehen, er ist den beiden nachgegangen, er hat vor Jans Haus auf sie gewartet, ist ihnen zum Spielplatz gefolgt, hat gesehen, wie sie angeschossen wurde.«

»Er muss dann aber auch schon mit dem Auto zur Rennbahn gefahren sein«, warf Meier ein. »Wir müssen diesen Jan fragen, ob ihm, als er mit Maureen zu sich nach Hause ging, ein blauer Ford Capri aufgefallen ist.«

Anja räusperte sich. »Ihr habt recht, es spricht vieles für Mike als Täter. Aber als Eddie und ich ihn zum ersten Mal befragt haben, da hatte er keine Ahnung, dass Maureen tot war. Sein Verhalten hat sich komplett verändert, als wir ihm davon erzählt haben. Das spricht gegen die Theorie, dass er unser dritter Mann ist.«

»Leute!«, rief Daniel und sprang von seinem Platz auf, »Schluss mit den Spekulationen! Wann haben die im Labor seine DNA analysiert?«

»Sie arbeiten auf Hochtouren«, wusste Meier, »heute Nachmittag ist realistisch.«

»Eddie«, machte Daniel weiter, »du fragst Jan und Enno nach dem blauen Ford Capri. Haben wir in der Zwischenzeit eigentlich einen Hinweis, wo sich dieser Florian aufhält?«

»Beide Eltern, seine Schulkameraden, Freunde und die Lehrer sind informiert, uns sofort Bescheid zu geben, wenn er auftauchen sollte«, berichtete Anja.

»Wir schreiben ihn zur Fahndung aus«, beschloss Daniel. »Vor allem, weil wir davon ausgehen müssen, dass er die Pistole hat. Noch was, das wir jetzt konkret tun können?«, fragte er in die Runde und erntete allgemeines Kopfschütteln. Dann lief er ein paarmal stumm im Zimmer auf und ab, bevor er weiterredete: »Mein Urin sagt mir, dass wir ziemlich nah dran sind an unserem dritten Mann. Aber wir dürfen jetzt keine Fehler machen, uns nicht auf einen Verdächtigen fixieren. Vielleicht ist es Pflüger, vielleicht Florian, vielleicht einer, der noch gar nicht auf unserem Radar ist. Lest euch noch mal alle Vernehmungsprotokolle durch! Ist möglich, dass wir einen Hinweis übersehen haben! Ich bin sicher, dann kriegen wir den dritten Mann.«

»Und die Pistole«, ergänzte Anja.

»Und die Pistole«, nickte Daniel.

Eigentlich hatte Kitty sich heute Morgen mit ein paar Folgen »Gilmore Girls« ablenken wollen. Sie besaß die ersten beiden Staffeln als DVDs. Aber immer wenn Jess auftauchte, dachte sie sofort an Florian und musste heulen. So fies er sich ihr gegenüber benommen und so sehr sie mit Karla über ihn geschimpft hatte, es gelang ihr nicht, sich ihre Gefühle für Florian aus dem Leib zu reißen. Wieder schaukelte sie auf dem Spielplatz gen Himmel, wieder spürte sie seinen Abschiedskuss auf ihrem Mund. Alles gefaked? Alles gelogen? Der Typ, der sie eiskalt am Telefon abwürgte, der sie gemein beschimpfte, war das der echte Florian? Oder waren das zwei grundverschiedene Seiten ein und desselben Menschen, so wie in dieser Jekyll & Hyde-Geschichte? Kitty war froh, dass das Telefon ihre trüben Gedanken unterbrach.

»Na, mein Schatz, wie geht's dir?« Ihre Mutter rief alle zwei Stunden an.

»Life is disappointing«, zitierte Kitty Annas Lieblingsfilm »Cabaret«. »Forget it!«, antwortete Anna. »Weißt du, was du früher immer getan hast, wenn dir zum Heulen war? Du bist auf die Rennbahn gelaufen und hast mit deinen Lieblingspferden geredet. Danach hast du dich besser gefühlt!«

»Ich bin doch keine zehn mehr!«

»Es ist wunderbares Frühlingswetter. Beweg dich, lass dir den Kopf durchpusten«, schlug Anna vor.

Tolle Idee, dachte Kitty, auf so was können nur Erwachsene kommen.

»Hast du noch was aus dem Krankenhaus gehört?«, fragte Anna dann.

»Ja. Sabines Zustand ist immer noch kritisch, aber schon ein bisschen weniger kritisch als gestern.«

»Das wird schon, Kind, das wird schon«, tröstete die Mutter. »Ich muss wieder in den Unterricht. Wenn irgendwas ist, rufst du mich an, ja?«

Kitty stellte das Telefon zurück und sah aus dem Fenster. Blauer Himmel, Sonne, frisches Grün, lärmende Spatzen. Vielleicht sollte sie wirklich vor die Tür? Auf die Neusser Straße, Geschäfte gucken? Schlechter als hier zu Hause herumhängen, konnte das nicht sein. Bevor sie es sich anders überlegen konnte, zog sie ihre Schuhe an, griff sich Jacke und Schlüssel und machte sich auf den Weg.

Der Schmuckstand im Kaufhof bot nichts Neues, im Jeansladen hatte sie keine Lust, Hosen anzuprobieren, Schuhe waren heute auch doof. Irgendwann stand sie an der U-Bahn-Haltestelle, fuhr die eine Station und lief los. Als ihr der vertraute Geruch von Pferdeäpfeln in die Nase stieg und sie auf das Rennbahngelände abbog, fühlte sie sich mit einem Mal leicht und froh.

Auf den Misthaufen vor den Morgentau-Ställen dampfte der frische Pferdedung, ein Lot Pferde wurde für den Morgenritt gesattelt. Alltag in einem Rennstall, Kitty kannte das. Wenn die Pferde gleich unterwegs waren und die Stallknechte Pause machten, würde es hier ruhiger werden. Die Sonne hatte jetzt eine solche Kraft, dass Kitty sich die Jacke auszog und um den Bauch band. Sie lief weiter bis zu dem kleinen Anbau am Ende der Anlage. Dort stand der alte Hektor, der noch vor fünf Jahren ein erfolgreiches Rennpferd war und jetzt sein Gnadenbrot bekam. Dahinter erstreckte sich das Wäldchen mit ihrer Hütte, der Ort, wo die Jungs die Pistole deponiert hatten. Kitty rupfte am Wegrand ein bisschen jungen Löwenzahn, Gras und Sauerampfer, das sie Hektor mit der flachen Hand zum Fressen hinhielt.

»Hektor, mein lieber Hektor«, flüsterte sie, »du hast in deinem Pferdeleben schon viele Höhen und Tiefen erlebt.«

Hektor wieherte bestätigend, und Kitty schob eine liegengelassene Mistgabel mit dem Fuß zur Seite, damit sie noch einen Schritt näher auf Hektor zugehen und ihm die Blesse streicheln konnte. »Mir geht es auch ziemlich beschissen, weißt du?«, redete sie auf ihn ein und erzählte von ihrem Kummer. Hektor spitzte die alten Pferdeohren und nickte und wieherte. Als sie, nachdem sie sich das Herz ausgeschüttet hatte, Hektors Kopf umfassen und an sich drücken wollte, hatte Kitty die Mistgabel längst vergessen. Beim schnellen Vortreten stolperte sie darüber, knickte mit dem Knöchel um, verlor das Gleichgewicht, kippte um, und ein Zacken der Mistgabel ratschte beim Fallen ihren Oberarm. Sie spürte einen scharfen Schmerz, und als sie sich aufrappelte, sah sie den Riss in ihrem Sweatshirt und das Blut, das darunter hervorquoll. »Scheiße«, schimpfte sie. »Scheiße, Scheiße, Scheiße.« Grad hatte sie sich so gut gefühlt und jetzt das. Sie krempelte den Ärmel hoch, sah, dass sich die Mistgabel richtig tief in ihr Fleisch gebohrt hatte, das Blut jetzt ungehindert den Arm hinunterfloss. In den Hosentaschen suchte sie vergeblich nach einem Papiertaschentuch, deshalb hielt sie sich mit der Hand die Wunde zu und humpelte zu den anderen Ställen zurück. Verwaiste Misthaufen, leere Ställe, alle waren beim Morgenritt oder machten Frühstückspause. Sie musste also zum Wohnhaus hinüber, das ein ganzes Stück abseits der Ställe lag. Ein Fußweg von sicherlich fünf Minuten, bis sie dort ankam, war sie komplett mit Blut eingesaut. Da hörte sie vom Parkplatz her ein Türenschlagen und sah, dass Adrian Koch auf sie zukam.

»Um Gottes willen, Kitty«, rief er, »was ist denn mit dir passiert?«

»Eine Mistgabel«, schimpfte Kitty, »ich bin über eine Scheißmistgabel gestolpert.«

Adrian nestelte ein Päckchen Papiertaschentücher aus der Hosentasche, achtete nicht darauf, dass dabei zwei kleine Papierchen zu Boden fielen. Schnell reichte er Kitty eines der Taschentücher.

»Drüben in Stall hängt ein Verbandskasten«, sagte er. »Wir müssen die Wunde desinfizieren. Mal sehen, wie tief sie ist. Vielleicht musst du zum Nähen ins Krankenhaus.«
Kitty nickte und stolperte hinter ihm her.

Was war das für ein Gedränge, ein Gelärme, ein Geschubse! Im Treppenhaus schoben sich Jan und Florian gegen den Strom der johlenden Horden aus den Klassen fünf bis sieben nach oben. Als sie im zweiten Stock das junge Gemüse endlich hinter sich lassen konnten, liefen sie direkt dem Brauser in die Arme.
»Was für eine Überraschung, die Herren hier zu sehen!«, sagte er, baute sich vor ihnen auf und ließ ihnen keine Möglichkeit zu entwischen. »Es ist erfreulich, dass Sie den Weg zu uns zurückgefunden haben. Jan, sehen Sie sich in Ihrem Mathebuch das Kapitel Differenzialrechnung an, daran haben wir in den letzten Tagen gearbeitet, und Sie, Florian, kommen mit ins Lehrerzimmer.«
Kalt erwischt, dachte Jan, Florian rief »Wieso?«, und Jan sagte: »Bitte Herr Brauser, das geht jetzt grade nicht, Florian kommt später wieder, jetzt müssen wir noch etwas ganz Dringendes erledigen.«
»Es tut mir leid, meine Herren, aber es gibt höhere Mächte, die verfügt haben, dass Florian sich sofort bei ihnen melden muss, da müssen Ihre Dringlichkeiten warten«, sagte Brauser. »Also, Florian!«
Jan merkte, wie sein Verstand aussetzte. Es fiel ihm nichts ein, womit er Florian von Brauser loseisen konnte. Lass uns abhauen, sagte ihm Florians Blick. Aber in diesem Moment bogen Norbert Hummel, Sportlehrer und Kurzstreckenchampion, und der breit gebaute Physiklehrer Fischer um die Ecke, die zusammen jeden Fluchtversuch vereiteln würden. Brauser sah das auch so. Er setzte sich ruhig in Bewegung und machte Florian ein Zeichen, ihm zu folgen.
»Super Idee, in die Schule zu gehen«, motzte Florian Jan an.
Die alte Tour, dachte Jan, immer den anderen die Schuld geben.
»Du weißt, warum«, flüsterte er.
»Florian?«, drängte Brauser.
»Such Sergio!«, sagte Florian noch schnell. »Ich melde mich, sobald ich kann.«

Jan sah zu, wie er hinter Brauser die Treppen hinunterging, auch Hummel und Fischer sahen den beiden nach. Der Stein rollte wieder nach unten, machte ihn bewegungslos, raubte ihm alle Kraft. Erst als ein Kumpel von Sergio an ihm vorbeilief, wachte er wieder auf. »Hey, weißt du, wo Sergio ist?«

»Hab ihn heute noch nicht gesehen. Er ist nicht in der Schule.«

Jan kam sich vor wie in einem Computerspiel, wo die Level von Mal zu Mal schwieriger wurden, um den Schatz zu finden oder den Gegner zu liquidieren. Nur konnte man bei Computerspielen den Schwierigkeitsgrad selbst bestimmen, bei seiner Suche nach der Pistole dagegen war er unberechenbaren Zufällen ausgesetzt. Wieso war dieser Idiot ausgerechnet heute nicht in der Schule?

»Was suchst du denn hier? Wir haben in der nächsten Stunde Physik, unten im Keller.«

Jan hatte Karla nicht kommen hören, sie stand plötzlich vor ihm. Ihr Blick war immer noch abweisend, aber sie schien nicht mehr ganz so wütend zu sein wie vor zwei Tagen auf der Rennbahn. Jan fiel ein, dass sie Stella kannte, deshalb fragte er: »Hast du eine Ahnung, wo Sergio ist?«

»Wieso Sergio? Was willst du von ihm?«

Jan hatte all die Spielchen mit dem Drumherumreden satt, deshalb sagte er sofort: »Florian hat ihm die Pistole ›verkauft‹. Ich will nicht, dass noch mal etwas mit dieser Waffe passiert.«

»Sag, dass das nicht wahr ist«, murmelte Karla, und Jan sah, dass sie kreidebleich wurde.

»Weißt du von dieser Sache auf der Rennbahn?«

Karla nickte. »Am Sonntag nach Ennos Rennen waren wir noch im Biergarten, um Ennos dritten Platz zu feiern. Sergio, Stella, Enno, ich und natürlich jede Menge Leute aus dem Morgentau-Rennstall. Du weißt, wie das nach Rennen ist, war eine gute Stimmung, das Bier floss in Strömen. Sergio musste früh gehen, wegen einer Klausur am Montag, aber Stella hat sich ganz wohl gefühlt und ist noch geblieben. Ich bin so zwei Stunden später gegangen, da wollte sie immer noch nicht nach Hause. Enno hat mir am nächsten Morgen erzählt, dass Stella ziemlich voll war und Adrian Koch sie zur Bahn gebracht hat.«

»Und?«

Karla schwieg eine Weile, Jan hatte den Eindruck, dass sie mit sich rang, unsicher war, ob sie weitererzählen sollte oder nicht. »Denk an die Pistole, Karla! Du weißt, was bei Kitty passiert ist!«, bat er sie eindringlich.

»Ich habe Stella mein Wort gegeben, dass ich niemandem davon erzähle.«

»Karla! Es geht hier nicht um irgendwelche Piss-Mädchengeheimnisse«, drängte Jan ärgerlich. »Es geht hier um eine brandgefährliche Waffe, und ich brauche doch wirklich nicht deine Fantasie anzukurbeln, damit du dir vorstellen kannst, was Sergio damit für einen Mist bauen kann.«

»Piss-Mädchengeheimnisse! Hast du eine Ahnung!« Da war er wieder, dieser verächtliche Karla-Blick. Eine Weile sah sie ihn nur so an, rang weiter mit sich. »Er hat sie vergewaltigt. Adrian Koch hat Stella vergewaltigt«, murmelte sie so leise, dass Jan sie kaum verstehen konnte. »Sie war so besoffen, dass sie davon gar nichts mitbekommen hat. Sie ist nachts irgendwann aufgewacht, weil ihre Mutter sie auf dem Handy angerufen hat. Da hat sie festgestellt, dass sie in einem der Pferdeställe liegt und keinen Slip anhat. Keiner weiß davon, hörst du, Jan?, keiner. Außer Sergio und mir. Stella schämt sich so deswegen. Sie weiß doch selbst nicht genau, wie alles passiert ist, und sie ist sich sicher, dass Adrian Koch behaupten würde, dass sie freiwillig mit ihm in den Stall ist.«

»Das –«, stammelte Jan, »hätte ich niemals von Adrian gedacht!« Doch dann erinnerte er sich, wie Adrian am Renntag gesagt hatte, dass Kitty ein richtiger Schuss geworden sei, und er erinnerte sich an den Blick, mit dem er sie angesehen hatte. Es war dieser Blick, den Männer in Pornos haben, wenn sie sich an nackten Frauen aufgeilen, und es war ihm peinlich gewesen, diesen Blick zu bemerken, deshalb hatte er weggeschaut und ihn vergessen.

»Stella will nicht, dass irgendjemand davon erfährt«, fuhr Karla fort. »Gleichzeitig fühlt sie sich wahnsinnig gedemütigt. Sie hat Albträume, ihr ist kotzschlecht. Ich habe ihr gesagt, es gibt doch Beratungsstellen für missbrauchte Mädchen und so, da könnte sie sich Hilfe holen. Aber das will sie alles nicht. Es ist eine solche Schweinerei, sag ich dir, eine solche Schweinerei.«

Wie hätte er sich gefühlt, wenn Maureen so etwas zugestoßen wäre?, fragte sich Jan, und dabei fiel ihm ein, dass ihr vielleicht genau so etwas passiert war. Warum hätte sie sonst so voller Panik auf die Straße rennen sollen? Jan fühlte eine Wut in sich aufsteigen, eine Wut auf diesen unbekannten Dreckskerl, der Maureen angefasst, befingert, sie ihm genommen hatte. Er sah Bilder, wie der Kerl ihr das Shirt nach oben zog, nach ihrem Busen grapschte, an ihrer Unterhose zerrte. Wenn er diese Drecksau in die Finger bekäme! Sergio wusste, wer Stella das angetan hatte, und er war im Besitz der Pistole. Adrian Koch musste bestraft werden, genau wie das Schwein, das Maureen begrapscht hatte. Aber es würde niemandem helfen, wenn Sergio auf Adrian Koch schoss. Niemandem.

»Wo ist Adrian Koch am Donnerstagvormittag?«, fragte er.

»Wo schon? Beim Training.«

Im Nachhinein fragte Jan sich, warum er nicht zu diesem Zeitpunkt die Polizistin angerufen hatte. Tunnelblick, sagte er sich heute, Tunnelblick. Er war so besessen davon gewesen, die Waffe zu finden und unschädlich zu machen, dass er daran nicht gedacht hatte.

Anja saß über den Vernehmungsprotokollen. Was hatten sie übersehen, verdammt? Gab es irgendwo eine Spur, die stadtauswärts zum Militärring führte? Sie besah sich die Adressen aller Befragten, überprüfte, ob einer davon in der Gegend oder in einem der aus dem Boden gestampften Viertel weiter draußen wohnte. Niemand. Dennoch, dieser einsame Parkplatz, an dem der unbekannte Mann mit Maureen angehalten hatte, er war von der Straße schwer einsehbar, der Mann musste ihn gekannt haben. Der Grüngürtel war in den angrenzenden Stadtteilen ein beliebtes Ausflugsziel fürs Wochenende, auch wurde der Park gerne zum Joggen benutzt. Jemand, der auf der anderen Rheinseite oder im Süden der Stadt wohnte, kannte diesen Park und diesen Parkplatz wahrscheinlich nicht. Half ihr das jetzt weiter? Nachdem ihr zum dritten Mal für einen kleinen Moment während des Nachdenkens die Augen zugefallen waren, stand sie auf und machte sich auf den Weg zum Kaffeeautomaten.

»Bring mir auch einen mit«, rief Daniel ihr durch seine offene Bürotür zu. »Schwarz, ohne was.«

Wenig später stellte sie ihm den heißen Pappbecher auf den Schreibtisch und sagte: »Einszwanzig.«

»Wieso?«, fragte Daniel. »Ich habe doch die letzte Runde bezahlt.«
»Und ich die vorletzte.«

»Wo ist das Problem? Dann zahl ich wieder die nächste.« Er vertiefte sich wieder in seine Unterlagen.

Alles beim Alten, dachte Anja, als sie mit dem Becher zu ihrem Schreibtisch zurückging. Sie schwor sich, beim nächsten Mal das Geld schon vorher einzukassieren. Sie trank ihren Milchkaffee in gierigen Zügen, kam aber mit ihren Überlegungen nicht weiter.

Irgendwann legte Meier ihr einen Berliner neben den Kaffeebecher und sagte: »Ich habe noch einen Ford Capri gefunden. Allerdings einen schwarzen. Einer der Rennbahnjockeys fährt ihn, Adrian Koch.«

»Adrian Koch«, murmelte Anja. Der Name sagte ihr auf Anhieb gar nichts. Ein schwarzer Ford Capri schimmert möglicherweise blau, wenn er nachts bei Regen unter Straßenlaternen herfährt, dachte sie. Sie blätterte in den Unterlagen. Eddie hatte mit ihm gesprochen. Er war einer der beiden Jockeys, die vor der Tribüne trainiert hatten, an dem Tag, als Jan Maureen dort kennengelernt hatte. Seine Aussage war kurz und knapp. Er hatte das Mädchen nicht gesehen. Wenn er trainierte, dann sah er nicht nach rechts und links. Sie suchte in ihren Unterlagen weiter nach dem Namen und fand heraus, dass auch Jan von ihm gesprochen hatte. Adrian Koch hatte zu ihm hochgesehen, als er mit Maureen auf der Tribüne saß. Wieso war dem Jockey das Mädchen dann nicht aufgefallen? Und wenn er sie gesehen hatte, wieso hatte er sich nicht an sie erinnert? Genügend Gründe, ihn mal etwas genauer zu befragen. Sie suchte seine Adresse heraus, als Daniel aus seinem Büro rief: »Florian ist in seiner Schule aufgetaucht. Sitzt jetzt da im Lehrerzimmer. Kannst du ihn mit Eddie abholen?«

»Lass mich noch einmal telefonieren!« Anja wählte die Nummer von Adrian Koch, sprach mit dem Anrufbeantworter. Im Rennstall Morgentau teilte man ihr mit, dass man jeden Augenblick mit ihm rechne, weil er gleich trainieren würde. »Wie lange dauert das üblicherweise?« Drei Stunden, erfuhr sie.

»Eddie! Ich bin soweit!«, rief sie. Der Jockey musste erstmal warten.

Adrian schloss die Stalltür. Kittys Augen brauchten Zeit, um sich an das staubige Stalllicht zu gewöhnen, deshalb roch sie das Blut intensiver, das weiter an ihrem Arm hinunterfloss. Süßlich, metallisch, auch die Pferde rochen es, sie reagierten unruhig. Adrian dirigierte sie in eine Ecke hinter den Pferdeboxen, wo Heuballen gelagert wurden.

»Setz dich hin«, forderte er sie auf. »Mal sehen, ob unser Verbandskasten ein paar Kompressen und Mullbinden hat.«

Kitty tat wie geheißen, beobachtete, wie ihr Blut in dem zusammengepressten Heu versickerte, spürte weiter diesen metallisch-süßlichen Duft in der Nase, der etwas Betäubendes hatte. Sie dachte an die Mistgabel, an den Dreck und Pferdemist, der daran geklebt hatte. Ihr wurde schwindelig. »Schau nach, ob du etwas zum Desinfizieren findest«, rief sie.

»Es gibt Betaisodona.« Adrian legte Mullbinden und Kompressen auf den Heuballen neben Kitty. Dann tropfte er das Desinfektionsmittel in Kittys Wunde. Kitty schrie auf, hatte das Gefühl, dass ihr das Zeugs den kompletten Arm wegätzte.

»Halb so schlimm.« Adrian presste eine Kompresse auf die Wunde, wickelte mit ungeschickten Fingern eine Mullbinde um den Arm, klebte sie am Ende mit einem Pflaster fest.

Kitty stand auf, der Arm brannte, die Beine fühlten sich wackelig an. Ob sie sich von ihrer Mutter abholen lassen sollte? Quatsch! Trübsal hatte sie in den letzten Tagen genug geblasen. Sie würde jetzt zur Bahnhaltestelle laufen, nach Hause fahren, sich waschen, frische Klamotten anziehen und warten, bis Anna aus der Schule kam. Die würde sich dann die Wunde ansehen und entscheiden, ob sie damit noch zum Arzt musste oder nicht.

»Danke.« Sie lächelte Adrian an und ging mit vorsichtigen Schritten an den Pferdeboxen vorbei dem Eingang zu. Es wunderte sie, dass Adrian den breiten Holzriegel vorgelegt hatte. »Kannst du mir mal die Tür aufmachen?«

»Willst du dich nicht noch ein bisschen ausruhen?« Er stand direkt hinter ihr. Behutsam legte er ihr den Arm um die Schultern. »Du kannst dich ja kaum auf den Beinen halten.« Er führte sie zurück zu den Heuballen, drückte sie sanft nach unten.

Warum hat er die Tür abgeschlossen? Kitty merkte, wie Panik in ihr aufstieg. Was wollte Adrian von ihr? Ja, was wohl? Wie blöd bist du eigentlich? Gehst mit einem Mann, den du kaum kennst, in einen Stall, in dem es außer Pferden, Heu und Stroh nichts gibt!

Wörter wie Missbrauch, Vergewaltigung, Mord schwirrten ihr durch den Kopf. Aber doch nicht Adrian, dachte sie, der nette, freundliche Adrian, den sie kannte, seit sie als Kind hier gespielt hatte. Sie schrak zusammen, als sich Adrians Hand auf ihren Schenkel legte, und jetzt wusste sie, dass Adrian nicht mehr nett war. Langsam bewegte sich die Hand nach oben. Sie war groß und behaart, eine fürchterliche, kräftige Männerhand, die gar nicht zu Adrians kleinem Körper passte. Nein, nein, nein, dachte sie, brachte aber keinen Ton heraus, fühlte sich bleischwer wie in Albträumen, in denen man bewegungslos allem Bösen ausgeliefert war. Adrians Hand kroch höher und höher, sie spürte seinen heißen Atem an ihrem Hals, hörte sein lustvolles Stöhnen an ihrem Ohr. Wehr dich, meldete sich eine innere Stimme, schrei, beiße, hau zu! Aber ihre wirkliche Stimme gehorchte ihr nicht, genauso wenig wie ihre Hände, ihre Beine, ihr ganzer Körper. Adrian hatte sie verhext. Sie saß dort wie gelähmt. Ich will nicht sterben, dachte sie, ich will nicht sterben.

Jan sah Adrians Wagen auf dem Parkplatz neben der Einfahrt zum Morgentau-Rennstall stehen. Er radelte hinüber zu den Stallungen. Verwaiste Schubkarren, ausdampfende Misthaufen, kein Mensch zu sehen. Sogar die Stalltür war verschlossen, wie er durch ein kurzes Rütteln feststellte. Von Sergio keine Spur, Adrian war drüben auf dem Trainingsgelände beim Morgenritt. Und wo Adrian war, da würde Sergio sein. Jan schwang sich wieder aufs Fahrrad. Er entschied sich, den sandigen Pferdepfad zu nehmen. Da kam er mit dem Rad nur mühsam vorwärts, aber das Stück war deutlich kürzer als der betonierte Weg, auf dem auch Autos fahren konnten.
Karla und er hatten in der Schule noch mit Stella geredet. Nicht dass sie viel gesagt hätte. Aber das, was sie zwischen Weinattacken und Schweigephasen an Worten herauspresste, bestätigte Jans Befürchtungen. Sergio wollte Adrian Koch fertigmachen.
Er hörte das Getrampel, roch die Pferde, bevor die Bahn in Sicht kam. Dann erst sah er sie. Pferde und Reiter flogen über den Turf. Unter den fliegenden Reitern konnte er Adrian nicht finden, und Sergio war nicht unter den wenigen Zuschauern. Aber Enno entdeckte er. Er ritt eines der Pferde, die jetzt an den Start gingen. Jan trat in die Pedale, bis er auf gleicher Höhe mit Enno war.

»Was ist passiert?« Enno zügelte sein Pferd.

»Wo ist Adrian Koch? Trainiert der heute nicht?«

»Hat sich verspätet. Kommt zur nächsten Trainingsrunde.«

»Ich habe sein Auto auf dem Parkplatz gesehen.«

»Dann ist er bei den Pferden oder trinkt noch einen Kaffee mit der Chefin.«

»Und Sergio? War Sergio hier?«

»Ja, der hat auch nach Adrian gefragt. Ist vor ein paar Minuten gegangen. Aber kannst du mir endlich sagen, was los ist?«

»Später, Enno, später. Erst mal muss ich Sergio finden. War er zu Fuß?«

»Mit dem Fahrrad.«

Hätte ich nur den anderen Weg genommen, ärgerte sich Jan, dann wäre mir Sergio direkt in die Arme gefahren. So raste er, so schnell es sein Fahrrad und seine Kraft zuließen, den betonierten Weg zum Morgentau-Stall zurück. Die Stalltür, die vorhin noch verriegelt war, stand weit auf. Und dann hörte Jan den Schuss.

Der Junge ist bildhübsch, stellte Anja fest. Ich will nicht wissen, wie viele Mädchenherzen der schon gebrochen hat! Mit seinen dunklen Locken, den braunen Augen und der Olivenhaut erinnerte er sie an die schönen Männer auf Renaissancegemälden. Aber er war eingebildet, bockig und stur, glaubte sein Spielchen gegen die »blöden Bullen« gewinnen zu können. Eddie und sie hatten ihn schon eine ganze Zeitlang in der Mangel, und immer noch behauptete er, nicht zu wissen, wo die Pistole abgeblieben war. Anders als bei Enno und Jan, die es erleichtert hatte, endlich über die Katastrophe auf dem Spielplatz reden zu können, verstrickte sich Florian weiter in Abwehr und Vertuschung, gab nur Dinge zu, die sie wussten und beweisen konnten. Es war so mühsam und so unnötig! Eddie schien ähnlich genervt wie sie, denn er schwang schon mal den Holzhammer.

»Du hast Bewährung. Und ich bringe dich in den Knast, wenn mit dieser Waffe noch jemand zu Schaden kommt! Da kannst du Gift drauf nehmen!«

»Die Waffe ist in unserem alten Versteck auf der Rennbahn«, beharrte er. »Schauen Sie noch mal nach! Bestimmt haben Sie sie übersehen.«

»Wir haben aus eurem Versteck jedes Staubkorn ans Licht gezerrt! Keine Spur von der Pistole.« Anja glaubte ihm kein Wort.

»So wie du aussiehst, wirst du im Knast bestimmt einen Beschützer finden«, machte Eddie weiter, »hat aber alles seinen Preis. Ich weiß nicht, ob du auf Arschficken stehst.«

Anja konnte das Bullengewäsch mit Drohungen von Knast und Arschficken nicht ausstehen, obwohl sie zugeben musste, dass es gelegentlich half, kleine Möchtegern-Gauner oder Möchtegern-Machos zum Reden zu bringen. Bei Florian funktionierte das nicht. Der Junge zuckte gelangweilt mit den Schultern. Hauptsache cool, dachte Anja und merkte, wie sehr Florian auch sie auf die Palme brachte. Dieses Ich-habe-mit-allem-nichts-zu-tun-Gehabe, dieses Ihr-seid-die-Blöden-und-habt-mir-alles-eingebrockt, diese Unfähigkeit, zu den eigenen Fehlern zu stehen. Sie musste irgendetwas tun, um aus dieser verfahrenen Situation herauszukommen.

»Fahren wir hin«, beschloss sie, »zeig mir, wo die Pistole ist!«

Eddie sah sie irritiert an. Aber Anja war gerade die Idee gekommen, dass die Pistole wirklich wieder in dem Versteck sein konnte. Dass Florian sie zurückgelegt hatte, um nicht zugeben zu müssen, dass er sie genommen hatte. Von wegen sein Gesicht wahren und so. Und wenn erst mal die Pistole sichergestellt war, hatten sie eine Sorge weniger. Sie ging kurz mit Eddie aus dem Verhörzimmer und erzählte ihm, was sie sich von dem Rennbahnbesuch versprach.

»Gut, dass ich euch hier treffe.« Meier fuchtelte mit ein paar Papieren herum. »Die DNA-Ergebnisse von Pflüger sind da.«

»Und?«, fragte Eddie.

»Er ist definitiv nicht unser vierter Mann!«

Anja überraschte diese Nachricht nicht. Sofort dachte sie an den Jockey mit dem schwarzen Ford Capri, der Maureen nicht gesehen haben wollte. Ein weiterer Grund, schnell auf die Rennbahn zu kommen. Eddie war einverstanden. Sie gingen zurück zu Florian.

»Los, zieh deine Jacke an, wir fahren!«, befahl Eddie.

Florian wirkte nicht begeistert. »Kann ich mal telefonieren?«

»Mit wem?«, fragte Anja.

»Mit Jan!«

Sie wählte die Nummer, stellte das Telefon auf Mithören. Ein paar

Freizeichen und dann die Mailbox mit der Bitte, eine Nachricht zu hinterlassen. Anja hielt Florian auffordernd den Hörer hin. Der schüttelte enttäuscht den Kopf. Sehr langsam und zögerlich folgte er den beiden Polizisten ins Parkhaus, ließ sich aber ohne Widerstand in den Wagen setzen. Er hat Jan die Pistole gegeben, damit der sie zurücklegt, dachte Anja, die sich daran erinnerte, dass einer der Lehrer ihr beim Abholen erzählt hatte, Florian wäre mit Jan in die Schule gekommen. Und jetzt weiß er nicht, ob Jan schon auf der Rennbahn gewesen ist oder nicht. Sie sah, wie er zusammengekrümmt in der Wagenecke kauerte, die Arme eng um den Körper geschlungen. Bald ist es mit dem cool sein vorbei, Junge, dachte sie, dann wirst auch du auspacken.

Adrian schob seine andere Hand von oben in Kittys Ausschnitt, tastete nach ihren Brüsten. Kitty war übler als bei einer Achterbahnfahrt, und sie wünschte sich, einfach kotzen zu können. Aber nicht mal ein Würgen gelang ihr. Wieder dachte sie daran, dass sie nicht sterben wollte. Doch da ließ Adrian sie ganz plötzlich los, und auch sie hörte das Rütteln an der Stalltür. »Hilfe«, wollte sie rufen, brachte aber nur ein leises Krächzen zustande. Aber jetzt, wo die dreckigen Finger und der stinkende Atem von Adrian sie nicht mehr berührten, konnte sie ihre Arme und Beine wieder bewegen, Adrian war aufgesprungen und zur Tür gelaufen. Kitty tastete in ihrer Jackentasche nach ihrem Handy, bekam es zu fassen, suchte die Nummer der Polizistin, drückte sie, »Hilfe«, wollte sie wieder rufen und ihre Stimme gehorchte ihr sehr leise, aber da spürte sie schon den Schmerz in ihrer Hand, sah ihr Handy über den Boden schlittern und blickte in die zornigen Augen von Adrian Koch.

»Was soll das denn, Kitty?«, flüsterte er. »Wir zwei sind noch lange nicht fertig.«

»Ich will hier raus«, stammelte Kitty und merkte, dass ihre Stimme zwar zitterte, aber wieder ihre normale Lautstärke hatte. »Mach endlich die Tür auf.«

»Draußen ist keiner mehr«, flüsterte Adrian weiter, »wir sind wieder ganz allein.«

Auch Kitty registrierte, dass niemand mehr an der Stalltür rüttelte. Aber hinter Adrians Rücken sah sie, dass der Riegel sich durch die Rüttelei gelockert hatte, er kaum mehr die Tür verschloss, diese wahrscheinlich mit einem kräftigen Stoß zu öffnen war. Wie lange dauerte der Morgenritt? Wann kamen die Stallburschen von der Frühstückspause zurück? Schon wieder näherten sich Adrians Hände ihren Schenkeln, aber sie zog sie schnell zur Seite, wich den Händen aus. Du musst mit ihm reden, ihn ablenken, sagte sie sich und registrierte aus dem linken Augenwinkel eine Schubkarre mit einer Mistgabel, die neben den Heuballen lehnte. Ganz plötzlich und ohne dass sie wusste, wieso, kamen ihr die Papierchen in den Sinn, die Adrian aus der Hosentasche gefallen waren, als er ihr vorhin ein Taschentuch reichte. Sie waren ihr bekannt. Sie wusste, wem diese Papierchen gehört hatten.

»Hast du Maureen auch hierher in den Stall gezerrt?«

»Maureen?« Die Hände stockten.

»Das Mädchen mit dem Nasenring und dem Schottenrock. Sie hat aus dem Papier kleine Tierchen gefaltet.«

»Die Schlampe hat ›hässlicher Zwerg‹ zu mir gesagt. Aber so was würdest du niemals tun, nicht wahr, Kitty?« Die Hände setzten sich erneut in Bewegung. Kittys Körper versteifte sich wieder, fürchtete die Berührungen.

»Du bist widerlich und gemein!«, presste sie heraus. Noch gehorchte ihr ihre Stimme. Näher und näher kamen die Hände, und Kitty wusste, dass sie verloren hatte. Sie holte mit dem gesunden Arm aus und knallte Adrian ihre Hand ins Gesicht. Sofort griff er nach ihrem Handgelenk.

»Das hat die Schlampe auch gemacht, gekratzt hat sie auch noch. Und stark war sie, verdammt stark, hat sich losgerissen, obwohl sie verletzt war.«

»Lass mich los«, schrie Kitty. »Lass mich endlich los!«

»Aber du bist nicht so stark, du bist noch so jung und zart ...«

Kitty brüllte und merkte erst an Adrians Reaktion, dass wieder jemand an der Tür rüttelte. »Hilfe«, schrie sie so laut sie konnte: »Hilfe, Hilfe, Hilfe!«

Adrian hielt weiter Kittys Handgelenk fest, aber in seinen Augen, die unentwegt zwischen ihr und der Tür hin und her sprangen, sah sie Panik. Von draußen verstärkte sich ein Rütteln und Poltern, und mit einem Mal drang helles Licht in den Stall, und Kitty sah schemenhaft eine Gestalt in den Stall stürmen.

Ganz plötzlich hatte sie ihre Hand frei und sah, wie Adrian auf
den Eindringling zustürzte. Dann fiel der Schuss.

Der Rhein schimmerte so blau wie der Frühlingshimmel über
ihnen, als Eddie den Wagen über die Zoobrücke steuerte. Seit sie
am Polizeipräsidium losgefahren waren, hatte keiner der drei ein
Wort gesagt. Eddie ärgerte sich über einen langsamen Fiat Punto
vor ihnen, Florian saß mit geschlossenen Augen weiterhin zusam-
mengekauert auf der Rückbank. Anja grübelte darüber nach, was
sie tun sollten, falls die Waffe nicht im Versteck war. Da klingelte
ihr Handy.

»Ja?«, meldete sie sich, aber es antwortete niemand. Sie wollte
schon ärgerlich auflegen, als sie ein Wiehern und merkwürdige
Geräusche hörte. Sie sah auf die Nummer. Kitty Delaste. »Kitty«,
rief sie, »was ist los, Kitty?« Jetzt meinte sie einen zarten Mäd-
chenschrei zu hören, wieder das Wiehern von Pferden, dann eine
Männerstimme, ein Rütteln und Poltern.

»Kitty?«, rief ein plötzlich sehr wacher Florian. »Was ist mit
Kitty?«

»Sie ist auf der Rennbahn. Irgendwas stimmt da nicht.« Anja griff
nach dem Blaulicht, fuhr die Fensterscheibe nach unten, platzier-
te es auf dem Dach.

Eddie reagierte sofort. Er warf die Sirene an und gab Vollgas.

»Da stimmt was ganz gewaltig nicht!«, wiederholte Anja. Ihr Bauch
zog sich zu einem dicken Klumpen Angst zusammen. Angst, zu
spät zu kommen. Dann hörte sie den Schuss.

Mit dem Geräusch des Schusses in den Ohren sah Jan den Stein
wieder vor sich. Er rollte so weit den Berg hinunter, dass er glaubte, ihn nie wieder finden und nie wieder nach oben schieben zu
können. Im Stall wieherten nervös die Pferde. Er hörte, wie sie mit
den Hufen gegen die Boxen trampelten, hinauswollten, weg von
der Gefahr. Pferde haben einen untrüglichen Fluchtinstinkt. Dann
hörte er einen schrillen Schrei. Die Stimme kannte er. Es war Kitty.
Jetzt dachte er nicht mehr, bewegte sich nur. Auf den Stall zu,
durch die offene Tür hinein. Er kannte den Stall, wusste, dass darin
zehn Pferdeboxen standen, sich dahinter ein Lager für Heu- und
Strohballen anschloss. Die Nervosität der Pferde schlug ihm ent-

gegen, sie tänzelten unruhig hin und her, die Ohren gespitzt, die Nüstern gebläht, die schweren Hufe polterten gegen die hölzernen Boxenwände. »Mhmmm«, summte er, versuchte, als er an den Boxen vorbeiging, die Pferde durch langsame Bewegung und eine leise Stimme zu beruhigen. Aber so einfach war das nicht, sie trampelten, scharrten, wieherten. Hinten bei den Strohballen tauchten kurz Sergios schwarze Haare auf, und nach zwei weiteren Schritten durch das Spalier der nervösen Pferde sah er Sergio mit Adrian ringen. Beide lagen am Boden, Haare und Kleidung mit Strohhalmen und Heuresten übersät. Obwohl Sergio größer und kräftiger war, wirkte es nicht so, als ob er den kleinen Jockey bezwingen könnte. An der Wand neben einer Schubkarre bemerkte Jan Kitty. Sie hielt eine Mistgabel in der Hand.

Und dann sah er die Pistole.

Sie lag hinter den Kämpfenden zwischen zwei Heuballen. Sergio und Adrian versperrten ihm den Weg, und Sergio, der unten lag und den Jockey im Schwitzkasten festhielt, erkannte Jan und keuchte: »Hilf mir, Mann!« Aber Jan hörte nicht, er musste etwas Wichtigeres erledigen. So kletterte er auf die Heuballen, krabbelte auf diesem wackeligen Untergrund der Stelle entgegen, wo die Waffe lag. Heustaub verstopfte ihm die Nase, hinter ihm schnaubten die Pferde, keuchten die Kämpfenden, aber er krabbelte unbeirrt weiter, bis er endlich bei der Pistole ankam. Er hatte sie noch nie angefasst. Auf dem Spielplatz hatte Enno sie aufgehoben, und Florian hatte sie in das Versteck gelegt. Sie fest mit der Faust umschließend, richtete er sich auf und blickte in die zornigen Augen von Adrian.

Kitty kapierte gar nichts mehr. Was machte Sergio hier? Warum hatte er eine Waffe? Warum ging er damit auf Adrian Koch los? Kitty sah, dass die Waffe direkt auf Adrians Unterleib gerichtet war. Wollte er ihm etwa die Eier wegschießen? Schnell ließ Adrian ihr Handgelenk los, raste auf Sergio zu, rammte ihm seinen Kopf in den Bauch. In diesem Augenblick löste sich ein Schuss. Adrian griff nach Sergios Hand, drückte sie so lange zusammen, bis Sergio die Waffe fallen ließ, bückte sich, wollte danach greifen, aber Sergio kickte sie weg. Wütend rammte Adrian ihn ein weiteres Mal, Sergio strauchelte, ging zu Boden, und Adrian war sofort über ihm.

Kitty wollte raus hier, weg von diesem Ungeheuer, weg von den
immer verrückter werdenden Pferden. Die beiden Kämpfenden
versperrten ihr den Weg. Vielleicht könnte sie sich an ihnen vor-
beischlängeln, aber die Vorstellung, dass Adrian Koch noch einmal
nach ihr greifen könnte, diese furchtbaren Hände noch einmal
ihren Körper berührten, machten es ihr unmöglich, es auch nur zu
versuchen. Stattdessen griff sie sich die Mistgabel. Nie mehr sollte
er sie berühren können, nie mehr!
Sergio war kein geübter Kämpfer, das sah man, Adrian Koch war
wendiger und kräftiger. Er hämmerte jetzt Sergios Kopf auf den
Boden, und Kitty überlegte, was passierte, wenn Sergio den Kampf
verlieren und Adrian wieder auf sie zukommen würde. Fester
umfasste sie die Mistgabel, hielt sie wie einen Schild vor sich. In
diesem Augenblick hörte sie, wie die Pferde noch unruhiger wurden, und sah Jan durch den Boxengang kommen. Der kümmerte
sich weder um sie noch um die Kämpfenden, kletterte jetzt auf
die Heuballen.
Raus, raus, raus, dachte sie und überlegte fieberhaft, wie sie an
den Kämpfenden vorbeikam, ohne von Adrian berührt zu werden.
Mit ihren Augen suchte sie den Stall nach einem anderen Flucht-
weg ab, fand keinen. Jan hatte seine Kletterübungen beendet und
bückte sich nach etwas. Als er sich umdrehte, sah Kitty, dass er die
Pistole gefunden hatte. Auf dem Boden stöhnte Sergio, krümmte
sich wie ein Embryo zusammen und spuckte Blut. Adrian schnellte hoch, rannte auf Jan zu. Genauso wenig wie bei Sergio schien er
bei Jan Angst davor zu haben, dass dieser schießen könnte. Jan
reagierte schnell. Er reckte den Arm mit der Waffe nach oben, bei
seiner Größe hatte der kleine Mann keine Chance, nach seiner
Hand zu greifen. Wenn die Situation nicht so bitter ernst gewesen
wäre, hätte Kitty es bestimmt lustig gefunden, Adrian wie einen
zornigen Zwerg kneifen und boxen zu sehen, während Jan unbeirrt wie die Freiheitsstatue seinen Arm nach oben hielt.
Raus, raus, raus, dachte sie wieder und sah, dass der Flucht-
weg endlich frei war. »Ich hol Hilfe«, rief sie Jan zu und registrierte, wie Sergio auf dem Fußboden nickte. Dann rannte sie zwischen
den wiehernden und polternden Pferden hindurch nach draußen.
Das Tageslicht blendete sie, aber sie rannte weiter und weiter.
Erst vor einem scharf bremsenden Wagen mit Blaulicht musste

sie stehen bleiben. Türen wurden aufgerissen, sie erkannte die Polizistin.

»Adrian, Sergio, Jan, Pistole«, stammelte sie.

Die Polizistin griff nach ihren Händen, strich behutsam darüber, zwang sie zum Blickkontakt. »Langsam, Kitty«, sagte sie, »und der Reihe nach. Was finden wir, wenn wir in den Stall gehen?«

Die zwei, drei Minuten bis zur Rennbahn waren Anja wie eine Ewigkeit vorgekommen. Der Schuss, dieser verfluchte Schuss. Hatte er jemanden getötet? Etwa Kitty? Sie merkte, wie sie aufatmete, als ihnen das Mädchen vor dem Rennstall entgegengelaufen kam.

Zwei Jungen und ein durchgeknallter Jockey. Jan war im Besitz der Pistole. Zumindest bis zu dem Zeitpunkt, als Kitty aus dem Stall gelaufen war. Sergio lag von der Schlägerei geschwächt am Boden, war möglicherweise verletzt. Adrian Koch hatte nichts mehr zu verlieren. Solche Typen waren gefährlich, weil ihr Verhalten unberechenbar war. Sie sah zu Eddie hinüber. Der telefonierte, forderte Verstärkung an.

»Wir brauchen jemand, der sich um die Pferde kümmert«, brüllte er ins Telefon. »Ich habe keine Ahnung, wie die Viecher reagieren, wenn eine SEK-Einheit ihrem Stall zu Leibe rückt. Besorgt uns einen erfahrenen Kollegen von der Pferdestaffel.«

Die brauchen zu lange, dachte Anja, wir können nicht auf Verstärkung warten. Aus den Augenwinkeln sah sie, dass Florian sich um Kitty kümmerte. Er hatte ihr seine Jacke um die Schultern gelegt, hielt sie im Arm. Anja lief zu Eddie. »Wir müssen da rein«, drängte sie, »wir können nicht warten, bis Verstärkung da ist.«

»Du kennst die Regeln, Anja«, warnte Eddie sie. »Ich habe keine Lust, mich da drinnen abknallen zu lassen.«

»Jan hat die Waffe. Er wird nicht damit schießen.«

»Du lässt dich mitreißen. Du bist viel zu emotional.«

Anja fasste es nicht. Wie konnte er so ruhig sein? Sie glaubte, vor Angst und Anspannung zerplatzen zu müssen. »Eddie!«, flehte sie, aber der schüttelte nur den Kopf.

Sie standen sich gegenüber, jeder voller Unverständnis für die Position des anderen. Ein weiterer Schuss veränderte alles. Es war Eddie, der zuerst loslief, Anja folgte ihm sofort, rannte hinter ihm

her in der Stall, an den Pferden vorbei, die sich vor Angst auf-
bäumten, die Mähnen schüttelten, gegen die Wände traten. Sie
liefen weiter, auf das Knäuel Menschen zu, das sich zwischen
Heuballen auf dem Boden wälzte. Sie sahen, wie sich ein kleiner
Mann wie ein wild gewordenes Rumpelstilzchen aus dem Knäuel
aufbäumte, sahen, wie Sergio, der am Boden lag, dem Mann in die
Waden biss, und wie Jan, der ebenfalls auf dem Boden lag, die
Hand, die die Waffe umklammerte, wie wild hin und her bewegte,
damit der Jockey nicht danach greifen konnte.

Anja nestelte im Laufen die Handschellen aus der Hose, verstän-
digte sich durch einen Blick mit Eddie. Gemeinsam packten sie
den Jockey bei den Schultern, rissen seine Arme nach hinten und
ließen die Handschellen zuschnappen. Adrian spuckte in alle
Richtungen, trat mit einem Fuß um sich, den anderen Fuß hielt
Sergio immer noch fest.

»Du kannst ihn loslassen«, brüllte Eddie, und als Sergio ihm
gehorchte, packte der Polizist Adrian von hinten und schob ihn an
den aufgebrachten Pferden vorbei ins Freie.

Anja beugte sich zu Jan hinunter, der immer noch die Waffe
umklammert hielt. »Es ist vorbei«, sagte sie, und als er nicht
reagierte, wiederholte sie: »Es ist vorbei, Jan«, und hielt ihm dabei
die offene Hand hin.

Der Junge reagierte in Zeitlupe. Erst nickte er langsam, dann
umfasste er die Waffe mit beiden Händen und legte sie mit gro-
ßem Ernst in Anjas Hand. »Der Stein«, murmelte er, »er ist nicht
wieder nach unten gerollt.«

Epilog Gelegentlich hörte man einen Wagen an der Kreuzung bremsen oder es quietschte ein Güterzug beim Rangieren. Sonst war es still im Präsidium, nach 22 Uhr arbeitete kaum einer mehr. Anja nahm einen Schluck kalten Kaffee und schloss die Akte Kitty Delaste. Sie hatte in ihrem Bericht hervorgehoben, dass Kitty nicht wissen konnte, dass die Waffe scharf war, um ihr eine Anklage wegen versuchten Totschlags zu ersparen. Sie würde also »nur« wegen gefährlicher Körperverletzung vor Gericht kommen. Die Verquickung der unglücklichen Umstände, die zur Tat geführt hatten, die Tatsache, dass Sabine Jansen auf dem Weg der Besserung war und ihrerseits auf eine Anzeige verzichtete, würden den Richter bestimmt zu einem milden Urteil bewegen. Ein halbes oder ein Jahr auf Bewährung plus Sozialstunden, schätzte Anja. Natürlich würde das schwer für sie werden, aber Anja hoffte, dass es Kitty nicht aus der Bahn warf. Sie hatte Freunde, auf die sie zählen konnte, und Eltern, die zu ihrer Tochter standen.

Anders als bei Maureen. Deren Vater hatte auf sein Kind geschossen, weil er nicht akzeptierte, dass sein Sonnenscheinchen sich in einen kratzbürstigen Teenager verwandelte. Weil er nicht kapierte, dass dies zum Erwachsenwerden gehörte. Weil er keine Geduld hatte, nur beleidigt und verunsichert war. Erbärmlich! Hätte er seine Tochter nur anders sehen können! Maureen, auf der Suche nach sich selbst, mit ihrer Freundin Leonie von Paris träumend, mit ihrem Lehrer diskutierend, mit Jan über Freiheit streitend. Wie sie auf dem Bauwagenplatz ein anderes Leben ausprobiert, sich dann mit ihrem Rucksack auf den Weg gemacht hatte. Anja hätte dieses Mädchen gerne kennengelernt.

Sie legte die Akte in den Schreibtisch, schlüpfte in ihre Jacke, trat in den Flur, sah, dass auch in Daniels Büro noch Licht brannte.

»Bis morgen«, rief sie.

»Kannste mir noch schnell einen Kaffee holen, Anja? Schwarz wie die ...«

»Mach's selber«, unterbrach sie ihn und wunderte sich, wie klar ihr das über die Lippen kam.

Krankenhausflure hatten etwas sehr Deprimierendes! Lang und grau und langweilig. Den Geruch mochte Kitty auch nicht. Desinfektionsmittel, Alte-Leute-Schweiß, zerkochtes Gemüse. Sie

schleppte sich über das blank gebohnerte Linoleum, jeder Muskel   **211**
schmerzte.

Seit zwei Wochen machte sie Kickboxen, ging jeden Tag zum Training. Ein Tipp von der Polizistin, sie hatte zwei Tage nach der Sache auf der Rennbahn damit angefangen. Es tat ihr gut. Sie schrie, trat und boxte alles aus sich heraus, Wut, Ohnmacht, Angst, auch den Ekel, der seit der Stunde im Rennstall in ihr war. Adrian Koch! Allein bei dem Namen wurde ihr schlecht. Ein paarmal hatte sie auch alles ausgekotzt. Nie mehr würde sie wieder so leichtgläubig sein, nie mehr wieder würde sie sich anfassen lassen, wenn sie es nicht wollte. Auch dafür war das Kickboxen gut. Man lernte, sich zu wehren. Nächste Woche würde Karla in den Kurs einsteigen. Dann konnten sie zusammen trainieren.

Seit zehn Tagen ging sie wieder zur Schule, in ihre alte Schule. Am Anfang waren alle total lieb und rücksichtsvoll gewesen, auch die Lehrer. Selbst die blöde Krüger hatte sie mit Samthandschuhen angefasst. Und Brauser würde ihr eine Vier in Mathe geben! Die Versetzung war also so gut wie geschafft. So allmählich wurde alles wieder normal: Hausaufgaben, Tests, Referate, der ganze Schulkram eben. Die Krüger schon wieder ungeduldig und zickig. Das Leben ging weiter. Es ging wirklich weiter. Noch vor vier Wochen hätte sie jedem, der ihr erzählt hätte, dass der ganz normale Alltagsscheiß durchaus sein Gutes hatte, für bescheuert erklärt. Dabei stimmte es. Sie war um jede Minute froh, in der sie ihr Hirn mit Englischvokabeln, Matheformeln und anderem beschäftigen konnte, und deshalb nicht an die Sache im Stall denken musste. Nachts schreckte sie noch oft hoch, weil sie wieder davon geträumt hatte. Das sei eine Form der Verarbeitung und würde mit der Zeit weniger werden, hatte die Frau von der Beratungsstelle ihr erklärt. Wie gesagt, das Leben ging weiter, und Kitty wollte, dass es weiterging.

Am Ende des Flures sah sie ihren Vater winken.

»Hallo Zuckerschnecke«, begrüßte er sie, »was bist du denn für eine lahme Ente?«

»Mach du mal jeden Tag zwei Stunden Kickboxen!«

»Soll ich mit reingehen?«, fragte er.

Kitty schüttelte den Kopf. Sabine hatte es geschafft. Sie war über den Berg. In zwei Tagen würde sie in eine Reha-Klinik kommen, und danach konnte sie ihr normales Leben wieder aufnehmen. »Sie ist zäh«, hatte ihr Vater gesagt. »Aber hallo«, hatte Kitty geantwortet, und dann hatten sie beide gelacht. Von ihrem Taschengeld hatte Kitty einen Strauß weiße Fresien gekauft, Sabines Lieblingsblumen. Sie würde sich entschuldigen, Sabine sagen, dass sie nie auf sie schießen wollte. Wenn sie das geschafft hatte, dann würde sie auch die Gerichtsverhandlung durchstehen, die noch auf sie zukam. Kitty atmete tief durch, entfernte das Blumenpapier und drückte es ihrem Vater in die Hand. Dann klopfte sie an die Tür.

Jan blickte hinunter in das ruhige blaue Wasser. Er stand tatsächlich auf dem Dreimeterbrett. Zehn traute er sich als Anfänger einfach nicht zu, und auch Kitty hatte ihm dringend davon abgeraten. Drei war auch schon verdammt hoch. Aber er würde springen. Schon weil er hoffte, damit endlich diesen blöden Traum vertreiben zu können.

Wie viel war in den letzten Wochen passiert, wie sehr hatte sich sein Leben verändert! Er war froh, dass jetzt alles wieder in ruhigeren Bahnen verlief. Aber der Stein würde ihn weiter begleiten. Natürlich musste er keine Pistole mehr finden, aber es würde andere Aufgaben, andere Schwierigkeiten geben, die er meistern musste oder an denen er scheitern konnte. »Man muss sich Sisyphos als einen glücklichen Menschen vorstellen«, hatte Camus geschrieben. Das konnte er jetzt nicht so unbedingt nachvollziehen. Aber bestimmt hielt das Leben noch Glücksmomente für ihn bereit, so wie die, die er mit Maureen erlebt hatte. Was würde sie wohl sagen, wenn sie ihn hier auf diesem Sprungbrett stehen sähe? »Mach endlich voran, du Hosenscheißer!«, würde sie brüllen und dann laut loslachen.

Jan hörte dieses Lachen und sprang.

Mein Dank an diesem Buch gilt:

Meinen kritischen Erstleserinnen Miriam B'chir und Lisa di Petris
Dem Geschäftsführer des Kölner Rennvereins Benedikt
Fassbender
Meinem Agenten Armin Gontermann
Meiner Freundin Martina Kaimeier für Trost und Rat bei der
Konstruktion
Meiner Kollegin Mila Lippke fürs Gegenlesen und für tolle
Verbesserungsvorschläge
Kriminalhauptkommissar Jörg Morka
Meiner Lektorin Paula Peretti